CHONGWENGUAN

读古人书　友天下士

百余年前，崇文书局于武昌正觉寺开馆刻书，成晚清四大书局之一。所刻经籍，镌工精雅，数量众多，流布甚广，影响巨大。为赓续前贤，昌明国学，弘扬文化，本社现致力于传统典籍的出版。既专事文献整理，效力学术，亦重文化普及，面向大众。或经学，或史论，或诸子，或诗词，各成系列，统一标识，名之为"崇文馆"。

崇文馆

中国古典诗词校注评丛书

温庭筠词全集【汇校汇注汇评】

邱美琼　胡建次　编著

长江出版传媒　崇文书局

中国古典诗词校注评丛书
编撰委员会

序　言

　　温庭筠(生卒年不详),亦作廷筠、庭云,本名歧,字飞卿,太原祁(今山西祁县)人。初唐时宰相温彦博的裔孙。幼时随家客居江淮,后定居于鄠县(今陕西户县)郊野,靠近杜陵,所以他自称为杜陵游客。因为相貌奇丑,又被称作"温钟馗"。早年苦心学文,年轻时即以词赋兼工、才思敏捷知名。晚唐考试律赋,八韵为一篇。据传,温庭筠每次考试,叉手一吟便成一韵,八叉八韵即告完稿,人称"温八叉""温八吟"。温庭筠的诗、词、骈文,驰名晚唐文坛:他的诗与李商隐齐名,并称"温李";他的词,与韦庄先后光耀词坛,合称"温韦";他的骈文,和李商隐、段成式均以绮丽著称,三人都排行十六,号为"三十六体"。温庭筠性喜讥刺权贵,多触忌讳;又不受羁束,纵酒放浪。因此得罪权贵,屡试不第,一生坎坷,终身潦倒。唐宣宗朝试宏辞,温庭筠代人作赋,因扰乱科场,贬为隋县尉。后襄阳刺史署为巡官,授检校员外郎,不久离开襄阳,客于江陵。唐懿宗时曾任方城尉,终仕国子助教。其生平事迹可见《旧唐书》卷一九〇下、《新唐书》卷九一《温大雅传》附、《唐诗纪事》卷五四、《唐才子传》卷八、夏承焘《唐宋词人年谱·温飞卿系年》等。

　　关于温庭筠的籍贯,大多数的资料都有详细的记载,对此存在异议较少,但也有一些争议。《全唐文》记载:"庭筠本名歧,字飞卿,太原人。"《旧唐书》记载:"温庭筠者,太原人,本名歧,字飞卿。"

1

元代辛文房所撰的《唐才子传》也沿袭前人说法称："温庭筠,字飞卿,旧名岐,并州人。"当今大部分学者仍认定其为并州人,也即今山西太原。顾学颉在《新旧唐书温庭筠传订补》中认为"盖太原、并州系一地也。唐属河东道,唐初为并州,后改称太原,祁其属县也。"夏承焘也认同顾学颉的说法,他的著作《温飞卿系年》即采纳此说。黄震云《晚唐诗人温庭筠是温彦博的七世孙》《温庭筠籍贯及生卒年》两文也对夏承焘引顾学颉说"太原并州系一地"说作了补订,他认为"并州是太原,这是温庭筠的籍贯",而且现在学界也都承认并州和太原是一地之说。陈尚君和王达津则对温庭筠的籍贯问题持有不同意见。陈尚君《温庭筠早年事迹考辨》一文指出:"史称庭筠为太原祁人,系指郡望并非家居所在。""庭筠一生从未涉足太原一带,所作诗文也不以太原为乡土。他常提到的故乡均在江南。""庭筠故籍应即在无锡附近。"王达津《温庭筠生平的若干问题》一文则对陈尚君这一新说提出商榷,他认为"温籍贯太原,但寄籍却不在江南。陈尚君说未确。温庭筠应家鄠县。"上面陈先生所提及的"籍贯"应定义为"寄籍"或是"占籍",而非温庭筠的"原籍"。

关于温庭筠的家世,史传称温庭筠系温彦博之裔孙。资料对此记载也较明确,如《新唐书》云:"彦博裔孙廷筠。"《郡斋读书志》云:"唐温庭筠,宰相彦博之裔。"《唐诗纪事》云:"彦博裔孙与李商隐俱有名,号温李。"清代学者赵绍祖对此提出了疑议,在《新旧唐书互证》一书中,他指出世系表不载温庭筠,而且《旧唐书》也没有直言温庭筠为彦博之裔孙。对此顾学颉和黄震云分别在《新旧唐书温庭筠传订补》和《晚唐诗人温庭筠是温彦博的七世孙》中对资料进行了佐证,另外黄震云还在《温庭筠杂考三题》中对夏承焘《唐宋词人年谱·温飞卿系年》中的一些错误进行了纠正,并重新列了一表,再一次补正了不足之处。

温庭筠的生卒年，史籍无确切记载，一些相关资料对此很少提及，一般是简单带过，如《唐诗纪事》言"困于场屋卒无成而终"，《旧唐书》称"再迁隋县尉卒"，《新唐书》言"会商罢杨收疾之遂废卒"。这些资料中只简单地记载了其卒年，对生年没有提及。学者们主要根据温庭筠《感旧陈情五十韵献淮南李仆射》和《赠蜀将》等文进行推算，但是争议颇多。关于其生年的说法主要有：（一）812年，（二）824年，（三）801年，（四）817年，（五）798年，（六）816年；关于其卒年的说法主要有：（一）866年，（二）870年，（三）882年。比较重要的如：温集旧注断为唐穆宗长庆四年（824年），夏承焘《温飞卿系年》以为生于元和七年（812年）。近年陈尚君《温庭筠早年事迹考辨》提出温庭筠生于德宗贞元十七年（801年）。梁超然《唐才子传校笺》同意陈尚君所考。如果以温庭筠生于贞元十七年（801年），卒于咸通七年（866年）算，则他享年66岁。

温庭筠才华出众，性格狂放独直，做人不怎么低调，甚至放诞不羁。对于此，文史资料中有所记载，历代著述也比较认同。《旧唐书》说他"士行尘杂，不修边幅"，《新唐书》称其"薄于行，无检幅""与贵胄裴诚、令狐滈等蒲饮呷昵"，宋代的晁公武在《郡斋读书志》中也说他"为行尘杂"。元代辛文房也持此说。但温庭筠为人也有正直不阿的一面，《新唐书》说他"试有司，廉视尤谨"。对如此这般风流才俊，世人也是赞叹不已，《旧唐书》说他"初至京师，人士翕然推重。"但是也正是这种才华和性格，使得他多次举进士不第，在官场上久经波折，沉沦潦倒。今可考的有，唐文宗开成四年（839年），年届40的温庭筠开始应举，未中，仅在京兆府试以榜副得贡，连省试也未能参加。其原因，大约是受宫中政治斗争之影响。当时由于杨贤妃的谗害，庄恪太子李永左右数十人或被杀，或被逐，沙汰殆尽，随后庄恪太子不明不白地突然死去。温庭筠因与庄恪太子有交往，也被卷进这起政治斗争中，幸无性命灾祸，及第之事也就无从谈起了。此次应举不第后,温庭筠在鄠县郊区住了两年,他自己说是"二年抱疾,不赴乡荐试有司",不知是真病,还是畏祸。直到唐武宗会昌元年(841年),温庭筠才走出住地,到淮南与李绅相见。唐懿宗大中九年(855年),温庭筠又去应试。这次考试是沈询主试春闱,温庭筠却由于搅扰场屋,弄得满城风雨。事件的起因,是温庭筠曾有"救数人"的名号(即在考场做枪手,帮助左右的考生),因此这次沈询将温庭筠特别对待,召温庭筠于帘前考试,温庭筠不满沈询的"刁难",大闹起来,扰乱了科场。据说这次沈询虽然严防,但温庭筠还是暗中帮了八个人的忙。很显然,这次考试又没能中。从此之后,温庭筠便绝了这门心思,不再涉足科举考试。

考场救人,属于协同作弊,很是不该,但也可看出温庭筠的才能。同考场救人一样,温庭筠还帮过相国令狐绹的忙。温庭筠出入令狐馆中,待遇甚厚。当时唐宣宗喜欢曲词《菩萨蛮》,令狐绹暗自请温庭筠代自己填《菩萨蛮》词献上,并嘱咐温庭筠千万不要泄漏出去,而温庭筠却将此事传了开来,令狐绹大为不满。温庭筠看不起令狐绹的才学,据传,唐宣宗赋诗,上句有"金步摇",未能对,让未第进士对之,温庭筠以"玉条脱"对之,宣宗很高兴,予以赏赐。令狐绹不知"玉条脱"之说,便问温庭筠。温庭筠告诉他出自《南华经》,并且说《南华经》并非偏僻之书,相国公务之暇,也应看点书,这话显然在说令狐绹不读书。温庭筠又曾对人说"中书省内坐将军",讥讽令狐绹没文化。令狐绹因此更加恨他,上奏说他有才无行,不宜与第。温庭筠自己也意识到自己一直未中第,并非才学不高,皆因当权者所嫉也。曾作诗自伤,云:"因知此恨人多积,悔读《南华》第二篇。"此后,"悔读《南华》"也成为指代学问高深、直言忤人而遭人嫉忌的典故。

温庭筠搅扰场屋后,贬为隋州隋县尉,当了一个很小的芝麻官。大中十一年(857年),徐商镇守襄阳,辟引温庭筠为巡官,此时温庭筠已至知天命之年。在襄阳，温庭筠与段成式、周繇等交游酬唱。在襄阳待了几年时间，唐僖宗咸通二年（861年），徐商诏征赴阙，温庭筠随后也离开襄阳，去了江东，次年冬又回到了淮南。这个时候的温庭筠，虽然诗名显著，但已经落魄潦倒，不检行迹，常与贵胄裴诚、令狐滈等博饮狎昵。当时令狐绹出镇淮南，温庭筠因他在位时曾压制过自己，虽是老熟人，也不去拜见他。咸通四年（863年），温庭筠因穷困被迫乞于扬子院，酒醉而犯了夜禁，被巡逻的兵丁打耳光，连牙齿也打折了。他将此诉于令狐绹，令狐绹并未处置无礼之兵丁。兵丁还极言温庭筠狭邪丑迹，使得温庭筠品行不端的说法传到了京师。温庭筠只好亲自到长安，致书公卿间，申辩诉说原委，为自己雪冤。随后即居于京师。

咸通六年（865年），温庭筠出任国子监助教，第二年，以国子助教主国子监试。曾经在科场屡遭压制的温庭筠，主试极显公平公正，严格以文判等，并且"榜三十篇以振公道"，榜文云："右，前件进士所纳诗篇等，识略精进，堪神教化，声调激切，曲备风谣，标题命篇，时所难著，灯烛之下，雄词卓然。诚宜榜示众人，不敢独断华藻。并仰榜出，以明无私。"将所试诗文公布于众，请大众监督，也杜绝了因人取士的不正之风。温庭筠此举一时传为美谈，但也给他带来了灾难。一些权贵对他严格以文判等并榜之于众，非常不满，而所榜诗文中有指斥时政，揭露腐败的内容，温庭筠竟然称赞"声调激切，曲备风谣"，权贵们更加忌恨。宰相杨收非常恼怒，将温庭筠贬为方城尉。因为主持公道而招忌被贬，不少好友为他抱不平，纪唐夫送他赴方城时，作诗送别，云："且饮绿醽销积恨，莫辞黄绶拂行尘。"年事已高的温庭筠遭此打击，再次被贬，而后抑郁而死。《唐才子传》说他"竟流落而死"，不知是到方城后不久而死，还是未到方城便死了。一代才子，困顿失意而死，千载而下，无数才士为之扼腕叹息。

温庭筠的一生,和广大士大夫文人一样,有着传统的仕与隐的抉择与困境,也有对生命的感悟与超越。

温庭筠素有政治抱负,渴望一展才华,却因为应试、仕途上不顺利,只好常常奔走权贵之门求助。他为此写过多篇启文,如:《谢襄州李尚书启》《谢纥干相公启》《上蒋侍郎启二首》《上裴相公启》《上令狐相公启》《投宪丞启》《上萧舍人启》等,从中可以感受到他为了干谒,奔波高官显宦、请求汲引的急切,及其孤立无援、受人毁谤的辛酸。尽管温庭筠四处求告于达官贵人,偶尔也有一些人赏识他的才华,但始终没有强有力的援引,以致终生未第,抱憾离世。

温庭筠曾作诗表达自己这种对仕途功名的执着,及现实社会的诸多磨难,如《病中书怀呈友人》,诗前有序,云:"开成五年秋,以抱疾郊野,不得与乡计偕至王府。将议遄适,隆冬自伤,因书怀奉寄殿院徐侍御,察院陈李二侍御,回中苏端公,鄠县韦少府,兼呈袁郊、苗绅、李逸三友人一百韵。"大致说到的背景是:温庭筠曾在开成五年前赴京秋试,未获及第;后在江淮间被表亲当众殴打,深感受辱。原想与本乡上计簿使一同至京师,以谋进身之阶,却因病而只好作罢。种种挫折接踵而至,又逢隆冬天气,于是写下了这首愤懑不平的长诗。诗云:"逸足皆先路,穷郊独向隅。顽童逃广柳,羸马卧平芜。黄卷嗟谁问,朱弦偶自娱。鹿鸣皆缀士,雌伏竟非夫。采地荒遗野,爰田失故都。亡羊犹博簺,牧马倦呼卢。奕世参周禄,承家学鲁儒。功庸留剑舄,铭戒在盘盂。经济怀良画,行藏识远图。未能鸣楚玉,空欲握隋珠。定为鱼缘木,曾因兔守株。五车堆缥帙,三径阖绳枢。适与群英集,将期善价沽。……受业乡名郑,藏机谷号愚。质文精等贯,琴筑韵相须。筑室连中野,诛茅接上腴。苇花纶虎落,松瘿斗栾栌。静语莺相对,闲眠鹤浪俱。蕊多劳蝶翅,香酷坠蜂须。芳草迷三岛,澄波似五湖。跃鱼翻藻荇,愁鹭睡葭芦。暝渚藏鸂鶒,幽屏卧鹧鸪。苦辛随艺殖,甘旨仰樵苏。

笑语空怀橘,穷愁亦据梧。……怀刺名先远,干时道自孤。齿牙频激发,簪笈尚崎岖。莲府侯门贵,霜台帝命俞。骥蹄初蹑景,鹏翅欲抟扶。寓直回骢马,分曹对瞑乌。百神歆仿佛,孤竹韵含胡。凤阙分班立,鹓行竦剑趋。触邪承密勿,持法奉訏谟。鸣玉锵登降,衡牙响曳娄。祁亲和氏璧,香近博山炉。瑞景森琼树,轻水莹玉壶。豸冠簪铁柱,螭首对金铺。内史书千卷,将军画一厨。眼明惊气象,心死伏规模。岂意观文物,保劳琢砥砆。草肥牧骤裹,苔涩淬昆吾。乡思巢枝鸟,年华过隙驹。衔恩空抱影,酬德未捐躯。时辈推良友,家声继令图。致身伤短翮,骧首顾疲驽。班马方齐鹜,陈雷亦并驱。昔皆言尔志,今亦畏吾徒。有气干牛斗,无人辩辘轳。客来斟绿蚁,妻试踏青蚨。积毁方销骨,微瑕惧掩瑜。蛇予犹转战,鱼服自囚拘。欲就欺人事,何能诳鬼诛。是非迷觉梦,行役议秦吴。凛冽风埃惨,萧条草木枯。低徊伤志气,蒙犯变肌肤。旅雁唯闻叫,饥鹰不待呼。梦梭抛促织,心茧学蜘蛛。宁复机难料,庸非信未孚。激扬衔箭虎,疑惧听冰狐。处己将营窟,论心若合符。浪言辉棣萼,何所托葭莩。乔木能求友,危巢莫吓雏。风华飘领袖,诗礼拜衾裯。歃枕情何苦,同舟道岂殊。放怀亲蕙芷,收迹异桑榆。赠远聊攀柳,栽书欲截蒲。瞻风无限泪,回首更踟蹰。"诗写自己无当路之亲,而科考上也屡试难第,偃塞困顿,无法实现经世致用的抱负。"经济怀良画,行藏识远图。未能鸣楚玉,空欲握隋珠",无奈之下只好退隐乡野,却又饥寒交迫,无法维持一家生计。读来很是令人感伤。他在暮年时还写过一首《感旧陈情五十韵献淮南李仆射》,更加突出了他的辛酸与卑屈。诗云:"嵇绍垂髫日,山涛筮仕年。琴樽陈座上,纨绮拜床前。邻里才三徙,云霄已九迁。感深情懔悦,言发泪潺湲。忆昔龙图盛,方今鹤羽全。……未展干时策,徒抛负郭田。转蓬犹邈尔,怀橘更潸然。……懒多成宿疾,愁甚似春眠。木直终难怨,膏明只自煎。……宦无毛义檄,婚乏阮修钱。……傥能容委质，非敢望差肩。涩剑犹堪淬，余朱或可研。从师当鼓箧，穷理久忘筌。折简能荣瘁，遗簪莫弃捐。韶光如见借，寒谷变风烟。"抒写对功名的向往，更多的是表达自己生活惨淡、意气萧索，无奈地接受命运的安排。

除了这两首诗之外，温庭筠表达对功名向往之作还有不少，特别是赠进士及第或贵官友人的诗篇，其中充满艳羡、自伤之意，如"几年辛苦与君同，得丧悲欢尽是空。犹喜故人先折桂，自怜羁客尚飘蓬。"（《春日将欲东归寄新及第苗绅先辈》）"谁怜芳草生三径，参佐桥西陆士龙。"（《春暮宴罢寄宋寿先辈》）"人间鸲鹆杳难从，独恨金扉直九重。……紫微芒动词初出，红蜡香残诰未封。"（《上翰林萧舍人》）"赤堰高阁自从容，玉女窗扉报曙钟。……苟令凤池春晼晚，好将余润变鱼龙。"（《休澣日西掖谒所知》）等等。

温庭筠执着于仕途功名，却屡遭挫败，于是萌生了归隐山林，远离仕途的想法。因此他多与僧道往来，展示其慕隐求道的一面，如《重游东峰宗密禅师精庐》诗云："百尺青崖三尺坟，微言已绝杳难闻。戴颙今日称居士，古迤他年识领军。暂对杉松如结社，偶因麋鹿自成群。故山弟子空回首，葱岭唯应见宋云。"宗密是中唐名僧，终南山草堂寺住持，后又入草堂南圭峰兰若。温庭筠在宗密卒后，重游精庐，感叹宗密逝世，面对杉松、麋鹿，重温当日结社情景。他的《山中与诸道友夜坐闻边防不宁因示同志》《西陵道士茶歌》《题张炼师》《题河中紫极宫》等诗，则展现了他接触道教、参与道教活动的情形。

与佛道交往，谈禅论道，徜徉于山林，听暮鼓晨钟，闻渔歌梵唱，是温庭筠奔波于名利生活之外的休憩，是他痛苦心灵的一丝安慰，甚至使他产生了"忘机""发禅心""心知觉路通"的迷途知返的觉悟。但观其一生，始终难以忘怀荣华功名，始终不能割舍红尘，造成其内心激烈的冲突。如此，他只能终生彷徨飘泊，藉酒与诗词以获取暂时的遗忘,在华艳与悲哀的词篇中,抒写其无限愁怨。

温庭筠将其一腔愁怨寄于词,在词体创作上,取得了很高的成就,因此独步词坛,被后人奉为花间鼻祖、婉约词之则。黄昇云:"庭筠词极为流丽,宜为《花间集》之冠。"(《唐宋诸贤绝妙词选》卷一)张炎云:"词之难于令曲,如诗之难于绝句,不过十数句,一字一句闲不得。末句最为留意,有有余不尽之意始佳。当以唐《花间集》中韦庄、温飞卿为则。"(《词源》卷下)王士禛亦云:"温李齐名,然温实不及李。李不作词,而温为花间鼻祖,岂亦同能不如独胜之意耶?"(《花草蒙拾》)

可以说,温庭筠词的内容是相当狭窄的,大多数作品都是以女子为描写对象,所涉及的主要有歌妓、宫女、征人妇、采莲女子、修仙女子、商人妇、普通女子等。这类词中最多的是通过不同侧面的描写来抒发她们的离情别绪、寂寞愁苦。有的词着重描写女子的情态,如《菩萨蛮》(小山重叠)写女子早晨头发散乱,很晚才懒洋洋起床,慢腾腾梳妆的情形,《菩萨蛮》(南园满地)写残春雨后的傍晚,女子午睡方醒,默默地匀脸,无聊地倚门呆望的情形,都显现了女子孤独寂寞的情态;《菩萨蛮》(杏花含露)、《菩萨蛮》(凤凰相对)等,则主要写女子的憔悴情态。而《菩萨蛮》(夜来浩月),《更漏子》(玉炉香)等,则主要描写离别女子寂寞冷清的生活情景。《玉蝴蝶》(秋风凄切),描写了秋季草木凋落、凄凉萧索的景色,《菩萨蛮》(满宫明月)、《菩萨蛮》(宝函钿雀)等描写春景对离别女子的触动。此外,还有的描写女子登楼、凭楼相望、长久相忆、离别依恋、容貌服饰绝美等情形。以上种种描写都体现了女子离别相思的愁苦。在表现离别情事的词中,也有描写征人妇怀念征人的作品,如《杨柳枝》(织锦机边),通过描写征人妇想象边塞自然条件恶劣,表现了她对征人强烈的思念,感情非常真挚;《番女怨》(碛南沙上)正面写征战给征人妇带来离别相思的愁苦,反映了人们对当时战争频繁的强烈厌恶。还有描写宫女与一般女子的心理活动的，抒写宫女寂寞愁苦、渴望宠幸的心情。而描写采莲女则写她们的采莲活动，脉脉含情的神态，真挚纯真的爱情。

温庭筠的词中有一类情况比较特殊的，就是《定西番》（汉使昔年），它是以张骞出使西域的事迹为题材的。汉代张骞通西域，与西域人建立了浓厚感情，词中写他离开时，西域人恋恋不舍，依依送别，而今不见他回来，西域人不胜怀念的愁苦情景。

总体而言，温庭筠词的题材是狭窄的。他的词更大成就在艺术上，其韵律、意境、结构及语言的运用都有独到之处。

首先，词作韵律节奏感强。温庭筠才思敏捷而又精通音律，词作极富音乐节奏感。他的词现存有七十首，所含曲调达十九种，其中如《诉衷情》《荷叶杯》《河传》等，句式变化大，节奏转换快，与诗的音律特点差别很大，必须熟悉音乐，严格地"倚声填词"，才能创作。如他的《河传》："湖上，闲望。雨萧萧，烟浦花桥路遥。谢娘翠娥愁不销，终朝，梦魂迷晚潮。荡子天涯归棹远，春已晚，莺语空肠断。若耶溪，溪水西，柳堤，不闻郎马嘶。"这首词所用句式，二、三、五、七字不等，都是由音乐调式决定的。上片词句，从内容上看，可以读成七、六、七、七字的句式，但由于曲调的内在规定性，必须断开，因而韵脚的讲究也与诗歌格律完全不同。像起拍两句"上""望"，末二句"朝""潮"，都要连韵。这种句式错落参差，韵脚密集多变，节奏转换复杂的形式有其与诗不同的韵律美，温庭筠正是从词的特殊格律来安排的。清人陈廷焯曾说："《河传》一调，最难合拍，飞卿振其蒙，五代而后，便成绝响。"（《白雨斋词话》）在促进文人对词的特殊声律模式的推敲与运用这一点上，温庭筠的影响无疑是很大的。温庭筠词还大量运用双声叠韵词，如"鸳鸯""徘徊""锦屏""鹧鸪"等，使音韵谐和悦耳。词作选韵又与声情切合，在词作短幅中，韵多变化，声调婉转，颇增词作圆转流宕之美。

其次,善于营造意境,展现人物幽深细腻的情思。温庭筠在意境的营造上表现出了杰出的才能,他特别善于选择那些富于特征的景物来构成词的境界,表现人物的情思。如《菩萨蛮》:"夜来皓月才当午,重帘悄悄无人语。深处麝烟长,卧时留薄妆。"词作先描绘皓月当空,重帘深深,悄无人语,麝烟袅袅,芳香飘逸的意境,然后着力用一"长"字,既形象地展现了"悄悄无人语"的意境,又表现了人物长夜无眠的无聊与寂寞。再如《更漏子》:"柳丝长,春雨细,花外漏声迢递。惊塞雁,起城乌,画屏金鹧鸪。"词作也是写人物的长夜相思,首先绘写了柳丝细长,春雨纤柔,而这细雨着于花木之上,点点滴落,在更深夜静之时,"惊塞雁,起城乌",此处"惊"与"起",其实更多的是词中人物的感觉,是声声进入她耳,滴滴敲在她的心上,使她更加苦闷,更加难捱。塞雁、城乌、金鹧鸪,在词人笔下,成为词中人物感情的代言,又与人物感情相互映衬,融为一体。

第三,结构腾挪跌宕,意脉曲折回环。温庭筠是第一个大量写词的文人,也是晚唐著名的诗人,他往往把晚唐诗歌中那种结构跳宕,似断似连,感情表达层深复杂,含意深婉,意脉之间曲折回环的特色移植到词里来,表现细腻复杂的官能与内在感受,开拓出词的新境界。如《菩萨蛮》(六):"玉楼明月长相忆,柳丝袅娜春无力。门外草萋萋,送君闻马嘶。画罗金翡翠,香烛销成泪。花落子规啼,绿窗残梦迷。"词作抒写女子春夜相忆的情思。首二句写暮春季节,明月高挂,柳丝袅袅,景象清幽柔美。三四两句却突然写送别,词语突兀跳脱,与前二句似不相联,但是仔细品味词意,可知女子春夜难寐,长相思忆,往日送别的情景重现。下片又转写室内罗幕低垂,香烛成泪,显现女子的长夜清寂。结尾两句一转,写女子在将晓时,恍惚中入梦,却又被子规啼醒。这样,时而室内,时而室外,时而忆时景象,时而忆中景象,时而夜间,时而将晓,笔墨腾挪,感情跌宕，各种物象，似随意散置，却是作者的精心安排，各句之间也有着内在的意脉潜贯。

第四，语言上注重铺陈排比，精心雕饰，言辞华丽，色彩秾艳。词最初就是娱乐性的艺术，有着偏重艳情、风月的本性，温庭筠则把它更推进了一步。并且，温庭筠颇有贵游才子的风流习性，对以女子为主的描写对象观察细致，体味深刻，他的词较多地描绘女性的体态、衣饰及神态举止，精致细密，词采繁缛。温庭筠善于抓住那些富有特征的事物细部，以精致浓艳的笔墨加以描绘，一是加重人物衣着饰物的色泽，使之在画面中更加突出，启人联想。如"新贴绣罗襦，双双金鹧鸪"（《菩萨蛮》一），突出"襦"的细部特征，展现"襦"的精美。再如"翠钗金作股，钗上双蝶舞"（《菩萨蛮》三），突出钗上双飞的彩蝶，暗示人物的孤苦。二是铺陈描绘人物衣饰的光艳华丽或住处的金碧辉煌，以与人物精神世界的空虚与暗淡造成强烈的反差。如"藕丝秋色浅，人胜参差剪。双鬓隔香红，玉钗头上风"（《菩萨蛮》二），"画罗金翡翠，香烛销成泪"（《菩萨蛮》六），等等，这些看似堆叠繁复，实际上拙中寓巧，不仅渲染了环境气氛，也触发读者丰富的想象，有助于人物心理的展现。

此外，温庭筠词作也有些向民间歌辞学习模仿的痕迹，通俗简洁，明快自然，如"合欢核桃终堪恨，里许元来别有人"（《新添声杨柳枝》），"玲珑骰子安红豆，入骨相思知不知"（《新添声杨柳枝》），"不如从嫁与，作鸳鸯"（《南歌子》），或双关，或巧喻，语言明白晓畅，表情直率明快。

温庭筠开创了文人进行词体创作的风气之先，使词真正从巷陌新声转为文人士大夫雅奏，奠定了词在文坛上的地位；他以突出的艺术成就开创婉约词风，对后世词体创作影响深远。但其中，也有一些可指摘之处，如过于堆砌与雕镂等。因此，他的词自五代以来，众说纷纭，褒贬不一，读者可于本书的汇评部分一窥此状。

温庭筠词，原有《金荃集》，欧阳炯《花间集序》即称"近代温飞卿复有《金荃集》"而未说明卷数。《新唐书·艺文志》著录有《金荃集》十卷，但不知是否为词之专集。清顾嗣立跋《温飞卿诗集》说曾见宋刻《全荃词》一卷，此本既未见公私著录，又未闻流传，事实不可知晓。今存温庭筠词，主要见于《花间集》所录六十六首；近人刘毓盘《唐五代宋辽金元名家词辑》有《金荃词》一卷，收词七十二首；王国维《唐五代二十一家词辑》有《金荃词》一卷，收词七十首；卢冀野《温飞卿及其词》辑有《词录》，有词六十七首，是根据《花间集》《尊前集》而收录的。《花间集》北宋刊本早已亡佚，现在所能见到最早本子为南宋绍兴十八年（1188）刊晁谦之跋本（简称晁本），1955年文学古籍刊行社有影印本；其次为淳熙十一、十二年（1184—1185）鄂州刊公文册子纸本（简称鄂本），《四印斋所刻词》本据以仿刻，《四部备要》本又据四印斋本排印；另明末毛氏汲古阁刊《词苑英华》本（简称毛本）称出自南宋开禧元年（1205）陆游二跋本，但开禧本久佚。明刊《花间集》本很是丛杂，大致有：一、正德辛巳（1522）陆元大覆刻晁谦之跋本（简称陆本），此本校印颇精，校正晁本错刻约三十处，《景刊宋金元明本词》本即据陆本景刊，清光绪十四年（1888）《邵武徐氏丛书》本亦据陆本翻刻。二、明万历八年（1508）茅氏凌霞山房刊本（简称茅本）。此本以陆本为底本，附温博《花间集补》一卷、茅一桢《音释》二卷。万历四十年（1612）有重修本。三、万历三十年壬寅（1602）玄览斋刊巾箱本（简称玄本）。此本以茅本为底本，然擅自分裂十卷为十二卷，错字百出，远逊祖本。《四部丛刊》本即据此影印。四、天启四年甲子（1624）读书堂刻锺人杰笺校本。此本据茅本重辑为二卷，依字数少多为序，《花间》原词五百首漏刻一百八首，温博所补十四家被剔出四家、李煜词十四首被删去四首，且误植词人姓氏颇多。五、明清间雪艳亭活字排印本（简称雪本）。此本亦据茅本而重新编次为二卷，温博所补十四家删去薛能一家。校勘比较粗疏，臆改误植处很多，但也有旧本讹脱而校正之价值。六、万历间吴勉学师古斋刊本。此本亦据茅本，编次卷数仍旧。七、万历四十八年庚申（1620）刊汤显祖评朱墨套印本（简称汤本），此本作四卷，然词人词调次序仍旧。此本不知所从出，其文字接近鄂本，然鄂本误而晁本正处又多与晁本同。明朱之蕃辑刻《词坛合璧》本，即出自汤本。八、明刻本三种，各本版式俱不同（分别藏于上海图书馆、南京图书馆、中国社会科学院文学研究所）。九、明正统间吴讷《唐宋名贤百家词》钞本（藏天津图书馆。简称吴本）。此本作二卷，不知所从出。十、明紫芝漫钞《宋元名家词》本（藏北京大学图书馆）。亦作二卷。清代尚有影宋钞本（藏上海图书馆）、《四库全书》本（出自毛本）等。民国间有宣古愚刻本、上海碧梧山庄石印本（用厉鹗断句本）等。其全注本，前代未见，直到近现代才有专著。最早有1935年开明书店刊印的李冰若撰著的《花间集评注》与同年商务印书馆刊印的华连圃（华钟彦）撰著的《花间集注》。前者集校、注、评于一体，有较高的学术价值。后者不仅注释、作者介绍均较详细，而且每调有释，非常有益后学。

本书共收录温庭筠词七十首。其中以晁本《花间集》为底本录六十六首，参校鄂本、吴本、陆本、茅本、玄本、汤本、雪本、毛本《花间集》、王辑本、刘辑本《金荃词》及互见各词之别集、明以前所刊之总集等。另据朱本《尊前集》录一首，校以吴本、毛本、明钞本《尊前集》。又从稗海本《云溪友议》辑录二首，洪武本《草堂诗余》录存一首，计七十首。

本书的题解，一是对词牌略作解说，二是梳理词作意绪，对词中景物、事件及所蕴含的情感进行解说。本书的注释，主要注明词中用典、名物及各版本间的异文。对于词句出处、他人诗词的用例，也尽量予以指出。本书的汇评，主要辑录了自五代至清的重要评论家的评说，其来源有词话、词选等，个别也辑录了民国时期评论家的评说，如丁寿田、丁亦飞《唐五代四大名家词》、李冰若《栩庄漫记》、华钟彦《花间集注》、陈匪石《声执》等。此外，附录有《温庭筠词相关研究资料》、《温庭筠词集、研究论著索引》、《温庭筠词研究论文索引》、《温庭筠词研究部分博士、硕士学位论文索引》。《温庭筠词相关研究资料》主要包括《旧唐书》、《新唐书》等的传记资料、历代的序跋及综合评论，具体每首词的评论因已附于词作后，此处未录；《温庭筠词集、研究论著索引》主要汇集唐宋以来至2014年相关词集与研究论著目录，《温庭筠词研究论文索引》汇集1919年至2014年相关研究论文目录，《温庭筠词研究部分博士、硕士学位论文索引》汇集所知见学位论文，均大致以年代编排。

　　本书在编撰过程中，参考了诸多前辈时贤的研究成果，限于体例，不能一一注明，在此一并致谢。由于笔者学识有限，时间也紧迫，疏漏之处，望方家不吝指正。

目　录

存疑词

附　录

菩萨蛮

小山重叠金明灭^①，鬓云欲度香腮雪^②。懒起画蛾眉^③，弄妆梳洗迟^④。　　照花前后镜，花面交相映。新贴绣罗襦^⑤，双双金鹧鸪^⑥。

【题解】

《菩萨蛮》，又名《菩萨鬘》《子夜歌》《重叠金》《巫山一段云》《城里钟》《花间意》《花溪碧》《梅花句》《晚云烘日》。本为唐教坊曲，后用为词牌，属于小令。此调前人以为创于唐宣宗时，因女蛮国派遣使者进贡，教坊而制此曲。唐人苏鹗《杜阳杂编》卷下载，唐宣宗大中初（约 847 年），女蛮国入贡，来人梳高髻，戴金冠，号"菩萨蛮队"，当时艺人于是创制《菩萨蛮曲》。后来，成为宣宗最爱唱的词调，文人也多有仿作。全词双调八句，44 字。上下阕都是第一、二句用仄声韵；第三、四句用平声韵，共八韵。句式只有五言和七言，比较整齐。《宋史·乐志》入"中吕宫"。

温庭筠此词为《花间集》之首，也为温词之首，足见其典范性。

这首词以精致的构思，精美的语言，写闺中思妇独处的情怀，刻画出一位典型环境中的典型女性形象。词作首句写室内的晓景：屏风上金光时明时暗，在重重叠叠的山景间浮动。次句写闺中思妇初醒而尚未起床，散乱如云的鬓发，在如雪的面庞上飘动。三、四句写她起床后的行动：懒懒地打扮，慢慢地梳洗。其中的"懒"字和"迟"字，生动地体现了女子的惆怅倦怠之情。五、六句承接上面写妆扮的具体情形：簪花时，置放前后双镜，非常细致、讲究，花容与人面交相辉映，更觉人面如花，娇俏艳丽。此处写她的"细致"、"认真"，与前面的"懒"、"迟"，真实反映她内心的矛盾：因情人不在，无人欣赏，而懒起迟妆，但少妇的爱美天性又使她本能地进行细致妆扮。最后两句"新帖绣罗襦，双双金鹧鸪"写她更换衣服时，忽然看见上面绣有的双双鹧鸪，不禁更添了一段新愁。

词作写闺怨之情，却不着一字点破，而是通过主人公起床前后一系列的动作、服饰，让读者由此去窥视其内心的隐秘。词作并采用了仄韵和平韵交错变换的调式来表现曲折细腻的思想感情，而"照花前后镜，花面交相映"两句，不仅平仄合于律句，且巧妙地安排了五个响亮的去声字："照""后""镜""面""映"，置于换头之处，吟唱时，就更加显得跌宕飞动、抑扬顿挫。

【注释】

①小山：有四种解释：一、指屏山，即屏风。古代居室内有一种小型屏风称"枕屏"，屏上饰有画景，亦称"画屏"，立在床前枕畔，其状若高低曲折之山峦。温庭筠《菩萨蛮》(其十一)"枕上屏山掩"，《南歌子》"鸳枕映屏山"，可证。二、指眉。唐时女子画眉流行十种式样，称"十种眉"，"小山眉"是其中一种，又称"远山眉"。三、指枕。温庭筠《菩萨蛮》(十四)"山枕隐浓妆"，可证。四、指女子头上发梳。沈从文《中国古代服饰研究》说此句词"正是当时妇女头上金银牙玉小梳背在头发间重叠闪烁的情形"。以上四种解释皆通，似以第一种为胜。

②鬓云：即云鬓，比喻像乌云一般的鬓发。香：雪本《花间集》作"春"。

③蛾眉：蚕蛾触须细长而弯曲，因以形容女子长而美的眉毛。《诗经·卫风·硕人》："螓首蛾眉。"一说作"娥眉"，扬雄《方言》："娥，好也，秦晋之间好而轻者谓之娥。"枚乘《七发》："皓齿娥眉，命曰伐性之斧。"

④弄妆：妆饰，打扮。此句由施肩吾《夜宴曲》"碧窗弄妆梳洗晚"诗句化出。

⑤贴绣：黄昇编著的《唐宋诸贤绝妙词选》作"着绮"。贴绣，苏绣中一种工艺。襦：短上衣。古乐府诗《陌上桑》："湘绮为下裙，紫绮为上襦。"

⑥金鹧鸪：金线绣成的鹧鸪鸟图案，此即贴绣。鹧鸪：鸟名。《本草纲目·禽部》："鹧鸪性畏霜露，夜栖以木叶蔽身，多对啼，今俗谓其鸣曰'行不得也哥哥'。"其形如鸠，头顶紫红色，背灰色，嘴红，腹带黄色，脚红色，外形较美观。

【汇评】

宋·王灼：《菩萨蛮》，《南部新书》及《杜阳杂编》云："大中初，女蛮国入贡，危髻金冠，缨络被体，号菩萨蛮队，遂制此曲。当时倡优李可及作菩萨蛮队舞，文士亦往往声其词。"大中，乃宣宗纪号也。《北梦琐言》云："宣宗

爱唱《菩萨蛮》词,令狐相国假温飞卿新撰密进之,戒以勿泄,而遽言于人,由是疏之。"(《碧鸡漫志》卷五)

明·汤显祖:芟《花间集》者,额以温飞卿《菩萨蛮》十四首,而李翰林一首为词家鼻祖,以生不同时,不得列入。今读之,李如藐姑仙子,已脱尽人间烟火气;温如芙蓉浴碧,杨柳艳青。意中之意,言外之言,无不巧隽而妙入。珠璧相耀,正自不妨并美。(汤显祖评本《花间集》卷一)

明·杨慎:《菩萨鬘》,唐词有《菩萨蛮》,不知其意。按小说,开元中南诏入贡,危髻金冠,璎珞被体,故号菩萨蛮,因以制曲。佛经戒律云"香油涂身,华鬘被首"是也。白乐天《蛮子朝》诗曰"花鬘抖擞龙蛇动",是其证也。今曲名"鬘"作"蛮",非也。(《升庵诗话》卷十)

明·徐士俊:此词又名《重叠金》,因首句也。(卓人月《古今词统》卷五)

清·许昂霄:"小山重叠金明灭","小山"盖指屏山而言。"鬓云欲度香腮雪",犹言鬓丝撩乱也。"照花前后镜,花面交相映",承上梳妆言之。"新帖绣罗襦","帖"疑当作贴,花庵选本作"着"。(《词综偶评》)

清·张惠言:此感士不遇也。篇法仿佛《长门赋》,而用节节逆叙。此章从梦晓后,领起"懒起"二字,含后文情事,"照花"四句,《离骚》"初服"之意。(《词选》卷一)

清·谭献:以《士不遇赋》读之最确。(《谭评词辨》卷一)

清·陈廷焯:温丽芊绵,已是宋、元人门径。(《云韶集》卷一)

清·陈廷焯:飞卿词全祖《离骚》,所以独绝千古。《菩萨蛮》《更漏子》诸阕,已臻绝诣,后来无能为继。(《白雨斋词话》卷一)

又:所谓沉郁者,意在笔先,神余言外,写怨夫思妇之怀,寓孽子孤臣之感。凡交情之冷淡,身世之飘零,皆可于一草一木发之。而发之又必若隐若现,欲露不露,反复缠绵,终不许一语道破,匪独体格之高,亦见性体之厚。飞卿词,如"懒起画蛾眉,弄妆梳洗迟"无限伤心,溢于言表。(《白雨斋词话》卷一)

又:飞卿《菩萨蛮》十四章,全是变化楚骚,古今之极轨也。徒赏其芊丽,误矣。(《白雨斋词话》卷一)

又:飞卿词大半托词帷房,极其婉雅而规模自觉宏远。周、秦、苏、辛、姜、史辈,虽姿态百变,亦不能越其范围。本原所在,不容以形迹胜也。

（《白雨斋词话》卷七）

清·刘熙载：温飞卿词精妙绝人，然类不出乎绮怨。（《词概》）

清·张德瀛：词有与风诗意义相近者，自唐迄宋，前人巨制，多寓微旨。……温飞卿"小山重叠"，《柏舟》寄意也。（《词徵》卷一）

李冰若："小山"，当即屏山，犹言屏山之金碧晃灵也。此种雕饰太过之句，已开吴梦窗堆砌晦涩之径。"新贴绣罗襦"二句，用十字止说得襦上绣鹧鸪而已。统观全词意，诔之则为盛年独处，顾影自怜；抑之则侈陈服饰，搔首弄姿。"初服"之意，蒙所不解。（《花间集评注·栩庄漫记》）

丁寿田、丁亦飞：此词表面观之，固一幅深闺美人图耳。张惠言、谭献辈将此词与以下十四章一并串讲，谓系"感士不遇"之作。此说虽曾盛行一时，而今人多持反对之论。窃以为，单就此一首而言，张、谭之说尚可从。"懒起画蛾眉"句暗示蛾眉谣诼之意。"弄妆""照花"各句，从容自在，颇有"人不知而不愠"之概。（《唐五代四大名家词》甲篇）

菩萨蛮

水精帘里颇黎枕①，暖香惹梦鸳鸯锦②。江上柳如烟，雁飞残月天③。　　藕丝秋色浅④，人胜参差剪⑤。双鬓隔香红⑥，玉钗头上风⑦。

【题解】

这首词写思妇初春时节的深闺遥怨之情，与前首一样，没有明白点破，需要读者细致体会。上片一、二句写室内的陈设，三、四句是写室外的景象。室内是晶莹澄澈的水精帘、玻璃枕等器物，造就一派清明的环境，配以暖香的鸳鸯锦，又极显繁华富丽。室外境界更加开阔，柳丝如烟，残月朦胧，江天一色，飞雁点点，景象由富艳转为清远。在这种背景中，人物的思绪"暖香惹梦"。惹出什么梦呢？自然是怀人的春梦了，而锦上鸳鸯则反衬出女子的孤单寂寞。下片写女主人公梦醒后的形象。"藕丝"句写出服饰之色，"人胜"句写出首饰之丽，最后两句，终于在千呼万唤中托出女子的神情：在骀荡的和风中，簪花如画，微微颤动。思妇由"暖香"而入梦，由梦而见江上烟柳、雁飞残月，并由晨起而盛妆，极尽描绘，而思妇之隐情依稀可见。词作特别擅长炼字炼句，"惹""隔""风"等字，活现思妇神情，而"江上柳如烟，雁飞残月天"句，则意境深远，深得后人称赏。

【注释】

①水精：即水晶。指一种纯净、透明、结晶质的石英，即无色的自然硅石。但也有因含物质成分不同而呈现灰、黑、黄、紫等色。古称"水玉""水精"。颇黎：彊村本《金奁集》作"珊瑚"。同"玻璃"，古代所谓玻璃多是天然水晶。

②鸳鸯锦：指绣着鸳鸯的锦被。"鸳鸯"，含有"合欢"之义，意同《古诗·客从远方来》："文采双鸳鸯，裁为合欢被。"

③月：《唐宋诸贤绝妙词选》作"日"。

④藕丝：指藕丝色，一种浅淡柔和的色调，近乎白色。这里借代为衣裙。李贺《天上谣》"粉霞红绶藕丝裙"，王琦《汇解》："粉霞、藕丝，皆当时彩色名。"叶葱奇注："藕丝即纯白色。"元稹《白衣裳》："藕丝衫子柳花裙。"秋色：与秋时相应的颜色。古以五色、五行配四时，秋为金，其色白，故指白色。或谓："秋色"指秋香色，一种介乎黄与绿之间淡雅柔和的色调，亦可通。

⑤人胜：又称"花胜""春胜"，指女子头上戴的首饰。古代风俗于正月七日（人日）剪彩为人形，戴在头上。《荆楚岁时记》："正月七日为人日……剪彩为人，或镂金薄为人，以贴屏风，亦戴之头鬓；又造华胜以相遗。"花胜男女都可以戴，有时亦戴小幡，合称幡胜。到宋时这种风俗犹存，见《梦梁录》《武林旧事》"立春"条。

⑥香红：指鬓边花朵。唐宋时期女子以花朵，如纸花、绢花、鲜花，插于鬓边、头上，显示女性美。双鬓簪花，故曰"隔"。

⑦钗：古时妇女的首饰，常以金玉制成。白居易《长恨歌》："唯将旧物表深情，钿合金钗寄将去。"头上风：形容首饰随步微微颤动。风，用作动词，指颤动。此句意味略同温庭筠《咏春幡》诗："玉钗风不定，香步独徘徊。"

明·杨慎:王右丞诗:"杨花惹暮春。"李长吉诗:"古竹老梢惹碧云。"温庭筠词:"暖香惹梦鸳鸯锦。"孙光宪词:"六宫眉黛惹春愁。"用"惹"字凡四,皆绝妙。(《升庵诗话》卷五)

明·徐士俊:"藕丝秋色染",牛峤句也。"染""浅"二字皆精。(卓人月《古今词统》卷五)

清·张惠言:"梦"字提。"江上"以下,略叙梦境。人胜参差,玉钗香隔,言梦亦不得到也。"江上柳如烟",是关络。(《词选》卷一)

清·吴衡照:飞卿《菩萨蛮》云:"江上柳如烟,雁飞残月天。"《更漏子》云:"银烛背,绣帘垂。梦长君不知。"《酒泉子》云:"月孤明,风又起,杏花稀。"作小令不如此着色取致,便觉寡味。(《莲子居词话》卷一)

清·孙麟趾:何谓浑?如"泪眼问花花不语,乱红飞过秋千去。""江上柳如烟,雁飞残月天。""西风残照,汉家陵阙。"皆以浑厚见长者也。词至浑,功候十分矣。(《词迳》)

清·陈廷焯:"江上柳如烟,雁飞残月天。"飞卿佳句也。好在是梦中情况,便觉绵邈无际。若空写两句景物,意味便减。悟此方许为词。不则即金氏所谓雅而不艳,有句无章者矣。(《白雨斋词话》卷七)

清·陈廷焯:"杨柳岸,晓风残月",从此脱胎。"红"字韵,押得妙。(《云韶集》卷一)

清·陈廷焯:梦境凄凉。(《词则·大雅集》卷一)

李冰若:"暖香惹梦"四字与"江上"二句均佳,但下阕又雕缋满眼,羌无情趣。即谓梦境有柳烟残月之中,美人盛服之幻,而四句晦涩已甚。(《花间集评注·栩庄漫记》)

菩萨蛮

蕊黄无限当山额①,宿妆隐笑纱窗隔。相见牡丹时②,暂来还别离③。　　翠钗金作股④,钗上蝶双舞⑤。心事竟谁知?月明花满枝。

【题解】

这首词写思妇对相聚时短，相别时速的无限怨恨之情。上片首二句写女主人公的形象：脸上是旧妆，依稀可见额间点黄的痕迹，隔着纱窗还可以看得见她的笑意已然消失，略带愁容，原因是她与其所爱者相见在牡丹花开的暮春时节，暗喻相见之晚；接着"暂来还别离"点明共处时间之短，离去之匆匆。下片"翠钗"二句，乍看只是写了妆饰的双蝶金钗，但在闺中人眼里，却含蕴着人不如物的感慨，这与第一首见到"双双金鹧鸪"一样，隐含着对人情冷寂的哀叹。最后用"月明花满枝"五字以景结情，淡语作收，主人公的心事似道破而又未道破，一句景语，使人含咀不尽。

【注释】

①蕊黄：妇女施于额上的黄色涂饰。此"黄"，是用花蕊研制成的黄粉，称"额黄"，又称"蕊黄""鸦黄"。唐五代时，还留存有此习俗。其制起于汉时。张先《汉宫春》："奇葩异卉，汉家宫额涂黄。"温庭筠《懊恼曲》："藕丝作线难胜针，蕊粉染黄那得深。"山额：旧称眉为远山眉，眉上额间故称山额。或解释为额间的高处。

②牡丹时：牡丹开花之时，即谓暮春三月。晏殊《浣溪沙》："三月和风满上林，牡丹妖艳值千金。"

③暂：吴本《花间集》作"新"。还：迅速，立即。《汉书·董仲舒传》："此皆可以还至而（立）有效者也。"颜师古注："还读曰旋。旋，速也。"

④翠钗：镶嵌了翠玉的金钗，一种插于发髻的精美首饰。股：钗的组成部分，俗称钗脚。钗由两股合成，古代情侣分别时常常掰钗为二，各执一股，以当临别念物。白居易《长恨歌》："钗留一股合一扇，钗擘黄金合分钿。"

⑤蝶双：毛本《花间集》作"双双"，鄂本、汤本《花间集》均作"双蝶"。蝶双舞：钗头所饰双蝶舞形。

【汇评】

明·杨慎：后周静帝令宫人黄眉墨妆，至唐犹然。观唐人诗词，如"蕊黄无限当山额"，又"额黄无限夕阳山"，又"学尽鸦黄半未成"。（略）其证也。（《升庵诗话》卷一）

清·李渔："结句述景最难"：有以淡语收浓词者，别是一法。内有一片深心，若草草看过，必视为强弩之末。……大约此种结法，用之忧怨处居多，如怀人、送客、写忧、寄慨之词，自首至终，皆诉凄怨。其结句独不言情，而反述眼前所见者，皆自状无可奈何之情，谓思之无益，留之不得，不若且顾目前。而目前无人，止有此物，如"心事竟谁知，月明花满枝"，"曲终人不见，江上数峰青"之类是也。此等结法最难，非负雄才、具大力者不能，即前人亦偶一为之，学填词者慎勿轻效。（《窥词管见》）

清·张惠言：提起。以下三章本入梦之情。（《词选》卷一）

李冰若：以一句或二句描写一简单之妆饰而其下突接别意，使词意不贯，浪费丽字，转成赘疣，为温词之通病。如此词"翠钗"二句是也。（《花间集评注·栩庄漫记》）

华钟彦：蕊黄：即额黄也。因似花蕊，故以为名。古者女妆常点额黄。李义山诗："寿阳公主嫁时妆，八字宫眉捧额黄。"山额：谓额间之高处。温庭筠诗："云鬟几迷芳草蝶，额黄无限夕阳山。"牡丹时：谓春三月下旬。言相见之迟，相别之速，与《离骚》中美人迟暮之意同。双蝶：钗头之所饰也。韩偓诗："水晶鹦鹉钗头颤，敛袂俫羞忍笑时。"（心事句）温庭筠诗："心许故人知此意，古来知音竟谁人？"意与此合。（《花间集注》卷一）

菩萨蛮

翠翘金缕双䴔䴖①，水纹细起春池碧。池上海棠梨②，雨晴红满枝。　　绣衫遮笑靥③，烟草粘飞蝶。青琐对芳菲④，玉关音信稀⑤。

【题解】

这首词为怀旧思远之作。尽管这属于传统的闺怨题材，词作者却没有按一般格套去描摹"愁"与"怨"，而是大肆描绘乐景：䴔䴖在平静的春水中嬉戏起兴，喻表两情的和谐融洽；雨后池上海棠花的红艳满枝，烘托欢乐的气氛。下片写人情，先以"绣衫"句，点出女主人公的美丽娇羞情态，"烟草"

句写烟笼芳草，飞蝶双双，关合前面的春日幽会，也成为后面"青琐对芳菲"的伏笔。最后二句才揭示词意：景物芳菲依旧，而人情则是音讯稀疏。那怀旧念远的幽怨，从语词间悠悠溢出。整首词作，前六句情调轻快，末二句泛起幽怨之情。这种以乐景反衬哀情的笔法，在温庭筠词中是极为少见而别致的。

【注释】

①翠翘：妇女首饰，属钗、簪一类。《山堂肆考》："翡翠鸟尾上的长毛曰翘。美人首饰如之，因名翠翘。"韦应物《长安道》诗："丽人绮阁情飘飘，头上鸳钗双翠翘。"金缕：金丝，此指精美的翠翘上装饰的金丝制成的鸂鶒。鸂鶒：一种水鸟，状似鸳鸯，其色多紫，又名紫鸳鸯。常在水中成双偶游。唐五代珠宝饰品和各种妇女首饰，常表现为花、鸟形象。《菩萨蛮》(其十)："宝函钿雀金鸂鶒"可证。

②海棠梨：一种果木，又名海红。落叶小乔木，叶子卵形或椭圆形，二月开白色或淡粉红色花，果子到八月才熟。果实圆形或卵形，形状如梨，和樱桃大小，味道酸甜，到八、九月可吃。李时珍《本草纲目·果二·海红》："《饮膳正要》果类有海红，不知出处，此即海棠梨之实也。状如木瓜而小，二月开红花，实至八月乃熟。"

③靥：面颊上的微窝，俗称酒窝。亦指妆靥，古代妇女面部的妆饰。曹植《洛神赋》："靥辅承权。"李贺《恼公》："晓奁妆秀靥，夜帐减香筒。"王琦汇解："'靥'音'叶'，妇人面颊上之饰。"

④青琐：门窗上雕刻着花格，涂成青色，借指华贵之家。杜甫《秋兴八首》之五："一卧沧江惊岁晚，几回青琐点朝班。"周祈《名义考》："青琐，即今之门有壳隔者，刻镂为连琐文也。以青涂之，故曰青琐。"

⑤关：毛本《花间集》作"门"。玉关：即玉门关。古玉门关在今甘肃敦煌县西北，为汉唐以来西部要塞。这里借指遥远的地方。唐五代闺情诗词，写妇人思念久成边疆的征夫，常用"玉门""玉关"这个词，泛指边远的国土。李白诗有"秋风吹不尽，总是玉关情"之句。

【汇评】

丁寿田、丁亦飞：后两句点明春恨缘由，言良辰美景之虚设也。(《唐五代四大名家词》甲篇)

菩萨蛮

杏花含露团香雪，绿杨陌上多离别[①]。灯在月胧明[②]，觉来闻晓莺。　　玉钩褰翠幕，妆浅旧眉薄[③]。春梦正关情，镜中蝉鬓轻[④]。

【题解】

这首词抒写晓梦后女子的伤怀。首二句点明梦中再现的离别之时的情景：杏花含露开放，陌上杨柳依依，美景反衬离情，深含无可奈何之情绪。接着"灯在"二句，写因忆成梦，一梦惊醒的情形：相聚时的华灯依旧相照，月色依旧朦胧，蕴含人去室空之感，晓莺的声声啼叫，使女子更加惆怅。下片转为写女子的行动，显示了她的迷离恍惚、百无聊赖：女子晨起，挂起帷幕，却无心妆扮；对镜理妆，看到自己的消瘦，忽然好梦牵魂，不禁自怜自叹。全词隐约含蓄，而情状传神，尤其末二句，更是写绝了欲言难言之苦。

【注释】

①绿杨陌：谓有绿色杨柳的道路。古人送客折柳赠别，故谓绿杨陌上自古多为离别之处。白居易《离别难》："绿杨陌上送行人，马去车回一望尘。"多：吴本《花间集》作"双"。

②胧：玄本《花间集》作"陇"，雪本《花间集》作"笼"。残月微明的样子。

③旧眉：即宿眉，指隔天的眉妆。

④蝉鬓：蝉身黑而光润，两鬓薄如蝉翼，故称。亦借指妇女。此处用来形容古代美女的发式，指发型梳整得很美观，鬓发薄如蝉翼。崔豹《古今注》（卷下）：魏文帝宫人莫琼树"制蝉鬓，缥缈如蝉翼，故曰蝉鬓。"萧绎《登颜园故阁》诗："妆成理蝉鬓，笑罢敛蛾眉。"

【汇评】

明·汤显祖："碧纱如烟隔窗语"，得画家三昧，此更觉微远。（汤显祖本《花间集》卷一）

清·陈廷焯："春梦正关情，镜中蝉鬓轻。"凄凉哀怨，真有欲言难言之苦。(《白雨斋词话》卷一)

清·陈廷焯：梦境迷离。(《词则·大雅集》卷一)

丁寿田、丁亦飞：此词"杏花"二句，从远处泛写，关合本题于有意无意之间，与前"水精"一首中"江上柳如烟"二句同一笔法。飞卿词每如织锦图案，吾人但赏其调和之美可耳，不必泥于事实也。(《唐五代四大名家词》甲篇)

菩萨蛮

玉楼明月长相忆^①，柳丝袅娜春无力^②。门外草萋萋^③，送君闻马嘶。　　画罗金翡翠^④，香烛销成泪^⑤。花落子规啼^⑥，绿窗残梦迷^⑦。

【题解】

这首词写女子与情侣别离后的相忆之情。词作围绕"长相忆"三字展开：首二句以明月杨柳为外感因素，笼罩全篇，表达相忆之深、怀念之切；次二句承相忆情绪，追叙分别时的情景，"门外"句既是分别时的具体环境，又以春草随处生长喻比深长的离恨别愁，"送君"句写伫立远送的形象，与上句组合成一幅离恨绵绵的图画。上片由现实，忆及往昔。下片转入描写眼前的情事，"画罗"二句是写室内景象的凄寂，罗帏上的金色翡翠，成双成对，反衬出女子的孤寂，香烛在焚烧，在流泪，更衬出周围的沉静，显出女子的忧伤，与开头"长相忆"相呼应。最后二句写春景衰颓，子规哀啼，女子相忆梦难成，把人物的怀人心情写得尤为深婉动人。

全词写景鲜明如画，用语婉转缠绵，令人寻味。

【注释】

①玉楼：华丽的楼阁。白居易《长恨歌》："金屋妆成娇侍夜，玉楼宴罢醉和春。"

②袅娜：雪本《花间集》作"袅嫋"。轻柔细长的样子。李白《侍从宜春

11

苑奉诏赋》诗:"池南柳色半青青,萦烟袅娜拂绮城。"

③萋萋:形容草长得茂盛。《楚辞·招隐士》:"王孙游兮不归,春草生兮萋萋。"吴本《花间集》作"凄凄"。

④画罗:此当指有画饰的罗帐。唐宋风俗,衣、帐上多绣(画)图纹。翡翠:鸟名,生活在水边;毛为蓝色和绿色,异常鲜艳,可做妆饰品。《埤雅》:"翠鸟或谓翡翠,雄赤曰翡,雌青曰翠。"

⑤香烛:指精美的蜡烛或掺有香料的蜡烛。此句化用杜牧《赠别》诗:"蜡烛有心还惜别,替人垂泪到天明。"

⑥子规:鸟名,杜鹃鸟,其在晚春、初夏时常昼夜啼叫,声如"不如归去",颇为凄切。《埤雅》:"杜鹃一曰子规,苦啼,啼血不止。一名怨鸟,夜啼达旦,血渍草木。凡始鸣皆北向,啼苦则倒悬于树枝。"白居易《琵琶行》:"其间旦暮闻何物? 杜鹃啼血猿哀鸣。"

⑦绿窗:绿色纱窗。唐宋时女子喜欢在春、夏季以绿色纱绢贴窗,蔚为风气,诗人简称"绿窗"。借指女子居室。韦庄《菩萨蛮》:"劝我早归家,绿窗人似花。"

【汇评】

清·张惠言:"玉楼明月长相忆",又提,"柳丝袅娜",送君之时。故"江上柳如烟",梦中情境亦尔。七章"阑外垂丝柳",八章"绿杨满院",九章"杨柳色依依",十章"杨柳又如丝",皆本此"柳丝袅娜"言之,明相忆之久也。(《词选》卷一)

清·谭献:"玉楼明月"句,提。"花落子规啼"句,小歇。(《谭评词辨》卷一)

清·陈廷焯:音节凄清。字字哀艳,读之魂销。(《云韶集》卷一)

清·陈廷焯:低回欲绝。(《词则·大雅集》卷一)

清·陈廷焯:"花落子规啼,绿窗残梦迷。"又"鸾镜与花枝,此情谁得知。"皆含深意。此种词,第自写性情,不必求胜人,已成绝响。后人刻意争奇,愈趋愈下。安得一二豪杰之士,与之挽回风气哉。(《白雨斋词话》卷一)

况周颐:姚令威《忆王孙》云:"氄氄杨柳绿初低,淡淡梨花开未齐。楼上情人听马嘶,忆郎归。细雨春风湿酒旗。"与温飞卿"送君闻马嘶"各有其妙,正可参看。(《蕙风词话续编》卷一)

李冰若:前数章时有佳句而通体不称,此较清绮有味。(《花间集评注·栩庄漫记》)

菩萨蛮

凤凰相对盘金缕①,牡丹一夜经微雨②。明镜照新妆,鬓轻双脸长。 画楼相望久③,栏外垂丝柳。音信不归来④,社前双燕回⑤。

【题解】

这首词写女子望归的情怀。上片首二句写女子精心妆扮后的形象,先从服饰上写其美丽,再从情态写其娇艳,比拟女子像牡丹花经过夜里微雨洗濯后一样清新明丽。次二句写女子的微妙情态,估计自己所怀念的人要回来了,着意地妆扮自己,并对着明镜反复地照看,突然发觉自己消瘦了,将女子的离愁之苦暗透出来。下片写女子妆成后的活动和心情。“画楼”二句,写女主人公妆后登楼远望归人,她望了很久,还不见爱人归来,而只见栏杆之外柳丝低垂,这是通过对她活动的描写来表露其心情。结尾二句,补足余意,直写惆怅和失望:不仅未见人归来,连确切的音信也不曾有过。但是,春季社日之前,双双燕子,却是那么按时而来,真是人不如燕,丝丝哀怨,已寓于此。直吐怨情,将题意揭开。

【注释】

①凤凰句:指金丝盘绣成、两两对称的凤凰形状饰物。这种饰物唐代流行,主要是用于头饰。盘,盘错,用彩线镶绣。金缕,金丝。《菩萨蛮》(四):“翠翘金缕双鸂鶒”,可作参考。

②牡丹句:形容头上插的牡丹花,像经过一夜微雨润泽一样鲜艳。唐宋时女子常梳一种高髻,以花朵(纸花、绢花或鲜花)插于髻上,称花髻。唐人尤重牡丹,用牡丹花饰于髻上显示其妩媚与富贵。

③音:鄂本《花间集》作“意”。

④画楼:雕饰华丽的楼阁。李峤《晚秋喜雨》诗:“聚霭笼仙阁,连霏绕

画楼。"

⑤社：古代谓土地神，引申为祀社神的节日，即社日。一年有两社日，即春社、秋社。这里指春社。

【汇评】

明·汤显祖："牡丹"句，眼前景，非会心人不知。（汤显祖评本《花间集》卷一）

李冰若：飞卿惯用"金鹧鸪""金鸂鶒""金凤凰""金翡翠"诸字以表富丽，其实无非绣金耳。十四首中既累见之，何才俭若此？本欲借以形容艳丽，乃徒彰其俗劣。正如小家碧玉初入绮罗丛中，只能识此数事，便夸羡不已也。此词"双脸长"之"长"字，尤为丑恶。明镜莹然，一双长脸，思之令人发笑。故此字点金成铁，纯为凑韵而已。（《花间集评注·栩庄漫记》）

华钟彦：本词前阕四句，皆言晓妆。牡丹句为插句状词，言妆成如牡丹之经微雨也。白居易诗："玉容寂寞泪阑干，梨花一枝春带雨。"足供佐证。鬓轻：谓鬓薄也。双脸：言左边脸右边脸，即左右腮也。温词《归国遥》："双脸，小凤战篦金飐艳。"即其例。晏小山《生查子》："轻匀两脸花，淡扫双眉柳。"所云两脸，盖即因此而作。双脸长：谓人瘦也。或云长犹美也，意亦可通。（《花间集注》卷一）

菩萨蛮

牡丹花谢莺声歇①，绿杨满院中庭月。相忆梦难成，背窗灯半明②。　　翠钿金压脸③，寂寞香闺掩。人远泪阑干④，燕飞春又残。

【题解】

这首词写残春之夜，女子因"相忆梦难成"而极其感伤的情景。上片首二句写外界环境：牡丹花已谢，莺啼声也已停歇，时已暮春，杨柳满院，月上中天，这是到了午夜时分。这两句点明了时间与空间，也点出了女子情绪的外感因素。接着，"相忆"两句，直接点明在这暮春良宵之时，女子伤情怀远的具体情状:因离别而相忆,继而辗转反侧,难以入梦,坐起沉思,而室内那半明半暗的灯光,构成了一种凄清寂寥的环境,也见证着女子的梦难成。下片深入一层,写她在此情此景中的感受。先写女子头饰的富丽,以衬其美貌,再写香闺的孤独、寂寥,更见其怨苦。末二句既叹春去匆匆,也叹年华如逝水,一笔兼写两意,相忆之苦与人生感慨融为一体。

【注释】

①莺:鸣禽类,体小,鸣声清脆,宛转如歌,故称"莺歌"。

②背窗:背向着窗,一说为北窗,北本从背,亦可通。李商隐《灯》:"花时随酒远,雨夜背窗休。"

③翠钿:用金翠珠宝等制成花朵形的首饰,即花钿。《西洲曲》:"树下即门前,门中露翠钿。"白居易《长恨歌》:"花钿委地无人收,翠翘金雀玉搔头。"

④阑干:交错纵横的样子。泪阑干:比喻泪流满面的样子。白居易《长恨歌》:"玉容寂寞泪阑干,梨花一枝春带雨。"

【汇评】

清·张惠言:"相忆梦难成",正是残梦迷情事。(《词选》卷一)

清·陈廷焯:领略孤眠滋味,逐句逐字,凄凄恻恻,飞卿大是有心人。(《云韶集》卷一)

清·陈廷焯:三章云"相见牡丹时",五章云"觉来闻晓莺",此云"牡丹花谢莺声歇",言良辰已过,故下云"燕飞春又残"也。(《词则·大雅集》卷一)

菩萨蛮

满宫明月梨花白①,故人万里关山隔②。金雁一双飞③,泪痕沾绣衣。　　小园芳草绿,家住越溪曲④。杨柳色依依,燕归君不归⑤。

【题解】

这首词写女子月夜思念情人的情景。上片是触景生情。先写室内月色明亮,暗示这又是一个不眠之夜:往高处看,月光笼罩下,梨花盛开,分外明亮,室内室外,一派洁白。再往远处看,关山重重,而情人就在视线不达的万里关山外。接着,"金雁"二句,由远到近,写女子因不见情人,充溢思念之情,夜夜难眠,只好缝绣金雁双飞的衣服寄托相思,可绣着绣着,相思的泪痕,沾满了衣裳。下片是以景写情。先写芳草又绿,蕴含怨人不归的情绪,再写家住越溪,以西施自比,表明美貌无人欣赏,将随春逝去,同样蕴含怨人不归的情绪。末句则以"燕归"反衬"君不归",以物而反衬人,将前面积累的怨情深深道破,真挚感人。

【注释】

①宫:古代对房屋、居室的通称,秦汉以来,特指帝王所居。陆德明《经典释文》:"古者贵贱同称宫,秦汉以来,惟王者所居称宫焉。"此处指普通居室。

②故人:指旧日的情人。刘孝绰《古意》:"故居尤可念,故人安可忘。"关山:原意是关塞和山岳,这里泛指途中的山山水水。

③金雁句:唐宋贵族妇女衣饰用物,多用金线镶绣成各种花鸟纹饰,增加美观。此谓衣上用金线绣成双雁形纹饰。

④越溪:即若耶溪,北流入镜湖,在浙江绍兴。相传为西施浣纱处。此句用西施之典,有以西施之美相比况的意思。杜荀鹤《春宫怨》:"年年越溪女,相忆采芙蓉。"

⑤燕:雪本《花间集》作"雁"。

【汇评】

明·汤显祖:兴语似李贺,结语似李白,中间平调而已。(汤显祖评本《花间集》卷一)

清·陈廷焯:凄艳是飞卿本色。从摩诘"春草年年绿"化出。(《云韶集》卷二十四)

清·陈廷焯:结句即七章"音信不归来"二语意,重言以申明之。音更促,语更婉。(《词则·大雅集》卷一)

菩萨蛮

　　宝函钿雀金鹦鹏①，沉香阁上吴山碧②。杨柳又如丝，驿桥春雨时③。　　画楼音信断，芳草江南岸。鸾镜与花枝④，此情谁得知。

【题解】

　　这首词抒写女子晨起相思的情怀。上片主要叙事。首句用枕旁的金钗暗示女子初起，次句写她起床后登楼远望，吴山碧翠，这两句描写是后面抒情的铺垫。接着"杨柳"二句写远望之景：杨柳如丝，细雨霏霏，驿桥时隐时现，画面中充溢着离情别意。下片抒情，首二句紧接前面的远望写春景：只见江岸边春草萋萋，联想到情人远去不归，毫无信息传来。结尾二句用委婉、曲折的笔墨，写出了她的怨情：每当自己对着明镜簪花涂脂时，看着自己如花的容颜，不由联想到青春的易逝，相思之情因而更加深切，而此景此情又谁能知？大概只有每天伴着自己的鸾镜和花枝吧。这两句的表达方式是回旋往复的，由镜与花联想到自己，由自己又推及镜与花，给人一种千回百转、荡之不去之感。

【注释】

　　①宝函：指镶嵌着珠玉的华丽的匣子、首饰匣之类。函，即匣子、封套，如妆函、枕函等。钿雀：金银珠宝制成的雀形首饰。欧阳炯《西江月》："钿雀稳簪云髻绿，含羞时想佳期。"钿：嵌金。金鹦鹏：谓造型为水鸟鹦鹏的金首饰。鹦鹏，又名"紫鸳鸯"，常成双成对地在一起。《菩萨蛮》（其四）："翠翘金缕双鹦鹏"注，可供参考。一说金鹦鹏，指一种形似水鸟鹦鹏的香炉，常置帐边。顾敻《虞美人》词："小金鹦鹏沉烟细，腻枕堆云髻。"亦可通。

　　②沉香：一种名贵香木，木质坚硬而重，有香味，心材为著名熏香料。王仁裕《开元天宝遗事》卷下：(杨国忠)"用沉香为阁，檀香为栏，以麝香、乳香筛土和泥为壁。每于春时木勺药盛开之际，聚宾友于此阁上赏花焉。"阁：原本作"关"，雪本《花间集》《全唐诗》《词综》均作"阁"，今据此改。吴

山：又名胥山，在浙江杭州市西湖东南。此处泛指江苏浙江一带的山丘。白居易《长相思》："流到瓜洲古渡头，吴山点点愁。"

③驿桥：驿站附近的桥。古时驿马传递公文，中途有休息的地方，称驿，或驿站。常为古人送别之处。徐铉《又绝句寄题昆陵驿》："为向驿桥风月道，舍人髭鬓白千茎。"

④鸾镜：妆镜。范泰《鸾鸟诗序》："罽宾王获彩鸾鸟，欲其鸣而不能致。夫人曰：'尝闻鸟见其类而后鸣，可悬镜以映之。'王从其言，鸾睹影悲鸣，哀响中宵，一奋而绝。"故后世称镜子为鸾镜。古代一种铜镜背面饰有鸾鸟的图案，亦称鸾镜。诗词中咏鸾镜，常含寓有相思、顾影自怜之意。枝：与"知"谐音双关。

【汇评】

明·汤显祖："沉香""芳草"句，皆诗中画。（汤显祖评本《花间集》卷一）

清·张惠言："鸾镜"二句，结，与"心事竟谁知"相应。（《词选》卷一）

清·谭献："宝函钿雀"句，追叙。"画楼"句，指点今情。"鸾镜"句，顿。（《谭评词辨》卷一）

清·陈廷焯：只一"又"字，有多少眼泪。音节凄缓。凡作香奁词，音节愈缓愈妙。（《云韶集》卷一）

清·陈廷焯："鸾镜与花枝，此情谁得知。"皆含深意。此种词，第自写性情，不必求胜人，已成绝响。（《白雨斋词话》卷一）

丁寿田、丁亦飞：沉香阁，《开天遗事》："杨国忠用沉香为阁，檀香为栏。"此处借用以喻华贵耳。（《唐五代四大名家词》甲篇）

菩萨蛮

南园满地堆轻絮①，愁闻一霎清明雨②。雨后却斜阳③，杏花零落香。　　无言匀睡脸④，枕上屏山掩。时节欲黄昏，无憀独倚门⑤。

【题解】

这首词写思妇黄昏独处时的孤寂惆怅。上片写景:清明时节,园子里铺满柳絮,不一会,飘起了丝丝细雨,很快便雨过天晴,一抹斜阳映照着雨后的园林,杏花也因此显得无比娇艳。"愁闻""零落"等语,写出了景物的衰暮特质,也渲染出黯然销魂的气氛。下片主要写思妇的情态:"无言"二句写午睡初醒时,只见绣枕与屏山掩映,思妇脸上略敷脂粉。此处"无言"与上片的"愁闻""零落"相照映,极言思妇之孤寂。最后二句写时间一直到了黄昏,思妇独倚闺门,百无聊赖,内心一片空虚迷茫。

此词毛本《草堂诗余》卷一作何籍词,《草堂诗余正集》注云:"误刻何籍。"并云:"芟《花间集》者,额以温飞卿《菩萨蛮》十四首,此其一也。"又洪武本《草堂诗余》前集卷下于此词未题作者姓名。当从《花间集》作温庭筠词。

【注释】

①南园:泛指园圃。南,在这里没有实际方位意义,大抵如南亩、南窗之类。晋张协《杂诗》(之八):"借问此何时,蝴蝶飞南园。"

②清明:农历二十四节气之一。在每年公历四月五日前后。唐人有清明节与家人团聚、祭祖的习俗。杜牧《清明》诗:"清明时节雨纷纷,路上行人欲断魂。"

③却:张相《诗词曲语辞汇释》:"却,犹正也。于语气加紧时用之。"晏殊《踏莎行》:"一场愁梦酒醒时,斜阳却照深深院。"

④匀:彊村本《尊前集》作"弹"。动词,妇女面部化妆,敷粉或描眉都叫"匀",此指在面庞上略敷脂粉,而未着意化妆。元稹《生春》诗:"手寒匀面粉,鬓动倚帘风。"

⑤憀:诸本皆作"憀",唯李一氓《花间集校》作"聊"。

【汇评】

明·沈际飞:隽逸之致,追步太白。(沈际飞评本《草堂诗余正集》卷一)

清·张惠言:此下乃叙梦。此章言黄昏。(《词选》卷一)

清·谭献:"雨后却斜阳"句,余韵。"无憀独倚门"句,收束。(《谭评词辩》卷一)

19

王国维:温飞卿《菩萨蛮》"雨后却斜阳,杏花零落香。"少游之"雨余芳草斜阳,杏花零落燕泥香"虽自此脱胎,而实有出蓝之妙。(《人间词话附录》)

菩萨蛮

夜来皓月才当午①,重帘悄悄无人语②。深处麝烟长③,卧时留薄妆④。　　当年还自惜,往事那堪忆。花露月明残⑤,锦衾知晓寒。

【题解】

这首词写思妇暗夜独处时的寂寞情怀。上片,由外而内,以环境叙写人情。首先,"夜来"两句,写夜景凄清:皓月当空,重帘悄悄,一个"才"字,显示出思妇长夜的煎熬。"深处"二句,承接上文:"深处"照应"重帘","麝烟长"照应"才当午",写室内一片暗淡,只有麝香闪着一点星火,冒着一缕轻烟,一如长夜的悠悠。下片转入对往事的追忆。先由上片的"卧时"句点出思妇的形态,转入对自己当年的美貌丰姿的回忆,"花露"句则既为景象,也为思妇当前境遇的写照,一语关合双重意思。而末尾一个"寒"字,力透纸背,写尽思妇心境。

整首词脉络十分清晰,首尾相承。词中"还自""那堪"类双音节虚词的使用,使词更加灵动圆转。

【注释】

①午:此指午夜。古代计时法将一天一夜分为十二时辰,午时相当现在计时法所指11点至13点。午时日在中天,因称日中为午,并以此类推,亦指月正中天(现在23点至1点)时为午夜。宋高似孙《纬略·五夜》:"所谓午夜者,为半夜时如日之午也。"《隋书·律历志》:"月兆日光,当午更耀。"

②帘:彊村本《尊前集》作"门"。

③麝烟:为燃烧麝香发出的烟。麝是一种鹿科动物,体形较小,其腹部

附有香腺,分泌物香味很浓,俗称麝香。古人用麝香做香料或制药。皮日休《醉中先起李毅戏赠走笔奉酬》:"麝烟蒋再生银兔,蜡泪涟涟滴绣闺。"烟:雪本《花间集》作"香"。

④卧时:雪本《花间集》作"梦魂"。

⑤露:鄂本、汤本《花间集》作"落"。

【汇评】

清·张惠言:此自卧时至晓,所谓"相忆梦难成"也。(《词选》卷一)

清·陈廷焯:"知"字凄警,与"愁人知夜长"同妙。(《词则·大雅集》卷一)

李冰若:《菩萨蛮》十四首中,全首无生硬字句而复绮怨者,当推"南园满地","夜来皓月"二阕,余有佳句而无章,非全璧也。(《花间集评注·栩庄漫记》)

华钟彦:《六书分类》谓:"午,上象天体半覆,下象中直,明午时应天之中也。"此指月在中天言。深处:承上重帘言。(《花间集注》卷一)

菩萨蛮

雨晴夜合玲珑日①,万枝香袅红丝拂②。闲梦忆金堂,满庭萱草长③。　　绣帘垂箓簌④,眉黛远山绿⑤。春水渡溪桥⑥,凭栏魂欲消⑦。

【题解】

这首词写春闺女子的白日闲梦与梦后幽情。词先写雨后的合欢花,由此兴起男女爱情:雨后阳光明丽,朵朵合欢低垂,微风拂过,香气氤氲,花瓣红溢。女子在这静谧美好环境中睡着,醒后回味梦中情状:在一个华丽的处所,见到令人忘忧的萱草开满庭院。下片回到现实:女子坐在垂着流苏的绣帘后,满含愁意,眉头蹙起,像一抹碧绿的远山,眺望处,一江春水缓缓流过溪桥,联想到自己美妙的青春年华,也如此水一般缓缓流逝,不禁愁思茫茫。整首词中,无论是写梦后所见之景,还是写女子愁眉不展、眺望之思，都充溢着怨与恨、凄苦与哀伤。

【注释】

①夜合：合欢花，又称合昏。周处《风土记》："合昏，槿也，华晨舒而昏合。"俗称马缨花。落叶乔木，羽状复叶，小叶对生，夜间成对相合，故称"夜合花"。花淡红色，合瓣花冠，雄蕊多条。日：彊村本《尊前集》作"月"。

②红丝：指夜合花。因其花蕊多条，呈丝状。

③萱草：又写成"蘐草"或"谖草"。多年生草本植物，叶子条状披针形，花橙红色或黄红色。古人认为此草可以令人忘忧。《诗经·卫风·伯兮》："焉得谖草，言树之背"。《毛传》："谖草令人忘忧。"朱熹注："谖草合欢，食之令人忘忧者。"

④罘罳：下垂的穗子，流苏一类的饰物。《雨村词话》卷一："罘罳，今垂缨也。"

⑤眉黛：古代女子用黛画眉，因称眉为眉黛。白居易《新柳》诗："须教碧玉羞眉黛。"远山：据《西京杂记》载：司马相如妻卓文君姣好，脸际常若芙蓉，眉黛如望远山，时人效画"远山眉"。后来谓女子眉美为"远山眉"。

⑥渡：雪本《花间集》作"度"。

⑦销：失散。江淹《别赋》："黯然销魂者，唯别而已矣。"

【汇评】

清·张惠言：此章正写梦。垂帘、凭栏，皆梦中情事，正应"人胜参差"三句。（《词选》卷一）

清·陈廷焯："绣帘"四语婉雅。叔原"梦中惯得无拘检，又踏杨花过谢桥"，聪明语，然近于轻薄矣。（《词则·大雅集》卷一）

清·李调元：温庭筠喜用罘罳及金鹧鸪、金凤凰等类字，是西昆积习。金皆衣上织金花纹，罘罳，今垂缨也。（《雨村词话》卷一）

华钟彦：拂，垂也。袅：浮动貌。金堂：华丽之居。古歌云"入金门，上金堂。"是也。萱草或作蘐草，亦作谖草。《诗·伯兮》："焉得谖草，言树之背。"《毛传》："谖草令人忘忧。"此言梦到金堂，见萱草满庭，真令人忘忧也。以无忧之境，托之梦中，其忧益可见矣。何逊《为衡山侯与妇书》："始知萋萋谖草，忘忧之言不实。"与此同属反面见意。罘罳：与流苏双声，意同，帘之穗也。温词《归国遥》："翠凤宝钗垂罘罳。"是其例。（《花间集注》卷一）

菩萨蛮

竹风轻动庭除冷,珠帘月上玲珑影。山枕隐浓妆^①,绿檀金凤凰^②。　　两蛾愁黛浅^③,故国吴宫远^④。春恨正关情^⑤,画楼残点声^⑥。

【题解】

这首词抒写宫女的怨情。全词采用客观化手法,表现出宫女内心的悲楚。上片先渲染出一个清凉之境:竹影森森,凉风萧飒,庭阶寒冷,人因此感到阵阵寒意。清幽的月光从珠帘外照进来,投射出层层影子,在这样的背景下,一位浓妆的宫女凭枕闲卧,接下来"绿檀"句是补足"浓妆"的,显现其环境的华丽。下片首二句为倒置,意思为:因想到自己的家园与吴宫相距很远,所以两眉带愁,浅著黛粉。这里暗用西施居吴思越的典故,见出女子的愁怨。末二句进一步将女子的春恨之情写得幽怨不尽:女子独居画楼,通宵不眠,外面传来画楼的残漏声,天又将晓,在这时光的渐渐消逝中,她的愁怨愈加深远了。词作虽然写的是宫怨,但也寄寓着作者对现实的一些不满之情。

【注释】

①山枕:枕头。古时枕头多用木、瓷制作,中间微凹,两端突起,其形如山,故名。隐:藏,这里是隐没的意思,卧时浓妆已模糊不清了。又:"隐",作"倚凭"讲,《孟子·公孙丑》:"隐几而卧。"赵歧注:"隐,倚也。"这里说闺妇倚凭在枕头上,亦通。

②绿檀:绿色的檀香枕。檀,香木名。木材极香,可制器物,亦可入药。檀枕,指以檀香木制作之枕。一说,檀香是一种香料,古人常将其置于枕内,称为檀枕。金凤凰:枕上镶绣成金丝凤凰的花纹。旧时枕头有函套,用布帛等做成,上面多有精工绣花。

③两蛾:双眉。古代常以秋天飞蛾的触须来比喻女人眉之纤细,谓之"蛾眉"。愁黛:愁眉,一种细而曲折的眉妆。《后汉书·梁冀传》:"寿色美

而善为妖态,作愁眉。"李贤注:"愁眉者,细而曲折"。黛,女子画眉的颜料,亦用作眉的代称。

④吴宫:春秋时吴王的宫殿(在今江苏苏州),泛指吴国故地江南一带。此处暗用西施入吴的典故,谓绝色美女身在深宫、远离江南故乡。

⑤恨:王辑本《金荃集》作"梦"。

⑥残点声:漏壶计时的滴水之声。古以铜壶滴漏计时,把一夜分为五更,第五更(天将破晓时)称残更。漏壶是古代计时的器具,铜制成,分播水、受水两部,播水壶分二至四层,均有小孔,可以漏水,最后流入受水壶,受水壶中有立箭标,标上分一百刻,箭随蓄水上升,露水的多少从刻度可见,用以表示时间。诗词中多用"刻漏""漏点""更漏""漏声"等。

【汇评】

明·汤显祖:十五调中如"团"字、"留"字、"知"字、"冷"字,皆一字法;如"惹梦",如"香雪",皆二字法;如"当山额",如"金压脸",皆三字法。四、五字,六、七字,皆有法,解人当自知之,不能悉记。(汤显祖评本《花间集》卷一)

清·张惠言:此言梦醒。"春恨正关情"与五章"春梦止关情"相对双锁。"青琐""金堂","故国吴宫"略露寓意。(《词选》卷一)

清·陈廷焯:"春恨"二语是两层:言春恨正自关情,况又独居画楼而闻残点之声乎!(《云韶集》卷一)

清·陈廷焯:缠绵无尽。(《词则·大雅集》卷一)

清·陈廷焯:飞卿《菩萨蛮》十四章,全是变化《离骚》,古今之极轨也。徒赏其芊丽,误矣!(《白雨斋词话》卷一)

清·蔡嵩云:看人词极难,看作家之词尤难。非有真赏之眼光,不易发见其真意。有原意本浅,而视之过深者。如飞卿《菩萨蛮》,本无甚深意,张皋文以为感士不遇,为后人所讥是也。(《柯亭词论》)

陈匪石:词固言情之作,然但以情言,薄矣。必须融情入景,由景见情。温飞卿之《菩萨蛮》,语语是景,语语即是情,冯正中《蝶恋花》亦然,此其味所以醇厚也。(《旧时月色斋词谭》)

更漏子

柳丝长^①,春雨细,花外漏声迢递^②。惊塞雁,起城乌^③,画

屏金鹧鸪。　　香雾薄，透帘幕④，惆怅谢家池阁⑤。红烛背，绣帘垂⑥，梦长君不知⑦。

【题解】

《更漏子》一调，最早见于《花间集》。因温庭筠词中多咏"更漏"，后以名调。古代没有钟，古人用铜壶滴漏计时，把一夜分作五更，故唐人习称夜间时刻为"更漏"。子，即"曲子"之简称。调名如《生查子》《采桑子》等，皆以"子"为名，"子"即"曲"。《更漏子》，即所谓夜曲，写夜长难寐；以词中之情意为调名，词旨与调名切合。又名《独倚楼》《翻翠袖》《付金钗》《两只雁》《无漏子》。双调，46字，上片二仄韵二平韵（第二、三句押仄韵，五、六句换平韵）；下片三仄韵二平韵（第一、二、三句换仄韵，五、六句换平韵）。《尊前集》注："大石调"；《黄钟商》又注"商调"（夷则商）。《金奁集》入"林钟商调"。《词律》卷四、《词谱》卷六列此词。《更漏子》词句长短不齐，相比《菩萨蛮》一调，更近于词的长短句式。

这首词写女子在春雨之夜的相思之情。上片六句两层。前三句从天气和植物来写女子的感受：春雨蒙蒙，柳条丝丝，花木上的雨水一滴一滴落下，犹如铜壶的滴漏声，搅乱了女子的心绪。紧接第二层写女子的心绪更为波动：偶尔传来一两声雁唳与乌啼，难道是漏声惊起了塞雁、城乌？画屏上的金鹧鸪，此刻也被惊起要破屏飞去？这些写女子在外界刺激下的一些主观感受，透漏出女子心绪不宁、夜不能寐的情状。下片写香雾、帘幕、谢家池阁，由室内环境引出词作的主人公，"惆怅"二字点明其心情。末三句再将此心情作深一层的描写，"梦长君不知"把相思怨愁表现得尤为深沉，一个"长"字，足见怀念的幽深，梦境的委曲。

此词彊村本《尊前集》作李煜词。

【注释】

①丝：彊村本《尊前集》校记："原本'丝'作'絮'，从毛本。"

②漏声：漏壶滴水声。漏壶，是一种通过滴水以计时的计时器，多以铜制。《说文》："漏，以铜受水刻节，昼夜百刻。"古代用漏滴计时，夜间凭漏刻传更。故此滴漏之声，应特指司更之漏声，不在闺室内，而在闺室外。一说，漏声指雨声，谓思妇在梦回初醒之际，听着花外的雨声产生错觉，把雨

声当做漏声。

③城:彊村本《尊前集》作"寒"。

④帘:彊村本《尊前集》作"重"。

⑤"惆":彊村本《金奁集》作"怊","家池"作"池家"。谢家:泛指美丽的少妇之家。据《唐音癸签》载,李太尉德裕有美妾谢秋娘,太尉以华屋贮之,眷之甚隆;德裕后镇浙江,为悼亡妓谢秋娘,用炀帝所作《望江南》词,撰《谢秋娘曲》。以后,诗词多用"谢娘""谢家""秋娘",泛指妓女、妓馆和美妾。又:六朝已有"谢娘"之称。如《玉台新咏》中有徐悱妇《摘同心支子寄谢娘因附此诗》,故以"谢娘"为谢秋娘之说,恐非。

⑥帘:彊村本《尊前集》作"帏"。

⑦长:玄本《花间集》作"残"。

【汇评】

清·尤侗:飞卿《玉楼春》《更漏子》,最为擅长之作。(《花间集评注》卷一引)

清·张惠言:此三首亦《菩萨蛮》之意。"惊塞雁"三句,言欢戚不同,兴下"梦长君不知"也。(《词选》卷一)

清·吴衡照:飞卿《更漏子》云:"红烛背,绣帘垂,梦长君不知。"《酒泉子》云:"月孤明、风又起,杏花稀。"作小令不似此着色取致,便觉寡味。(《莲子居词话》卷一)

清·陈廷焯:飞卿《更漏子》三章,自是绝唱,而后人独赏其末章"梧桐树"数语。胡元任云:庭筠工于造语,极为奇丽,此词尤佳。即指"梧桐树"数语也。不知梧桐树数语,用笔较快,而意味无上二章之厚。胡氏不知词,故以奇丽目飞卿,且以此章为飞卿之冠,浅视飞卿者也。后人从而和之,何耶?(《白雨斋词话》卷一)

又:飞卿《更漏子》首章云:"惊塞雁,起城乌,画屏金鹧鸪。"此言苦者自苦,乐者自乐。次章云:"兰露重,柳风斜。满庭堆落花。"此又言盛者自盛,衰者自衰,亦即上章苦乐之意。颠倒言之,纯是风人章法,特改换面目,人自不觉耳。(《白雨斋词话》卷一)

清·陈廷焯:思君之词,托于弃妇,以自写哀怨,品最工,味最厚。(《词则·大雅集》卷一)

清·陈廷焯:明丽。(《云韶集》卷二十四)

王国维:"画屏金鹧鸪",飞卿语也,其词品似之。"弦上黄莺语",端巳语也,其词品亦似之。正中词品,若欲于其词句中求之,则"和泪试严妆",殆近之欤。(《人间词话》)

李冰若:全词意境尚佳,惜"画屏金鹧鸪"一句强植其间,文理均因而扞格矣。(《花间集评注·栩庄漫记》)

更漏子

星斗稀,钟鼓歇①,帘外晓莺残月。兰露重②,柳风斜,满庭堆落花。　　虚阁上,倚栏望③,还似去年惆怅④。春欲暮,思无穷,旧欢如梦中。

【题解】

这首词写黎明时分思妇的惆怅之情。上片描绘清晨景象,以客观的景象描绘,来展示女子内心的主观感受:星稀鼓歇、晓莺残月,在这样一个清晨,兰花带露,柳枝摇曳,落花满地。这些景物,既表明早晨的特征,也暗示出春残欲暮之意,同时蕴含着人情的冷寂。下片主要展示思妇在这种环境中的思绪与行为:站在空虚的楼阁上,倚栏眺望,期盼远行的爱人回来,但人依旧未归,思妇空余惆怅。"还似去年""如梦中"等语,不仅写出主人公登阁望远的彼时心境,而且揭示出女子相思的苦况,其深深的怨情沉淀已久。全词语淡情浓,把女子的怀人之情写得千回百转,缠绵不尽。

【注释】

①钟鼓:此指钟鼓声。古人常于城上置钟楼,每于夜间有人按时一击钟鼓,以报时、戒出入。

②兰露重:谓兰花、兰叶上,沾满重重的露水。重,用"通感"的描写手法,形容露浓,仿佛给人以沉重之感觉。

③栏:鄂本《花间集》作"兰"。

④似:王辑本《金荃集》作"是"。

明·汤显祖："帘外晓莺残月"，妙矣。而"杨柳岸，晓风残月"更过之。宋诗远不及唐，而词多不让，其故殆不可解。（汤显祖评本《花间集》卷一）

清·张惠言："兰露重"三句，与"塞雁""城乌"义同。（《词选》卷一）

清·陈廷焯：飞卿《更漏子》首章云："惊塞雁，起城乌，画屏金鹧鸪。"此言苦者自苦，乐者自乐。次章云："兰露重，柳风斜。满庭堆落花。"此又言盛者自盛，衰者自衰，亦即上章苦乐之意。颠倒言之，纯是风人章法，特改换面目，人自不觉耳。（《白雨斋词话》卷一）

清·陈廷焯："兰露"三句，即上章意，略将欢戚颠倒为变换。"还是去年惆怅"，欲语复咽，中含无限情事，是为沉郁。"旧欢"五字，结出不堪回首意。（《词则·大雅集》卷一）

更漏子

金雀钗①，红粉面②，花里暂时相见③。知我意，感君怜，此情须问天。　　香作穗④，蜡成泪，还似两人心意⑤。山枕腻⑥，锦衾寒，觉来更漏残⑦。

【题解】

这首词描写孤独女子因追念远去的爱情而忧伤。上片回忆与情人初次幽会的场面。词作本来叙写悲伤情感，却是从往日的欢情写起："金雀钗"写她妆饰的华美，"红粉面"表现她美丽含羞的情态，"花里"为幽会的地点，"暂时"写她陶醉于爱情的感受——快乐在人的感觉上都是短暂的。"知我意"三句，则直诉衷肠：两心相知，两情相通，上天可鉴！上片的欢情回忆，反衬着下片的悲情现实。下片开始写女子对负心人的怨恨："香作穗"三句，以精妙的比喻，刻画女子发现情人辜负了她的真情后的内心，即如香穗一般成了死灰，再没有爱的火光了，自己的痴情与忧伤无法用语言表达，只是如红烛般日夜流泪。末三句进一步写女子被辜负后的痛苦情态：女子伤心地倒在床上，枕头都被泪水沾湿，锦衾也如内心般寒冷，在痛苦中不觉又度过了一个不眠之夜。全词对被辜负女子曲折痛苦、爱悔交加的心理状态写得细致入微，委婉动人。

此词彊村本《尊前集》归入李煜作，后人亦有据此辑入《南唐二主词》者。

【注释】

①金雀钗：即金爵钗，又叫凤头钗。一种金制的雀形头钗，古代妇女的华贵首饰。陆机《日出东南隅行》："金雀垂藻翘，琼佩结瑶璠。"曹植《美女篇》："头上金爵钗，腰佩翠琅玕。"

②红粉面：指女子面部的化妆。《韵会》："古傅面亦用米粉。又染之为红粉，后乃烧为铅粉。"《古诗十九首·青青河畔草》："娥娥红粉妆，纤纤出素手。"

③里：雪本《花间集》作"裹"。时：鄂本《花间集》作"如"。

④香作穗：香烧后，上端弯下像穗状的灰。韩偓《懒卸头》："时复见残灯，和烟坠金穗。"金章宗《命翰林待制朱浦侍夜饮》："坐久香成穗，夜深灯欲花。"

⑤似：彊村本《尊前集》作"是"。

⑥山枕：枕头。见前《菩萨蛮》（其十四）"山枕隐浓妆"注。

⑦觉：彊村本《尊前集》作"夜"。更漏残：更漏将尽时，谓天将明。《菩萨蛮》（其十四）"画楼残点声"，可作参考。

【汇评】

华钟彦：雀钗，华贵首饰。《晋书·元帝纪》："将拜夫人，有司请示雀钗，帝以烦费不许。"曹植《美女篇》："头上金爵钗，腰佩翠琅玕。"雀、爵古字同。孙光宪〈酒泉子〉："袅袅雀钗抛颈"是也。暂时：或本作暂如。兹据明巾箱本校改。知我：谓君也。感君：谓我也。怜：爱也。言当时两情相得，惟天知之，故云问天。"香穗"谓香之烬也。此言契阔已久，君心如香穗，如死灭，不复念我，我心之忧，不可细言，只有流泪如蜡耳。此以香穗比君，以蜡泪比我，故云"还似两人心意"也。（《花间集注》卷一）

更漏子

相见稀，相忆久，眉浅淡烟如柳。垂翠幕，结同心①，待郎熏绣衾②。 城上月，白如雪，蝉鬓美人愁绝③。宫树暗，鹊桥横④，玉签初报明⑤。

【题解】

这首词写闺中女子的相思愁情。上片写因相忆而成梦。前二句以毫不雕琢的语言写男女两人间最纯真的情思：离多聚少，相见不多反而相忆深久；接着用"眉浅"将此心情外化，这是以局部代整体的写法，写眉色如淡淡青烟，描绘出相忆之人的憔悴。后三句转入回忆，直承"忆"字，以昔日的欢聚将女子的深情苦忆反衬出来：翠幕遮掩下，用绣带结成同心结，许下鸳鸯比翼的心愿，接着进入两情欢好的境界。下片回到现实，写忆后愁极：欢好的往昔如梦，现时所见唯有如雪的月亮，高挂城头，而梦想中人不知何处。"蝉鬓"句直写女子无限悲愁。末三句，把闺中女子的愁容化入树暗、桥横、玉签报晓的景象中，以景写情，使女子的相思之情由直抒而含蓄，由显而隐，词作亦由此更加韵味悠长。

【注释】

①同心：同心结。古人惯用锦带制成的菱形连环回文结，表示恩爱同心或结为夫妻。傅玄《青青河边草》："梦君结同心，比翼游北林。"

②待：鄂本《花间集》作"侍"。熏：熏香。古代贵族特别喜欢焚香，熏香衣服和寝具，使其香暖。欧阳修《荷花赋》："覆翠被以熏香，然犀灯而照浦。"

③蝉鬓：见前《菩萨蛮》（其五）"镜中蝉鬓轻"注。

④鹊桥：俗传七夕鹊鸟架桥于银河，以渡牛郎、织女。《风俗记》："织女七夕当渡河，使鹊为桥。"此处指天河。天河位置移动，表明夜间时光不早。古人亦借"鹊桥""鹊汉""鹊河"等，指称银河，即天河。

⑤玉签：古代漏壶中的浮箭。上刻度数以计时，以竹、木所制。因为箭身是白色的，故美称之为"玉签"或"银箭"。一说，指司更漏者报时所用之更签，亦可通。

【汇评】

明·汤显祖：口头语，平衍不俗，亦是填词当家。（汤显祖评本《花间集》卷一）

清·王士禛:"蝉鬓美人愁绝",果是妙语。飞卿《更漏子》、《河渎神》,凡两见之。李空同所谓"自家物终久还来"耶?(《花草蒙拾》)

李冰若:飞卿词中重句重意,屡见《花间集》中。由于意境无多,造句过求妍丽,故有此弊,不仅"蝉鬓美人"一句已也。(《花间集评注·栩庄漫记》)

华钟彦:("城上"三句)此言梦醒之时,不知郎处,但见皎洁之月,高挂严城,空使美人愁绝耳。"玉签",用以司更漏者。《陈书·世祖纪》:"每鸡人伺漏,传更签于殿中,乃敕送者必投签于阶石之上,令枪然有声云:'吾虽眠,亦令惊觉也。'"梁元帝《秋兴赋》:"听夜签之响殿,闻悬鱼之扣扉。"即其例。(《花间集注》卷一)

更漏子

背江楼,临海月,城上角声呜咽^①。堤柳动,岛烟昏,两行征雁分。　　京口路^②,归帆渡,正是芳菲欲度。银烛尽,玉绳低^③,一声村落鸡。

【题解】

这首词也是抒写离情的。但是,词中的抒情主人公到底是男是女,是游子还是思妇,历来有不同的说法。我们不妨当作是思妇和游子并写的。上片写思妇远望,从夜到晓。前三句写思妇倚楼盼归,眼见海月初生,耳听城上角声呜咽;后三句由近而远,分别写到堤柳拂动,烟岛朦胧,征雁两行,层次井然,景中寓情。下片镜头变换,转写游子欲归,以从对方着手的方法,来升华思妇的感情。首先,"路""渡"等词,显示游子思归的心意,日夜兼程,特别是"正是芳菲欲度"句,点明时候已是暮春,良辰美景难再。末三句亦写从夜至晓,是游子所见所闻,从银烛孤照到村落鸡啼,表明旅途的广阔与清凄,也写出了游子的孤寂与思亲情绪。整首词写主人公的怀远之情,都是从景象中透出,意境更为深沉。

【注释】

①角：画角，表面涂饰着颜色的号角。古代画角多于城楼高处吹奏，以司昏晓；军中用为军号。《弦管记》："胡角有双角，即今画角。"据说角上绘有五彩，分长鸣（双角）和中鸣之别，长鸣慢声激昂，中鸣尤其悲切。李贺《雁门太守行》："角声满天秋色里，塞上燕脂凝夜紫。"

②京口：古城名。三国吴时称为京城，后改置京口镇。为古代长江下游的军事重镇。即今江苏镇江市。鄂本、汤本《花间集》均作"西陵"。

③玉绳：天工、太乙二星的共名。玉绳位在北斗第五星玉衡的北面。《太平御览》卷五引《春秋纬·元命苞》："玉衡北两星为玉绳。"玉绳星落时，夜尽天明。故诗人往往以"玉绳低"来形容深夜或拂晓。张衡《西京赋》："上飞闼而仰眺，正睹瑶光与玉绳。"

【汇评】

明·汤显祖："两行征雁分"句好。（汤显祖评本《花间集》卷一）

丁寿田、丁亦飞：此词写舟行旅途中黎明之景。夜间泊舟于京口，则一面临岸，一面与小岛遥遥相对。由"背江楼"一句可知此人背岸而卧，故目临海月而遥望岛烟也。全词从头到尾写舟中所见实景，条理井然，景色如画。（《唐五代四大名家词》甲篇）

华钟彦：归帆二句，言春将暮矣，远人及此良时。其在归途乎？前阕六句，由天色未明，说到已明，次序甚清。皆己亲见亲闻之景。过片以后，既叙远人情事。银烛三句，当是自己所见所闻者。（《花间集注》卷一）

更漏子

玉炉香①，红蜡泪②，偏照画堂秋思③。眉翠薄④，鬓云残，夜长衾枕寒⑤。　　梧桐树，三更雨，不道离情正苦⑥。一叶叶，一声声，空阶滴到明。

【题解】

这首词写女子的秋思离情。上片以秾丽之笔写长夜秋思。前三句描绘室内气氛:香烟蜡泪,寂寞画堂,烘托出秋思萦怀的愁苦心情。"偏照"句尤为精巧:首先,"秋思"点明上片主旨;其次,"偏"字将无情的红蜡写活了,似乎此时变得分外有情,陪着女子伤心滴泪。后三句紧承秋思,描绘出女子的形象,展示其长夜难眠的秋思情状:以"眉薄""鬓残"写出长夜漫漫,辗转反侧,衾枕边,弥漫的是一片寒意。情景凄冷,多少哀怨深蕴其中。下片以秋夜的典型环境,描摹离情之苦。夜雨梧桐,状女子之彻夜未寐,"不道"则化无情物为有情,把客观景物与主观情感融在一起,极写女子的愁苦。末三句继续写女子的感受:桐叶飘零,雨声沥沥,滴滴落在心上;其中一"空"字,写出动中之静,烘托出环境的寂寥。全词于一夜无眠终无一语说破,含蓄、深沉而真挚。

此词《阳春集》、彊村本《尊前集》作冯延巳词。只"香"作"烟","照"作"对","正"作"最",数字有所不同。《全唐诗》作温词,又作冯词。

【注释】

①玉炉:敦煌写卷伯三九九四作"金鸭"。玉炉,精美的香炉。古时香炉是用很珍贵的材料做成的,有玉制香炉、檀木香炉、铜香炉等;香是放在香炉中焚烧的。李贺《神弦》:"女巫浇酒云满空。玉炉炭火香鼕鼕。"香:《阳春集》、彊村本《尊前集》作"烟"。

②蜡:《阳春集》、彊村本《尊前集》作"烛"。

③照:《阳春集》、彊村本《尊前集》作"对"。

④翠:即翠黛色,指青绿色。古代妇女用翠黛色的颜料画眉,故称翠眉、黛眉、绿眉等。江淹《丽色赋》:"信东方之佳人,既翠眉而瑶质。"薄:敦煌写卷伯三九九四作"尽"。

⑤长:《阳春集》、敦煌写卷伯三九九四作"来"。

⑥不道:不顾,不管。张孝祥《桃源忆故人》:"檀槽乍捻么丝慢,弹得相思一半。不道有人肠断,犹作声声颤。"情:敦煌写卷伯三九九四作"心"。正:《阳春集》作"最"。

【汇评】

宋·胡仔:庭筠工于造语,极为绮靡,《花间集》可见矣。《更漏子》一词

尤佳,其词云:"玉炉香,红蜡泪。"(《苕溪渔隐丛话》后集卷十七)

明·徐士俊:"夜雨滴空阶"五字不为少,"梧桐树"此二十三字不为多。(卓人月《古今词统》卷五)

明·李廷机:前以夜阑为思,后以夜雨为思,善能体出秋夜之思者。(《草堂诗余评林》卷四)

明·沈际飞:子野句"深院锁黄昏,阵阵芭蕉雨。"似足该括此首,第睹此始见其妙。(《草堂诗余正集》卷一)

清·许昂霄:《更漏子》(玉炉香)已上三首,与后毛文锡作,皆言夜景,略及清晨,想亦缘调所赋耳。(《词综偶评》)

清·谭献:("梧桐树"以下)似直下语,正从"夜长"逗出,亦书家"无垂不缩"之法。(《谭评词辨》卷一)

清·谢章铤:太白如姑射仙人,温尉是王谢子弟,温尉词当看其清真,不当看其繁缛。胡元任谓庭筠工于造语,极为奇丽。然如《更漏子》云:"梧桐树,三更雨,不道离情正苦。一叶叶,一声声,空阶滴到明。"语弥淡,情弥苦,非奇丽为佳者矣。(《赌棋山庄词话》卷八)

清陈廷焯:飞卿《更漏子》三章,自是绝唱,而后人独赏其末章"梧桐树"数语。胡元任云:"庭筠工于造语,极为奇丽,此词尤佳。"即指"梧桐树"数语也。不知"梧桐树"数语,用笔较快,而意味无上二章之厚。胡氏不知词,故以"奇丽"目飞卿,且以此章为飞卿之冠,浅视飞卿者也。后人从而和之,何耶?(《白雨斋词话》卷一)

又:《楚辞》二十五篇,不可无一,不能有二。……飞卿古诗有与骚暗合处,但才力稍弱,气骨未道。可为骚之奴隶,未足为骚之羽翼也。唯《菩萨蛮》《更漏子》诸词,几与骚化矣。所以独绝千古,无能为继。(《白雨斋词话》卷七)

清·陈廷焯:遣词凄艳,是飞卿本色。结三句开北宋先声。(《云韶集》卷一)

清·陈廷焯:后半阕无一字不妙,沉郁不及上二章,而凄警特绝。(《词则·大雅集》卷一)

李冰若:飞卿此词,自是集中之冠。寻常情事,写来凄婉动人,全由秋思离情为其骨干。宋人"枕前泪共窗前雨,隔个窗儿滴到明",本此而转成淡薄。温词如此凄丽有情致不为设色所累者,寥寥可数也。温、韦并称,赖

有此耳。(《花间集评注·栩庄漫记》)

归国遥

　　香玉①,翠凤宝钗垂罴罴②。钿筐交胜金粟③,越罗春水渌④。　　画堂照帘残烛,梦余更漏促。谢娘无限心曲⑤,晓屏山断续。

【题解】

　　《归国遥》,又名《归国谣》《归平遥》《归自谣》,原唐教坊曲名,后用作词调名。有三十四字、四十二字、四十三字等体,俱为双调。《金奁集》入"双调"。温词两首,皆 42 字。前、后阕句句押韵,均用仄声韵。

　　这首词以秾丽之笔,极力描写美女的情态。上片写女子的头饰与衣服。先用香玉、翠凤、宝钗、钿筐、金粟等,极力描绘女子头饰的华美,"越罗"转写其服饰之美,尤以"春水"来形容越罗,既写出了衣服的颜色,也写出了人的飘拂之姿。下片,转写女子夜尽梦醒,空虚无聊的心情。先是居室雕梁画栋,亦极华美,蜡烛已燃残,更漏亦滴滴,暗示出女子心境的凄冷。末二句写女子思绪纷纷,莫可名状,只是无言地望着屏风上明灭断续的山川,极含蓄深婉之至。

　　词作从表面上看似乎有"堆积丽字"之病,但将整首词细细研读的话,会发现词中铺排辞藻描摹女子的头饰与衣服,是与人物的内心构成对比、反差,含蓄婉转地表现女子那种幽婉而又朦胧的复杂情感和意绪,体现出词"要眇宜修"(王国维《人间词话》)的审美特质。

　　此词《古今词统》作牛峤词,《阳春集》作冯延巳词。

【注释】

　　①香玉:泛指头上精美的首饰。

　　②翠凤宝钗:翠玉制的凤形钗。即"凤钗"。五代马缟《中华古今注》卷中:"(秦)始皇以金银作凤头,以玳瑁为脚,号曰凤钗。"罴罴:同"流苏"。此指钗头所悬下垂之穗。参见《菩萨蛮》(其十三)"绣帘垂罴罴"注。翠凤:雪

本《花间集》作"翠金凤"。

③钿筐：镶嵌金、银、玉、贝等物的小簪。《淮南子·齐俗训》"筐不可以持屋"，《注》："筐，小簪也。"交胜：两个方胜合叠在一起，形状像由两个菱形部分重叠相连。胜，古代妇女盛妆的一种首饰。或云"交胜者言钿筐与金粟交相为美"（华钟彦），意亦可通。金粟：黄色的小颗粒，桂花也称金粟，因花蕊如金粟点缀枝头。这里的金粟，是指妆饰品的形象如金粟状。李贺《追赋画江潭苑》之三："鞦垂妆钿粟，箭筩钉文牙。"王琦汇解："金华曰钿，钿粟者，钿文粒粒然，如粟之文也。"

④越罗：古越州（今浙江绍兴一带）之地所产罗绸，轻薄美观，盛唐时期曾为贡品。李贺《秦宫》："越罗衫袂迎春风，玉刻麒麟腰带红。"渌：吴本《花间集》、《阳春集》、彊村本《金奁集》作"绿"。

⑤谢娘：美人的代称，古典诗词中多泛指歌妓。李贺《恼公》："春迟王子态，莺啭谢娘慵。"王琦注："谢娘，指谢安所携之妓。"谢安，字安石，东晋人，曾隐居会稽之东山，蓄妓，以声色自娱。一说，谢娘原指唐宰相李德裕家名歌妓"谢秋娘"，后泛称歌妓或美女。参前《更漏子》（一）"惆怅谢家池阁"注。心曲：心中深隐之处。《诗·秦风·小戎》："言念君子，温其如玉。在其板屋，乱我心曲。"朱熹《集传》："心曲，心中委曲之处也。"周邦彦《满江红》："无限事，萦心曲。"

【汇评】

明·汤显祖：芙蓉脂腻绿云鬟，故觉钗头玉亦香。（汤显祖评本《花间集》卷一）

清·李调元：温庭筠喜用"皪皪"及"金鹧鸪""金凤凰"等类字，是西昆积习。金皆衣上织金花纹。"皪皪"，今垂缨也。（《雨村词话》）

李冰若：此词及下一首，除堆积丽字外，情境俱属下劣。（《花间集评注·栩庄漫记》）

华钟彦：此调名，"国"或作"自"，"遥"或作"谣"。属"夹钟商"，俗呼"双调"。始见《教坊记》。《词题标源》以为许穆夫人归国唁兄，采以名曲。钿筐、金粟：皆头饰也。飞卿诗："艳带画银络，宝梳金钿筐。"袁桷诗："宝幡绣重团金粟，钿合香严印紫泥。"是其例。交胜者言钿筐与金粟交相为美也。（《花间集注》卷一）

归国遥

双脸,小凤战篦金飐艳①。舞衣无力风敛,藕丝秋色染②。
锦帐绣帷斜掩③,露珠清晓簟④。粉心黄蕊花靥⑤,黛眉山
两点。

【题解】

这首词和前首一样,也是写美女情态的。上片,分别写容貌、头饰、穿着,先是概括地写容貌,再具体写头饰,最后着力穿着服饰,由概括而具体,非常有层次地展示女子的华艳与风韵。下片则主要写环境与面饰。其中"锦帐"二句,以华美的帐幕与露珠、晓簟的清凉对比,突显出身处华美环境与服饰下女子内心的孤寂与凄楚。"粉心"二句,再次回到女子的容颜,写它的精致华美。全词虽着力描绘女子的美丽形象,但终是缺少了血肉精神,有点画中美人的感觉。

【注释】

①小凤:篦梳的顶部是用黄金制成的,表现为凤形花样。战篦:装饰在女子头上微微颤动的篦子。战,摇晃;颤动。篦:篦子,篦梳,梳头的工具,比梳子更密,亦可做头饰。飐:风吹飘动。

②藕丝秋色:浅淡柔和的颜色,近乎白色;或谓浅黄淡绿色。见前《菩萨蛮》(其二)"藕丝秋色浅"注。此指舞衣之色。

③锦帐:锦制的华美帐幕。唐朝纺织品名目繁多,锦,实际上是一种彩色的绞,图案美丽。

④簟:竹席。《诗·齐风·载驱》:"载驱薄薄,簟笰朱鞹。"孔颖达疏:"簟字从竹,用竹为席。"此句谓簟席清凉,如蒙上清晓的露珠一般。李白《长相思》:"络纬秋啼金井阑,微霜凄凄簟色寒。"

⑤花靥:妇女面颊上用彩色涂点的妆饰。明杨慎《丹铅录》:"唐韦固妻少为盗所刃,伤靥,以翠掩之。女妆遂有靥饰。"又唐段成式《酉阳杂俎》:"今妇人面饰用花子,起自上官昭容,所制以掩黥迹。"《花间集》中"翠靥"

"花靥""金靥""金靥子""星靥"均指此种妆饰。欧阳炯《女冠子》："薄妆桃脸，满面纵横花靥，艳情多。"粉心黄蕊：指花形靥饰的颜色，如花之红心、黄蕊。

【汇评】

华钟彦：簟，第玷切，竹席也。清晓的露珠湿簟。岑参诗："夜深露湿簟，月出风惊蝉。"是其证。一曰古之簟或以珠玉之属为之，《洞冥记》："金床，象席，琥珀镇，杂玉为簟。"谢朓诗："珍簟清夏室，转扇动凉飔。"皆其证。露珠：谓珠簟如露也。花靥：面饰也。靥面：犹今言酒窝。段成式《酉阳杂俎》："今妇人面饰用花子，起自上官昭容，所制以掩黥迹。"又云："妇人妆如月形，名黄星靥。"段公路《北户录》："余访花子事，如面光，眉翠月，黄星靥，其来尚矣。"孙光宪《浣溪纱》："腻粉半粘金靥子。"是也。眉山：谓眉如远山也。《西京杂记》："文君姣好，眉色如望远山，脸际常若芙蓉。"故称远山眉。（《花间集注》卷一）

酒泉子

花映柳条，闲向绿萍池上①。凭栏杆，窥细浪，雨萧萧②。
近来音信两疏索③，洞房空寂寞④。掩银屏⑤，垂翠箔⑥，度春宵。

【题解】

《酒泉子》，唐教坊曲名，以酒泉郡作为调名。汉应劭《地理风俗记》："酒泉郡，其水若酒，故曰酒泉。"此调亦有多种格体，《钦定词谱》列有四十字、四十一字、四十二字、四十三字、四十四字、四十五字等共22体，俱为双调。温词《酒泉子》四首，前三首皆四十字体，第四首为四十一字体，用韵平仄迭出，大抵上片首句、末句须与下句结句押同一平韵；其他各句押仄韵。一调凡二换韵，颇错落有致。《金奁集》入"高平调"。

这首词写女子的春日怀远。上片写女子凭栏闲望。"花映柳条""雨萧萧"两句，都是写景，前句明艳，后句暗淡，寓意着好景不常，美人迟暮。中间三句写女子凭栏窥浪，重点落在一"闲"字上，体现其百无聊赖的内心感受。下片写女子的深闺寂寞。"近来"句是点出她的深闺寂寞，而音信疏索则是寂寞的原因。接下来洞房寂寞以一"空"字修饰，与上片"闲"字相应，体现其无比遗憾的心绪，紧接"疏索""寂寞"，又写女子掩屏垂帘，苦度春宵。全词以外显内，用主人公的行动来表现她内心世界的空虚寂寞与无限惆怅。

【注释】

①闲：鄂本、汤本《花间集》作"吹"。

②萧萧：玄本《花间集》作"潇潇"。

③疏索：稀疏冷落。"两疏索"指双方都未得到音信。

④洞房：幽深的闺房。庾信《小园赋》："岂必连闼洞房，南阳樊重之地；绿墀青琐，西汉王根之宅。"

⑤银屏：镶嵌银丝花纹的屏风，以示华丽。

⑥箔：雪本《花间集》作"幕"，鄂本《花间集》作"泊"。意指竹帘子。《新唐书·卢怀慎传》："门不施箔。"唐徐坚《初学记》卷二十五引《西京杂记》曰："汉诸陵寝，皆以竹为帘，为水文及龙凤象。"又"昭阳殿织珠为帘，风至则鸣，如金玉珠玑。"所以也称"珠帘"或"珠箔"。

【汇评】

明·汤显祖：《酒泉子》强半用三字句最易。（汤显祖评本《花间集》卷一）

李冰若："银屏""翠箔"丽矣，奈洞房寂寞度春宵何！（《花间集评注·栩庄漫记》）

华钟彦：此调属"林钟羽"，俗呼"高平调"，又呼"南吕调"。始见《教坊记》。有40字、41字、42字、43字、44字、45字、49字、52字诸体。温词四首，前三首皆40字，后一首41字。前后阕末句相叶，是此调特点。后阕第一句与第二句叶，是为正格。惟温词第四首，"梁"字与末句"狂"字叶，是变例也。花映柳条：是花与柳相合也。吹落池上，则又与柳相离也。感离合之倏忽，而伤人事之错午也。（《花间集注》卷一）

酒泉子

日映纱窗，金鸭小屏山碧①。故乡春，烟霭隔，背兰釭②。
宿妆惆怅倚高阁，千里云影薄。草初齐，花又落，燕
双双③。

【题解】

这首词写女子春日怀乡之情。上片写女子在室内，由眼前所见触发起
对故乡春天的缕缕情思。起拍二句写晨光透过窗纱，照着室内的香炉和屏
风上的碧山。"碧"字意脉与下句"故乡春"相连，由屏山碧翠联想到故乡的
春色，非常自然。"烟霭"二句接"金鸭"而写，兰灯已灭，室内香烟依然弥
漫，眼前如雾如霭，营造出一种迷茫的愁思境界，乡思蒙上了一层愁的阴
影。下片紧承上片而来，写女子思乡的焦渴心情。过片"宿妆"二句写她未
曾梳妆即登高望乡，远望是千里云影，遥远而模糊。接下来三句写近看是
芳草齐平，花落燕飞，一片暮春景色。这些景色，无不加深着换头处"惆怅"
二字的色彩。全词景起景结，情思深婉曲折。

【注释】

①金鸭：即香炉。古时候燃香之炉，常常涂金为狻猊、麒麟、凫鸭等形
状，里面中空，香从口出，因以动物形状名炉。《邺中记》："石季龙冬月为复
帐，四角安纯金银凿镂香炉。"意思是香炉用金银雕刻而成。最有名的香炉
是铜制博山香炉。《西京杂记》："丁谖作九层博山香炉，镂以奇禽怪兽，皆
自然能动。"

②兰釭：即所谓"兰灯""香灯"。古代用泽兰子炼制油脂点灯。泽兰，
又名水香、兰香，花红白色而香。故称兰灯、香灯。《楚辞·招魂》："兰膏明
烛，华灯错些。"膏，油脂。古时在燃料中掺以香料，焚时有香气喷出。

③双双：《全唐诗·附词》、王辑本《金荃集》作"双飞"。

酒泉子

楚女不归①，楼枕小河春水。月孤明，风又起，杏花稀②。

玉钗斜簪云鬓髻③，裙上金缕凤④。八行书⑤，千里梦，雁南飞⑥。

【题解】

这首词写女子的苦苦思念。起拍二句，言女子飘零在外，寄居在临河的楼宇中。"春水"二字，点明季节。接着"月孤明"三句写暮春月夜之景。女子所望，一轮孤月；所听，风声沙沙；所想，杏花飘零。之中的"孤""又""稀"，隐隐可见女子的不尽离情。过片二句写女子服饰，写她头上的玉钗、乌黑的鬓发及衣裙上的凤鸟图案，金玉锦绣的字面，反衬出女子内心的空虚寂寞。末三句写女子要借八行书，倾诉魂牵梦萦的千里相思之情，正值月夜闻雁，便可凭雁传书寄情。全词写离情相思，有虚有实，有隐有显，曲折隽永。

此词也有说是写男子对女子的苦苦思念，可为一说。

此词一作冯延巳词，见《阳春集》，《古今词统》又作牛峤词。

【注释】

①楚女：古代楚地美女。在唐宋词中多指歌妓。

②稀：玄本、雪本《花间集》皆作"飞"。

③簪：《阳春集》作"插"。云鬟：古时常用"云"形容妇女之发，鬟称"云鬟"，髻称"云髻"。刘禹锡《赠李司空妓》诗："高髻云鬟宫样妆，春风一曲杜韦娘。"髻：《全唐诗·附词》作"重"。

④金缕：即指金线。唐宋贵族妇女衣饰用物，多用金线盘押成各种花鸟纹饰，增加美观。金缕凤：指衣裙上用金线编织成凤凰花纹。和凝《天仙子》："柳色披衫金缕凤，纤手轻拈红豆弄。"

⑤八行书：指书信。《后汉书·窦章传》注引马融《与窦伯向（章）书》曰："赐书……纸八行，行七字。"谓信纸一页八行，因以"八行书"称书信。

齐邢邵《齐韦道逊晚春宴》:"谁能千里外,独倚八行书。"孟浩然《登万岁楼》诗:"今朝偶见同袍友,却喜家书寄八行。"八:《阳春集》作"一"。

⑥飞:毛本《花间集》作"归"。

【汇评】

明·汤显祖:纤词丽语,转折自如,能品也。(汤显祖评本《花间集》卷一)

清·吴衡照:《酒泉子》云:"月孤明,风又起,杏花稀。"作小令不似此着色取致,便觉寡味。(《莲子居词话》卷一)

清·陈廷焯:情词凄怨,"月孤明"三句中有多少层折。(《词则·别调集》卷一)

华钟彦:楚女:指所怀者言,温词《荷叶杯》:"楚女欲归南浦,朝雨。"即其例。重:明本作髻,《词律》谓髻字叶前段仄韵,非是。今据戈氏校本改,"重"与下句"凤"叶韵。金缕凤:裙上花纹也,追想楚女服饰之盛,以益其相思之苦。"八行书"三句,言相思既甚,乃欲借八行之书,抒千里之念,恰好鸿雁南飞,可达其意也。(《花间集注》卷一)

酒泉子

罗带惹香①,犹系别时红豆②。泪痕新,金缕旧③,断离肠。一双娇燕语雕梁,还是去年时节。绿阴浓④,芳草歇⑤,柳花狂⑥。

【题解】

这首词写女子的相思离情。上片直诉离情。起拍二句写别后罗带余香,红豆长系,将昔日之欢好与今日之离情一并写出,衬托出女子复杂的情感。接着三句写相思之情。"泪痕新,金缕旧",一"新"一"旧"用得非常巧妙,"新"从形象上写情深切,"旧"从时间上写别时长久,旧情新愁,雪上加霜,使人无比忧伤。紧接着"断离肠"以"断肠"之喻,从内心上写相思之格外痛苦。下片写眼前之景,以景表情。过片"一双"句,是对眼前景色的实写,也是对"去年"此时两情融洽的怀恋,同时暗喻自己的孤寂。"还是"句将今昔对比,写出今不如昔的感念。"还是"二字,承转今、昔情事,用辞巧又表情委婉曲折。末三句绘写暮春景象,将离愁别恨寄寓于草歇花狂中,连用三个短促的三字句,步步紧逼,既呼应了上片的情感与节奏,也暗喻春的无情离去。景在眼前,意在言中,有着言有尽而意无穷的效果。

【注释】

①罗带:一种丝罗衣带。古时常以"罗带"打成同心结,表示两人相爱。李德林《夏日》:"微风动罗带,薄汗染红粧。"

②红豆:又名相思子,生于岭南,果实为荚,种子大如豌豆,色鲜红,有黑色斑点,可供妆饰和药用。相传古代南方有人战死在边塞,其妻思之。哭于红豆树下而卒,故名相思子。《资暇集》卷下:豆"圆而红,其首乌","其树也,大株而白。枝叶似槐。其花与皂荚花无殊。"王维《相思》:"红豆生南国,春来发几枝。劝君多采撷,此物最相思。"又,汤本《花间集》无"红"字。

③金缕:此指金缕衣,一种以金线织的衣裳。桓宽《盐铁论·散不足》注:"金缕,金丝衣。"

④阴:吴本、毛本《花间集》、王国维辑本《金荃词》作"杨"。

⑤歇:雪本《花间集》作"节"。意为深邃,这里形容幽深的草丛。王延寿《鲁灵光殿赋》:"歇欻幽霭,云复霮□。"又解:歇,泄也,谓气泄无余也,即芳草长势极盛,已停止生长。

⑥柳:汤本《花间集》作"枕"。

【汇评】

明·汤显祖:纤词丽语,转折自如,能品也。(汤显祖评本《花间集》卷一)

李冰若:离情别恨,触绪纷来。(《花间集评注·栩庄漫记》)

华钟彦:泪痕新:言别情之深也;金缕旧:言别日之久也;断离肠:言相思之切也。(《花间集注》卷一)

定西番

汉使昔年离别①,攀弱柳②,折寒梅③,上高台④。　　　千里玉关春雪⑤，雁来人不来。羌笛一声愁绝⑥，月徘徊。

【题解】

《定西番》，原唐教坊曲名。后用作词调名，创自温庭筠。据《词林纪事》，此调为塞下曲，盖调名本意与汉使出塞有关。《金奁集》入"高平调"。此调有不同格体，均为双调，这里列举一体，三十五字，上片四句一仄韵两平韵，下片四句，两仄韵两平韵。四平韵为主，三仄韵借叶。这种平、仄韵变换，形成音调相间循环、起伏变化的节奏感，宜于抒发婉折之情。温庭筠《定西番》三首，与《遐方怨》《蕃女怨》等同样，是把唐人边塞诗的题材，引入词的创作，侧重表现征人思妇的离愁别怨。

这首词就题发挥，写西域人对张骞的怀念。上片追叙昔年张骞离别西域时的情景。首句"离别"二字点明离情，接着用攀柳、折梅、上高台几个富于离别、思念意味的动作，表现离别时的依依之情。下片转到现实中来，用"玉关""春雪""雁飞""笛声"，突出塞外的地理环境。"千里"句，写相见之难，"雁来"句，感慨"人不如雁"，直抒相思情切。结句用月影徘徊、羌笛悠悠来加深怀念的气氛。

词作把唐人边塞诗的题材引入词体，拓展了词的表现领域，很有意义。但它更多地展现了低沉悲苦、曲折回旋的感伤，与边塞诗相比，缺乏那种宏大的气魄与壮阔的胸襟，这样的词境，确实狭小，是传统词学观念以悲为美在创作中的体现。

【注释】

①汉使：指最早出使西域的汉朝使节张骞，《汉书·张骞传》："骞以郎应募，使月氏，出陇西，凡西域之大宛、康居、月氏、大夏、乌孙诸国，先后皆定。"诗词中也常借指征人或沦落边地之人。

②攀弱柳：攀折细柳枝表示赠别。《三辅黄图》："霸桥在长安东，跨水作桥，汉人送客至此桥，折柳赠别。"唐人亦有折柳送别的习俗。杜牧《送别》："溪边杨柳色参差，攀折年年赠别离。"

③折寒梅：折梅花赠远人，表示怀念的思绪。南朝宋盛弘之《荆州记》："宋陆凯与范晔相善，自江南寄梅花一枝，诣长安与晔。并赠范诗曰：'折花逢驿使，寄与陇头人。江南无所有，聊寄一枝春。'"（据《太平御览》卷九七〇

引）

④上高台：征夫游子，常登高台，遥望故乡。谢朓《临高台》：“千里常思归，登台临绮翼。”《乐府诗集·临高台》解题：“齐谢朓千里常思归，但言临望伤情而已。”

⑤玉关：即玉门关。在敦煌县境，河西走廊重镇，古代通往西域必经之地。泛指边塞地区。参见《菩萨蛮》（四）：“玉关音信稀”注。

⑥羌笛：笛名，一种竖吹的管乐器，略如常见的箫。原为我国西部地区羌民族乐器，两汉时传入中原，又叫双笛。始为三孔、后有五孔，可吹五音。《风俗通》：“汉武帝时丘仲作笛，其后又有羌笛。”又《初学记·乐部》：“风俗通曰：‘笛，汉武帝时丘仲所作也。’按，宋玉有笛赋，玉在汉前，恐此说非也。又马融长笛赋云，近代双笛从羌起。”

【汇评】

明·汤显祖："月徘徊"，是"香稻啄残鹦鹉粒"句法。（汤显祖评本《花间集》卷一）

明·董其昌：攀柳折梅，皆所以写离别之思。末二句闻笛见月，伤之也。（新镌订正《评注便读草堂诗余》卷七）

清·张宗橚：陆放翁云：牛峤《定西番》为塞下曲，《望江怨》为闺中曲，是盛唐遗音。（《词林纪事》卷二）

清·王奕清等：此词前后段起句及后段第三句俱间押仄韵，温庭筠别首"海燕欲飞"词与此同，其平仄如一。（《词谱》卷二）

定西番

海燕欲飞调羽①，萱草绿②，杏花红③，隔帘栊④。　　双鬓翠霞金缕⑤，一枝春艳浓。楼上月明三五⑥，琐窗中⑦。

【题解】

这首词写新妆初罢的女子形象。上片起拍以海燕初飞兴起女子新妆，给人以轻盈明丽之感。接着是草绿花红，自然界一片生机，春意盎然，写出女子新妆时的美好环境,烘托出开朗欢快的意绪。下片写新妆后的女子形象。"双鬟"句细部描摹女子的妆饰,突出妆饰的艳丽;"一枝"句比喻女子妆成如春天盛开的鲜花,明艳动人。末二句,将女子置于月圆之夜的琐窗中,女子的情怀、意绪,虽未写出,却通过词作透漏了出来。

整首词字面上没有写情,但通过场景、时间的变化,主人公的艳丽的妆容,衬托出人在楼中的凄楚幽怨之情,读来深婉含蓄,耐人寻味。

【注释】

①海燕:又名越燕,燕的一种。躯体轻小,胸紫色,产于南方滨海地区(古百越之地),故名。海燕每于春季北飞,"海燕欲飞",象征春已到来。

②萱草:又写作"蕿草"或"谖草"。《诗经·卫风·伯兮》:"焉得谖草,言树之背"。《毛传》:"谖草令人忘忧。"朱熹注:"谖草合欢,食之令人忘忧者。"

③杏花:次于梅而开,五瓣,色白带红,似梅花而稍大,果实可食。

④帘栊:有帘之窗。《说文解字》段注:"帘与栊,皆言横直为窗棂,通明。"即窗户格子。南朝宋谢惠连《七月七日夜咏牛女》:"落日隐檐楹,升月照帘栊。"

⑤翠霞:古代妇女喜尚鬟间插戴花翎、钗笒、金玉花枝等首饰,此借"翠霞"形容美女鬟间华贵的首饰,如翠玉映明,如霞光明艳,光彩照人。金缕:当指钗穗。《朝野金载》卷三引《新妆诗》:"凤钗金作缕,鸾镜玉为台。"

⑥三五:指农历十五日,此夜月最明。白居易《游悟真寺》:"是时秋方中,三五月正圆。"

⑦琐窗:雕有连环形花纹的窗。贺铸《青玉案》:"月桥花院,琐窗朱户,只有春知处。"琐:吴本作"锁"。

【汇评】

明·汤显祖:("楼上"二句)不知秋思在谁家。(汤显祖评本《花间集》卷一)

丁寿田、丁亦飞:如此良辰美景,而佳人幽居楼上,垂帘不卷,其情绪可想见矣。(《唐五代四大名家词》甲篇)

华钟彦:翠霞:钗色。金缕:钗穗也。春艳:犹春花也。此以月圆之夜,琐窗之中,其况味未堪告人,故噤口不言,需要读者自思得之也。(《花间集

定西番

细雨晓莺春晚,人似玉^①,柳如眉,正相思。　　　罗幕翠帘初卷^②,镜中花一枝。肠断塞门消息^③,雁来稀^④。

【题解】

这首词写闺中少妇对征人的怀念。上片首先泛写晚春景色,细雨如丝,濛濛洒洒,晓莺啼鸣,倍添幽寂清冷之感。在此暮春环境中,接下来三句刻画人物形象,"人似玉"写美人如玉,温润秀洁;"柳如眉"写女子柳眉弯弯,娇柔婉媚,这句既写了春柳,又写了人面;"正相思",表现了在暮春环境中人物的活动,由对女子外形的描写深入到内心世界。下片转入具体刻画,都与上片相应。帘幕初卷,美人初起,与"晓莺"照应;晓妆对镜,如花一枝,与"人似玉"相应,揭示女子自怜自伤的复杂感受;"肠断"二句,明写女子所思的塞外征人,实写女子由相思而失望,乃至悲怆的心境,与"相思"对应。整首词的上下片,无论是描写还是抒情,都前后照应,构思精妙,结构紧凑,浑然一体。

【注释】

①人似玉:比喻美人如玉。清俞樾《群经平议·尔雅二》:"古人之词,凡所甚美者则以玉言之。《尚书》之'玉食',《礼记》之'玉女',《仪礼》之'玉锦',皆是也。"

②罗幕:丝罗帐幕。古代闺阁多悬挂于卧室,或悬于纱窗、珠帘之上,目的为了防尘、遮光。晏殊《蝶恋花》:"罗幕轻寒,燕子双飞去。"

③肠断:表示极度悲切。《世说新语·黜免》:"桓公入蜀,至三峡中,部伍中有得猿子者,其母缘岸哀号,行百余里,不去,遂跳上船,至便即绝。破视其腹中,肠皆寸寸断。"塞门:塞外关口,指边关。《文选·颜延之〈褚白马赋〉》:"简伟塞门,献状绛阙。"李善注:"塞,紫塞也。有关,故曰门。"崔豹《古今注》:"秦筑长城,土色皆紫。汉塞亦然,故称紫塞。"

④雁：此语意双关，咏雁兼指"雁书"。相传雁足传书（见《汉书·苏武传》），古代诗词中常以"雁"，借指书信。晏几道《诉衷情》："雁书不到，蝶梦无凭，漫倚高楼。"

【汇评】

夏承焘：《定西番》三首，每首八句，而拗句占其四。凡拗处皆一一相对；三首共一百五十字，亦无一字平仄不合。但其所辨仅在平仄，犹未尝有上去之分。……于平仄之中，出变化为拗体；其肆奇于词句，则始于飞卿。凡其拗处坚守不苟者，当皆有关于管弦音度。飞卿托迹狭邪，雅精此事，或非漫为诘屈。（《唐宋词论丛》）

杨柳枝

宜春苑外最长条①，闲袅春风伴舞腰。正是玉人肠绝处②，一渠春水赤阑桥③。

【题解】

《杨柳枝》，古乐府中的曲名，即《折杨柳》。到隋代变为宫词，谓《柳枝》歌，传至开元，为唐教坊曲名《杨柳枝》。后来由白居易改制为新声之曲，时人相继唱和。王灼《碧鸡漫志》卷五："《乐府杂录》云：白傅作《杨柳枝》。予考乐天晚年与刘梦得唱和此曲。白云：'古歌旧曲君休听，听取新翻《杨柳枝》。'又作《杨柳枝》二十韵云：'乐童翻怨调，才子与妍词。'注云：'洛下新声也'。刘梦得亦云：'诸君莫听前朝曲，听取新翻《杨柳枝》。'盖后来始变新声。"此调形式即七言绝句，说明词之初起有一部分由近体诗递变而成。故《杨柳枝》一调，常被置于诗词之间。单调韵字，平韵（一、二、四句押韵）。《碧鸡漫志》入"黄钟商"。唐五代词专用于咏柳，词旨与调名切合。《花间集》录温庭筠《杨柳枝》八首所咏内容，皆与杨柳有联系。

这首词借咏柳表现主人公感物自伤的情思。起拍两句，一是点明咏柳本题，二是用一"外"一"闲"，将女子的被遗弃巧妙地渗透到咏柳主题中，意思是现在虽然春风习习，柳条婆娑，却已不复在宜春苑内翩翩起舞了，而只能与春风共舞,与寂寞相对。这两句从侧面切入。接着"正是"两句,即从正面深入,直接抒写女子的愁绪:面对春风中摇动的柳条,女子不禁感物自伤了。尤其是这赤栏桥边,碧柳夹道,依依可怜;赤栏桥下,春水潺潺,使人伤情。"一渠春水"既比拟愁如春水,也象征别易会难、别情无奈。

整首词言简意深,将咏物与伤怀巧妙地融在一起,不露一丝痕迹。

【注释】

①宜春苑:秦宫苑名,故址在今陕西长安县南。秦时在宜春宫之东,汉称宜春下苑。《史记·秦始皇本纪》:"(赵高)以黔首葬二世杜南宜春苑中。"又《三辅黄图》:"宜春宫本秦离宫,在长安城东南,杜县东,近下杜,又有宜春下苑。在京城东南隅。"庾信《春赋》:"宜春苑中春已归,披香殿里著春衣。"唐代改建为曲江,水流曲折,为盛节游赏胜地。马怀素《奉和立春游苑迎春应制》:"仙舆暂下宜春苑,御醴行开荐寿觞。"最:汤本《花间集》作"又"。

②玉人:容貌如玉般美丽温润的人。《晋书·卫玠传》:"玠总角羊车过市,见者皆以为玉人。"南朝宋刘义庆《世说新语·容止》:"(裴楷)麤服乱头皆好,时人以为玉人。"后多用以称美丽的女子,这里指宫女。绝:《乐府诗集》、《温飞卿诗集笺注》、玄本《花间集》均作"断"。

③渠:汤本《花间集》作"溪"。赤兰桥:桥名,疑在宜春苑附近。杜佑《通典》:"隋开皇三年,筑京城,引香积渠水自赤栏桥经第五桥西北入城。"顾况《题叶道士山房》:"水边垂柳赤栏桥,洞里仙人碧玉箫。"

【汇评】

唐·白居易:《杨柳枝》,洛下新声也。洛之小妓有善歌之者。词章音韵,听可动人,故赋之。(《杨柳枝二十韵》注)

宋·王灼:《鉴戒录》云:"《柳枝》歌,亡隋之曲也。"前辈诗云:"万里长江一旦开,岸边杨柳几千栽。锦帆未落干戈起,惆怅龙舟更不回。"又云:"乐苑隋堤事已空,万条犹舞旧春风。"皆指汴渠事。而张祜《折杨柳枝》两绝句,其一云:"莫折宫前杨柳枝,元曾曾向笛中吹。伤心日暮烟霞起,无限春愁生翠眉。"则知隋有此曲,传至开元。《乐府杂录》云,白傅作《杨柳枝》。予考乐天晚年,与刘梦得唱和此曲词,白云:"古歌旧曲君休听,听取新翻《杨柳枝》。"又作《杨柳枝二十韵》云:"乐童翻怨调,才子与妍词。"注云:"洛下新声也。"刘梦得亦云:"请君莫奏前朝曲,听唱新翻《杨柳枝》。"盖后来始变新声,而所谓乐天作《杨柳枝》者,称其别创意也。(《碧鸡漫志》卷五)

宋·郭茂倩:《杨柳枝》,白居易洛中所制也。《本事诗》曰:"白尚书有妓樊素善歌;小蛮善舞。尝为诗曰:'樱桃樊素口,杨柳小蛮腰。'年既高迈,而小蛮方丰艳,乃作《杨柳枝》辞以托意曰:'永丰西角荒园里,尽日无人属阿谁!'及宣宗朝,国乐唱是辞。帝问谁辞,永丰在何处,左右具以对。时永丰坊西南角园中有垂柳一株,柔条极茂,因东使命取两枝植于禁中。居易感上知名,且好尚风雅,又作辞一章云:'定知玄象今春后,柳宿光中添两星。'河南卢尹时亦继和。"(《乐府诗集》卷八十一)

明·汤显祖:《杨柳枝》唐自刘禹锡、白乐天而下,凡数十首。然惟咏史咏物,比讽隐含,方能各极其妙。如"飞入宫墙不见人""随风好去入谁家""万树千条各自垂"等什,皆感物写怀,言不尽意,真托咏之名匠也。此中三五卒章,真堪方驾刘、白。(汤显祖评本《花间集》卷一)

郑文焯:宋人诗好处,便是唐词。然飞卿《杨柳枝》八首,终为宋诗中振绝之境,苏、黄不能到也。唐人以余力为词,而骨气奇高,文藻温丽。有宋一代学人,专志于此,骎骎入古,毕竟不能脱唐五代之窠臼,其道亦难矣!(龙榆生《唐宋名家词选》引)

李冰若:风神旖旎,得题之神。(《花间集评注·栩庄漫记》)

华钟彦:"一渠春水赤栏桥",顾况诗:"水边杨柳赤栏桥。"是也。此言柳条虽新,而舞腰不在。玉人感物自伤,不觉一沟春水,已流过赤栏桥边。而桥边杨柳,更觉依依可怜也!(《花间集评注》卷一)

杨柳枝

南内墙东御路傍①,须知春色柳丝黄②。杏花未肯无情思③,何事行人最断肠④?

【题解】

这首词写行人因柳色触发起的伤别之情。起拍二句写柳,而由柳触发的别情却是隐含其中。"南内"句暗切杨柳,"须知"句明写柳色,柳丝嫩黄,置于绿的春色中,愈显娇美动人。接着"杏花"句以杏花与柳枝对比,推进一层,说明杏花亦能含情,"何事"句写行人在杏花柳色之中,还是柳枝最易伤别,这就把柳色春思更推进了一层。最后一句虽未直接写柳,但因柳寓含情感,已在其中。

　　一般写离情,都借柳起兴,或见柳生情,此词写行人离情也是因柳而起,但中间以杏花相衬,将柳之牵动人情于比较中写深了一层。构思精妙,别出新意。

【注释】

　　①南内:唐时兴庆宫。天子的宫禁叫"大内",简称"内"。据《旧唐书·玄宗纪》载,"兴庆宫"在"隆庆坊",本玄宗故宅,在"东内"之南,故名"南内"。白居易《长恨歌》:"西宫南内多秋草,落叶满阶红不扫。"墙:彊村本《金奁集》作"桥"。

　　②须:《温飞卿诗集》作"预"。丝:王国维辑本《金荃词》作"枝"。

　　③杏花句:意指杏花亦多情之物。李渔《闲情偶记》:"种杏不实者,以处子常系之裙系树上,便结子累累;予初不信,而试之果然。是树性喜淫者,莫过于杏,予常名风流树。"

　　④何事:何用、何须。陶渊明《饮酒》(其二):"善恶苟不应,何事空立言?"何事行:彊村本《金奁集》作"恼乱何"。行:《乐府诗集》作"情"。

【汇评】

华钟彦:言柳乃无情之物,非杏花可比。杏花未肯似柳之无情,何为亦令人断肠耶!(《花间集注》卷一)

杨柳枝

　　苏小门前柳万条①,毵毵金线拂平桥②。黄莺不语东风起,深闭朱门伴舞腰③。

【题解】

这首词咏写柳的风姿神态。首二句直接咏柳,写苏小小门前柳树的丽姿:柳枝千条万条垂挂在西湖边,细长金色的柳丝轻抚着平桥。首句是以概括之笔写柳条繁盛,次句具体写柳条的风姿。后二句则是从旁烘写:傍晚时候,春风吹来,苏小小家朱红大门已紧紧地关上,只有春风伴随着柳枝。"舞腰"语实为双关,既指如腰之柳,亦暗指细腰美人,引导读者联想。

这首词咏物与写人和谐地结合,组成景与人统一的意境。词中选词用语注意色泽的巧妙搭配,如朱门、金线、黄莺等,色彩很是绚丽。

【注释】

①苏小:苏小小。六朝时南齐名妓,居钱塘(今浙江杭州)。才盖群士,容貌绝美,家门前多柳树。杜牧《自宣城赴上京》:"谢公城畔溪惊梦,苏小门前柳拂头。"

②毵毵:垂拂纷披的样子。施肩吾《春日钱塘杂兴》:"酒姥溪头桑袅袅,钱塘郭外柳毵毵。"

③朱门:红色的门,古代王公贵族的住宅大门漆成红色,表示尊贵。也借指豪富人家。《晋书·麹允传》:"麹允,金城人,与游氏世为豪族,西洲为之语曰:'麹与游,牛羊不数头,南开朱门,北望青楼。'"舞:《乐府诗集》《温飞卿诗集笺注》均作"细"。

【汇评】

华钟彦:白居易诗:"涛声夜入伍员庙,柳色春藏苏小家。"是则苏小家多柳也。毵:思甘切,毵毵,细长貌。温庭筠诗:"神交花冉冉,眉语柳毵毵。"韦庄诗:"不那离情酒半酣,晴烟漠漠柳毵毵。"皆其例。(《花间集注》卷一)

杨柳枝

金缕毵毵碧瓦沟①,六宫眉黛惹香愁②。晚来更带龙池雨③,半拂栏杆半入楼。

【题解】

这首词咏写宫柳,以寄托宫怨。首句写宫女所处的环境,金黄的柳丝与碧绿的瓦沟交相辉映,点出柳条,为后面的内容张本。次句写环境中的人物,六宫中年轻娟秀的女子,望着柳色,不禁愁思茫茫。其中一"愁"字,揭开宫女心情,点明全篇主旨。三、四两句又回到写柳,形象地交待了"愁"的缘由:傍晚,柳丝在细雨微风的沐浴吹拂之下,似乎带着皇帝的恩泽,拂栏入楼。长年幽闭深宫女子,对此能不暗自伤神?人不如柳之叹,自在其中。

这首词,托物寄情,以咏写宫柳而道出宫女的怨愁,具有普遍的社会意义。作者写景,善于用正面描写和侧面烘托的手法,移情于物,从而达到物我交融,物有尽而意有余的艺术境界。

此词《古今词统》作牛峤词。

【注释】

①碧瓦:青绿色的琉璃瓦。"李郢《骊山怀古》:"碧瓦雕墙拥翠微,泉声一去杳难期。"

②六宫:古代天子立六宫。《周礼》:"天子后立六宫:三夫人,九嫔,二十七世妇,八十一御妻,以听天下之内治。"郑玄注:"六宫者,前一宫,后五宫也,三者,后一宫,三夫人一宫,九嫔一宫,二十七世妇一宫,八十一御妻一宫,凡百二十人。"眉黛:同粉黛,指代妇女。古时妇女以黛色(青黑色的颜料)画眉。白居易《长恨歌》:"回眸一笑百媚生,六宫粉黛无颜色。"香:《温飞卿诗集笺注》《乐府诗集》均作"春"。

③晚:《温飞卿诗集笺注》作"晓",并校曰:"一作'晚'"。龙池:池塘名,在唐玄宗故宅兴庆宫内。玄宗故宅中有井,井溢成池,中宗时,井上常有龙云呈祥,所以称"龙池"。唐沈佺期有《龙池篇》诗,专咏此事。(见《长安志》)

【汇评】

李冰若:新词丽句,令人想见张绪风流。(《花间集评注·栩庄漫记》)

华钟彦:戴侗《六书故》云:"仰瓦受覆瓦之流,所谓瓦沟也。"……此言宫中柳条,犹带明皇恩泽也。(《花间集注》卷一)

杨柳枝

　　馆娃宫外邺城西①，远映征帆近拂堤。系得王孙归意切②，不同芳草绿萋萋③。

【题解】

　　这首词写思妇望着柳条而产生的纷繁思绪。首句写柳树所在，一南一北，"馆娃"和"邺城"，两个历史地名，不仅使人想见其树，更想见那里住过的美人，树与人暗自映衬，柳的娇美自在不言中，并含有思妇以美人自况之意。次句写江岸之柳沐浴春风，飘拂多姿，思妇由征帆想起远去的征人。三、四句是思妇由柳条而产生的奇特想象：芳草可以使游子怀乡，柳条不是芳草，但它也像芳草一样碧绿，并且还有袅袅的长丝，是能够牵住远游的人，使他思归心更切的。以拟人的手法写出柳条令人陶醉的柔情。

　　这首词咏柳写人，相合无间，浑融无迹。词中活用典故，翻出新意。

【注释】

　　①馆娃宫：春秋时吴国宫殿名，故址在今江苏省吴县市西南。据《越绝书》载，西施至吴，吴王于研石山置馆娃宫，以住西施。左思《吴都赋》："幸乎馆娃之宫。"《吴郡志》："研石山一曰灵岩山，上有吴馆娃宫、琴台等。"邺城：三国时魏都，故址在今河北临漳县西南，曹操曾筑铜雀台在此，蓄歌舞妓。唐朱光弼《铜雀妓》："魏王铜雀妓，日暮管弦清。"馆娃宫、邺城二地，皆为古时与美女有关之地，并多杨柳。

　　②"系得"两句：用《楚辞·招隐士》："王孙游兮不归，春草生兮萋萋"语。王孙：贵族的后裔，泛指富贵人家的子弟。杜甫《哀王孙》："腰下宝玦青珊瑚，可怜王孙泣路隅。"古时也表示对青年人的敬称，《史记·淮阴侯列传》："吾哀王孙而进食，岂望报乎？"意：《温飞卿诗集笺注》作"思"。

　　③同：茅本、玄本、汤本《花间集》及王国维辑本《金荃词》均作"关"。芳：《乐府诗集》《温飞卿诗集笺注》均作"春"。

【汇评】

明·宋臣：构语闲旷，结趣萧散，豪纵自然。（明周敬编、周珽补辑《删补唐诗选脉笺释会通评林》卷五十八）

明·唐汝询：馆娃邺城多柳，映帆拂堤，状其盛也。古人见春草而思王孙，我以为添王孙绿意者，在此不在彼。（明周敬编、周珽补辑《删补唐诗选脉笺释会通评林》卷五十八）

明·周珽：推开春草，为杨柳立门户，一种深思，含蓄不尽，奇意奇调，超出此题多矣。（明周敬编、周珽补辑《删补唐诗选脉笺释会通评林》卷五十八）

明·郭濬："系"字实着柳上妙，落句反结有情。（明周敬编、周珽补辑《删补唐诗选脉笺释会通评林》卷五十八）

清·黄生：言王孙归意虽切，而杨柳能系之，非为春草之故。盖讽惑溺之士也。（黄生选评《唐诗摘抄》卷四）

李冰若：声情绵邈，"系"字甚佳。与白傅"永丰"一首，可谓异曲同工。（《花间集评注·栩庄漫记》）

华钟彦：王孙思归，本以芳草，今见柳条，虽与芳草不同，而牵系归情则一也。（《花间集评注》卷一）

杨柳枝

两两黄鹂色似金①，袅枝啼露动芳音②。春来幸自长如线③，可惜牵缠荡子心④。

【题解】

这首词借春柳抒发女子的思念。首二句写双双黄鹂鸣叫于带露的柳枝之间，以黄鹂衬写柳枝，从听觉、视觉上感触翠柳的婀娜多姿；也有起兴的作用，写思妇因景生情，产生了对久游在外的丈夫的怀念。后两句由正面写柳而生怀人之情：柳丝一条条如长线，也许能将游子的心牵住。景显情亦显，设想奇妙，意味深长。全词景中有情，情中有景，悠悠情思，含蓄深婉。

【注释】

①黄鹂:黄莺,色黄而艳,嘴淡红,鸣声悦耳。《诗经·周南·葛覃》:"维叶萋萋,黄鸟于飞,集于灌木,其鸣喈喈。"毛亨传:"黄鸟,抟黍也。灌木,丛木也。喈喈,和声之远闻也。"孔颖达疏引郭璞云:"俗呼黄离留,亦名抟黍。"陆机赋云:"黄鸟,黄鹂留也,或谓之黄栗留。幽州人谓之黄莺,一名仓庚,一名商庚,一名鵹黄,一名楚雀。齐人谓之抟黍。当葚熟时来在桑间。故里语曰:'黄栗留,看我麦黄葚熟。'"

②啼露:指柳枝沾露,如在啼泣。这是以拟人化手法状物,刘禹锡《杨柳枝》:"露叶如啼欲恨谁。"动:王国维辑本《金荃词》作"惹"。

③幸自:本自。韩愈《楸树》:"幸自枝条能树立,可烦萝蔓作交加。"自:《温飞卿诗集笺注》注:"一作'有'"。

④荡子:久行在外、流荡忘返的人。《古诗十九首》:"昔为倡家女,今为荡子妇。荡子行不归,空床难独守。"

【汇评】

华钟彦:荡子:谓久行在外,流荡忘返者,古诗:"荡子行不归,空床难独守。"梁简文帝《荡妇秋思赋》:"荡子之别十年,倡妇之居自怜。"皆其例。（《花间集注》卷一）

杨柳枝

御柳如丝映九重①,凤凰窗映绣芙蓉②。景阳楼畔千条路③,一面新妆待晓风④。

【题解】

这首词咏写皇宫柳色。首句,直入本题,从大处落笔,展示出一幅广阔的皇宫春柳图。次句从侧面下笔,写窗与帘相辉映,透过窗帘,依稀可见皇宫柳色。第三句又将场面拉开,写楼畔路柳,千条飘拂,万缕婆娑。末句将柳枝比拟为美女,细柳迎风飘舞,就像美丽的宫女新上妆一样,婷婷袅袅,妩媚动人。全词短短四句，开阖有致，从不同角度咏写皇宫柳色，不仅从笔底可见春日宫柳的形象美，且结尾处别有一番情韵。

【注释】

①如丝：暗用齐武帝以柳丝喻张绪风流之典。据史传记载，南朝齐吴郡人张绪，美风姿，吐纳风流。而齐武帝就曾以"条甚长，状如丝缕"之宫柳，与张绪风流媲美，曰："此杨柳风流可爱，似张绪当年时。"（《南史·张绪传》）九重：九层，九道。亦泛指多层。古制天子之居有门九重，故称九重宫，特指皇宫。《楚辞·九辩》："岂不郁陶而思君兮，君之门以九重。"

②凤凰窗：雕有凤凰图案的花窗，此指后妃所居宫殿之窗。映：《温飞卿诗集笺注》《乐府诗集》作"柱"。刘毓盘辑本《金荃词》作"近"。芙蓉：荷花。《古诗十九首》："涉江采芙蓉，兰泽多芳草。"

③景阳：南朝宫名。据《南齐书》载，齐武帝以宫内深隐，不闻端门鼓漏声，置钟于景阳楼上，宫人闻钟声早起妆饰。畔：刘毓盘辑本《金荃词》作"外"。路：《温飞卿诗集笺注》《乐府诗集》作"露"。

④风：《温飞卿诗集笺注》《乐府诗集》作"钟"。

【汇评】

丁寿田、丁亦飞：言清晓柳色清新，如晨妆初罢，以待晓风也。"万木无风待雨来"，可为"待"字笺。此句为承上景阳楼而来，极有境界。（《唐五代四大名家词》甲篇）

华钟彦：凤凰窗：当为宫内之窗，绣芙蓉，窗内之帐。此言窗帐之属，皆因柳而生色也。景阳：宫名，在今江苏江宁北。此一言楼边之路，因柳线千条，故晓风清爽。（一面句）承上言宫女一面晓妆，一面领略此柳风也。（《花间集注》卷一）

杨柳枝

织锦机边莺语频①，停梭垂泪忆征人②。塞门三月犹萧索，纵有垂杨未觉春③。

这首词写织妇忆念征人。以劳动妇女作为主人公,在温庭筠词中并不多见。首句作铺垫,点出事件的相关因素,人物:织妇,时间:春天,地点:织机边。次句承上,直接写织妇面对春光思念征人。三、四句进一步刻画思妇思念征人的曲折心理:塞外苦寒之地,虽已阳春三月,也还是万象萧索,只怕杨柳都生长不了;即使有了杨柳,也不会像关内这样绿叶青枝,他不能察觉到春天到来,也就不会面对春光思念自己吧。这是对王之涣《凉州词》"春风不度玉门关"的翻用,也使织妇的思绪由此及彼,"忆"的感情色彩也就更加深挚。

这首词,运用对比手法,表现出思妇、征夫的两种境况,近景与远景、实境与虚境,相互映衬,再现了织妇念远的情思,也给读者留下更多的联想。

此词《古今词统》作牛峤词。

【注释】

①织锦:暗用苏蕙事,点明思妇。《晋书·窦滔妻苏氏传》:"窦滔妻苏氏,始平人也,名蕙,字若兰,善属文。滔,符坚时为秦州刺史,被徙流沙。苏氏思之,织锦为《回文璇玑图》诗以赠滔,宛转循环以读之,词甚凄婉。"

②征:彊村本《金奁集》、刘毓盘辑本《金荃词》作"行"。

③垂杨:泛指柳。《本草纲目·木二·柳》:"《尔雅》云:'杨,蒲柳也。旄,泽柳也。柽,河柳也。'观此,则杨可称柳,柳亦可称杨,故今南人犹并称杨柳。"梁元帝《折杨柳》:"巫山巫峡长,垂柳复垂杨。"

【汇评】

明·汤显祖:《杨柳枝》,唐自刘禹锡、白乐天而下,凡数十首。然惟咏史咏物,比讽隐含,方能各极其妙。如"飞入宫墙不见人""随风好去入谁家""万树千条各自垂"等什,皆感物写怀,言不尽意,真托咏之名匠也。此中三、五、卒章,真堪方驾刘、白。(汤显祖评本《花间集》卷一)

清·黄叔灿:此咏塞门柳也。感莺语而伤春,却停梭而忆远,悲塞门之萧索,犹春到而不知,少妇闺中,能无垂泪。(《唐诗笺注》)

郑文焯:宋人诗好处,便是唐词。然飞卿《杨柳枝》八首,终为宋诗中振绝之境,苏、黄不能到也。唐人以余力为词,而骨气奇高,文藻温丽。有宋一代学人,专志于此,驳驳入古,毕竟不能脱唐、代之窠臼,其道亦难矣!

（龙榆生《唐宋名家词选》引）

李冰若："塞门"二句，亦犹"春风不度玉门关"之意，而翻用之，亦复绮怨撩人。（《花间集评注·栩庄漫记》）

俞平伯："塞门"两句，翻用王之涣《凉州词》："羌笛何须怨杨柳，春风不度玉门关"意，更深一层。张敬忠《边词》："二月垂杨未挂丝。"（《唐宋词选释》）

南歌子

手里金鹦鹉①，胸前绣凤凰②。偷眼暗形相③。不如从嫁与④，作鸳鸯⑤。

【题解】

《南歌子》，又名《南柯子》《春宵曲》。原为唐教坊舞曲名，始见于《教坊记》。隋唐以来曲多以"子"名，"子"有小的含义，大体属于小曲。任半塘《唐声诗》云："南歌子是唐人饮筵行令间所用之著辞，配合短歌小舞。""敦煌卷子有舞谱二种。"词有单调、双调之分。单调23字或26字，双调52字。唐人另有《南歌子词》，齐言20字，即五言绝句，与此调不同。传世的《南歌子》杂言单调以温庭筠所作最早。《花间集》录温庭筠《南歌子》七首，皆单调23字，共五句三平韵（第二、三、五句押韵）。《金奁集》入"仙吕宫"。此调的特点在于韵律上的繁音促节和内容上的浅俗。

这首词写少女对爱情的热烈追求。首二句用"鹦鹉"和"凤凰"对举，以物喻人，用两种物象的精美珍奇，写少女独特的风采，展示其美好形象。第三句以"偷眼"与"暗形相"两个细微的动作，维妙维肖地写出少女既热烈向往爱情，又感到羞涩的表情。末二句从少女内心活动着笔，写她偷打量了少年后的思想活动，以及以身相许的意愿，将她对爱情的炽热追求推向高潮。这种情感表达，直率、深情，韵味隽永。温庭筠词中这一纯真、率直、大胆而又娇羞的少女形象，在古代诗词中独具异彩，深受人们喜爱。

此词《古今词统》作牛峤词。

①金鹦鹉:金色鹦鹉。此指女子绣件上的花样,唐代刺绣流行用彩色丝线在布帛上刺成花、鸟图案。此句谓女子正在刺绣,她的手里拿着金鹦鹉花样的小绣件。另一说:金鹦鹉指活的鹦鹉,此句是写一个很有点气派的公子哥儿,手里攀着名贵的鹦鹉。两说皆可通,取前说为佳。

②绣凤凰:此指前胸绣着凤凰花纹的彩色锦服。唐人多以鹦鹉、凤凰对举,如杜甫《秋兴八首》其八:"香稻啄残鹦鹉粒,碧梧栖老凤凰枝。"

③形相:唐代俗语,端详,打量。曹唐《小游仙诗》:"万树琪花千圃药,心知不敢一形相。"

④从嫁与:此指女子的心理活动,谓不如任着感情嫁给他。顾况《梁广画花歌》:"心相许,为白阿娘从嫁与。"

⑤作鸳鸯:比喻结作夫妻,永不分离。崔豹《古今注·鸟兽》:"鸳鸯,水鸟,凫类也。雌雄未尝相离,人得其一,则一思而死,故曰匹鸟。"古乐府《焦仲卿妻》:"中有双飞鸟,自名为鸳鸯。"

【汇评】

明·汤显祖:"短调中能尖新而转换,自觉隽永。"(汤显祖评本《花间集》卷一)

明·徐士俊:《峨嵋山月》四句五地名,此词四句三鸟名。(卓人月《古今词统》卷一)

清·谭献:"尽头语,单调中重笔,五代后绝响。"(《复堂词话》)

清·陈廷焯:"偷眼暗形相"五字,开后人多少香奁佳话。(《云韶集》卷二十四)

清·陈廷焯:"手里金鹦鹉"五字摹神,"鸳鸯"二字与上"鹦鹉""凤凰",映射成趣。(《词则·闲情集》卷一)

李冰若:飞卿《南歌子》七首,有《菩萨蛮》之绮艳而无其堆砌,天机云锦,同其工丽,而人之盛推《菩萨蛮》为集中之冠者,何耶?(《花间集评注·栩庄漫记》)

又:《花间集》词多婉丽,然亦有以直快见长者,如"不如从嫁与,作鸳鸯""此时还恨薄情无"等词,盖有乐府遗风也。(《花间集评注·栩庄漫记》)

华钟彦：金鹦鹉：手里所携者；绣凤凰：衣上之花也。此指贵介公子言。以真鸟与假鸟对举。引起下文抽象之鸟。其意境较前《更漏子》第一首，尤为显明。……末二句，闺人愿词也。（《花间集注》卷一）

南歌子

似带如丝柳①，团酥握雪花②。帘卷玉钩斜③。九衢尘欲暮④，逐香车⑤。

【题解】

这首词写男子对女子的追慕之情。首二句从男子的视角展现女子的美丽形象：形如柳丝轻盈婀娜，色如雪花丰润光洁。接着三句，写男子对女子的倾慕：见到女子乘坐着的华美小车，车帘卷起，玉钩斜悬，在繁华的道路上驶过，男子留连忘归，虽然暮色降临，他的眼与心还追逐着远去的香车。全词仅二十三个字，却把一个痴情男子的形与神都写活了。

【注释】

①似带如丝：描状柳条，用以比喻美人之腰。杜甫《绝句漫兴九首》其九："隔户杨柳弱袅袅，恰似十五女儿腰。"

②团酥握雪：描状花白如团酥、握雪，用以比喻美人面容洁白柔润。酥：鄂本、毛本《花间集》作"苏"。

③玉钩：玉制的帘钩。李璟《摊破浣溪沙》词："手卷真珠上玉钩，依前春恨锁重楼。"

④九衢：指四通八达之路。《尔雅》："四达谓之衢。"韦应物《长安道》诗："归来甲第拱皇居，朱门峨峨临九衢。"

⑤香车：用香木制成的华美小车；亦泛指女子乘坐的车。卢照邻《长安古意》："长安大道连狭斜，青牛白马七香车。"牛峤《菩萨蛮》："柳花飞处莺声急，晴街春色香车立。"

南歌子

倭堕低梳髻①，连娟细扫眉②。终日两相思。为君憔悴尽，百花时。

【题解】

这首词写女子的春日相思之情。首二句写女子的容貌，以见其美：乌黑的发髻低垂在脑后，弯弯的眉毛又细又长。后三句表达女子的相思：她牺牲美妙的青春年华，苦苦相思、相守着远离自己的情郎。其中，"终日"二字已写出相思情切，"为君"句将相思情又推进一层，末句"百花时"三字，暗喻女子正值青春盛年，以花貌与容貌对举，造语独特，功力深厚。词作除去首二句描绘女子外形美之外，后三句都是用重拙之笔，率直地表现女子强烈的相思之情，与温庭筠词一般的含蓄温婉风格明显不同，这应该是与吸收了民间词的成分有关。

①倭堕:即倭堕髻,古代女子的一种发髻。崔豹《古今注·杂注》:"倭堕髻,一云堕马髻之余形也。"髻低垂头后背部,似堕非堕,故名。汉乐府《陌上桑》:"头上倭堕髻,耳中明月珠。"

②连娟:又写作"联娟",弯曲而纤细的眉。古代女子化妆有画眉之风,其眉饰形式多样,因朝代而有不同。宋玉《神女赋》:"眉联娟以娥扬兮,朱唇的其若丹。"李善注:"联娟,微曲貌。"唐代开元、天宝年间,有尚细眉饰或淡眉饰的倾向,白居易《上阳白发人》:"青黛点眉眉细长,天宝末年时世妆。"

【汇评】

清·谭献:"百花时"三字,加倍法,亦重笔也。(《复堂词话》)

清·陈廷焯:低回欲绝。(《词则·闲情集》卷一)

南歌子

　　脸上金霞细①,眉间翠钿深②。倚枕覆鸳衾③。隔帘莺百啭④,感君心。

【题解】

　　这首词也是写女子的相思之情。起拍二句,写女子卧于金帐中的脸部表情,很是平淡闲适。接着"倚枕"句笔锋暗转,写女子倚枕独眠,烘染感情,透出她的孤寂与思恋。末二句,写闻莺而惜春,闻莺而思人,再次拉大反差,加重女子的悲哀,表达其深情厚意。这首词,除运用象征、触景生情的手法来表达深婉的相思外,还有直接剖白"感君"的心曲,但此"感君"之心依旧隐约,不可捉摸,达到一种欲露不露、若隐若现的艺术效果,给读者以无限联想的空间。

【注释】

①金霞:指额头之饰,即额黄。华钟彦《花间集注》卷一:"金霞,谓额黄也。古者女装匀面,唯施朱傅粉而已,六朝乃兼尚黄。"一说:指两颊妆色匀称,有光泽,若彩霞般。或指靥饰。亦可通。细:轻淡。古代女妆有浓、淡二种,此指额妆轻淡。

②翠钿:唐宋女子的一种面饰。用绿色"花钿"粘在眉心,或制成小圆形贴在嘴边酒窝地方。钿:即花钿,用极薄的金属、彩纸等剪成各种小花、小鸟、小鸭等形状的饰物。晏殊《采桑子》:"试摘婵娟,贴向眉心学翠钿。"

③鸳衾:绣有鸳鸯图形的彩色锦被。钱起《长信怨》:"鸳衾久别难为梦,凤管遥闻更起愁。"

④帘:汤本《花间集》作"㡑"。啭:《全唐诗·附词》作"转"。

【汇评】

李冰若:婉娈缠绵。(《花间集评注·栩庄漫记》)

陈匪石:欲吐仍茹。(《声执》)

华钟彦:金霞:谓额黄也。古者女装匀面,惟施朱傅粉而已,六朝乃兼尚黄。梁简文帝诗:"同心鬟里拨,异作额间黄。"温诗云:"柳风吹尽额间黄。""额黄无限夕阳山。"温词《菩萨蛮》:"蕊黄无限当山额。"《归国遥》:"粉心黄蕊花靥。"皆是也。钿:平仄两读,此处读去声。深:深插也。(末二句)闻莺百啭,感春光将尽,思君之心,益怊怅而难平也。(《花间集注》卷一)

南歌子

扑蕊添黄子①,呵花满翠鬟。鸳枕映屏山②。月明三五夜③,对芳颜。

【题解】

这首词写女子月夜的孤栖与寂寞。起拍二句,从最具有女性生活特征的化妆着笔,写出女子年轻貌美的形象。接下三句,转换抒写角度,不再写动态的人物,转而写静境中的感情世界,情致也变得深婉。女子被封闭在闺房内,阒然独处,无人相问,只有鸳枕、屏山为伴,尤其在十五月圆之夜,更觉无限孤独清寂。

词作用语自然质朴,新人耳目。造境清绮,颇有言外之意。

此词《古今词统》作牛峤词。

【注释】

①扑蕊:谓取花蕊以增额黄之色。古人制作化妆品,多取材于自然,所以将黄色的花粉作为额黄妆的饰品。《菩萨蛮》(三):"蕊黄无限当山额",可以参考。黄子:即额黄。李商隐《宫中曲》:"赚得羊车来,低扇遮黄子。"

②映:汤本《花间集》作"暗"。

③三五夜:十五月圆之夜。沈约《昭君辞》:"唯有三五夜,明月暂经过。"芳颜:青春、美好的容颜。陶渊明《诸人共游周家墓柏下》:"清歌散新声,绿酒开芳颜。"柳永《小镇西》:"意中有个人,芳颜二八天然俏。"

【汇评】

明·汤显祖:"扑蕊""呵花"四字,从未经人道过。(汤显祖评本《花间集》卷一)

李冰若:此词与上阕同一机杼,而更怊怅自怜。(《花间集评注·栩庄漫记》)

华钟彦:扑蕊:谓取花蕊以为饰也。黄子:额黄与黄星眉皆是也。李义山《宫中曲》:"赚得羊车来,低扇遮黄子。"呵:音诃,吹嘘也。鲜花带露,须吹去露而后簪之也。(《花间集注》卷一)

南歌子

转盼如波眼①,娉婷似柳腰②。花里暗相招,忆君肠欲断,恨春宵。

【题解】

这首词也是写女子的深深思念。起拍二句写女子美丽动人的形象,秋波如媚，柳腰娉婷。接着“花里”句追忆曾经的欢会，为后面的思忆之苦垫笔。在前三句的铺垫下，末二句自然地托出女子的思忆之苦，“肠欲断”“恨春宵”六字，直抒相思情深，春宵难遣，把女子为情所苦的形象突显出来了。词作虽然用语普通，甚至有些俚俗，但在短篇中有今昔对比，有叙事有抒情，跌宕多姿，别具特色。

此词词牌，清吴绮编《选声集》作“春宵曲”，实为同调异名。

【注释】

①转眄：目光流转貌。眄：王国维辑本《金荃词》、毛本《花间集》作“盼”。温庭筠《锦鞵赋》：“顾转盼而遗情。”

②娉婷：形容姿态秀美。辛延年《羽林郎》：“不意金吾子，娉婷过我庐。”后来多用于妇女。

【汇评】

清·陈廷焯：“恨春宵”三字，有多少宛折。（《云韶集》卷二十四）

李冰若：末二句率致无余味。（《花间集评注·栩庄漫记》）

南歌子

懒拂鸳鸯枕①，休缝翡翠裙②。罗帐罢炉熏③。近来心更切，为思君。

【题解】

这首词写女子深挚的相思。与作者其他几首《南歌子》不同，这首词没有着意女子的妆容，而是纯客观地叙事，以叙事达情。前三句，以其“懒拂”“休缝”“罢熏”，写女子无心料理枕帐裙饰等琐事，充分表现她相思时的百无聊赖。后二句是对前三句的补充，道明原因，也是更进一层地直接抒发思念之情。全词五句递进连承、一气贯注，在艺术构思上颇具匠心。在艺术表达上，也独具特色，词作围绕一个“思”字，写女子一连串的动作，将抽象的感情外化为具体的行动，给读者留下深刻的印象。

【注释】

①拂:放置。《淮南子·齐俗训》高诱注:"拂,放也。"鸳鸯枕:绣有鸳鸯图形之枕,此作为象征男女欢合的意象。尹鹗《秋夜月》诗:"翠帷同歇,醉并鸳鸯双枕。"

②缝:玄本《花间集》作"逢"。翡翠裙:绣有翡翠鸟图案的罗裙。《异物志》云:"翠鸟形如燕,赤而雄曰翡,青而雌曰翠。"

③炉熏:亦作"炉薰",熏香,焚香。古人用熏炉燃香熏染衣物、衾帐,取其香暖。柳永《凤栖梧》:"旋暖熏炉温斗帐。"

【汇评】

宋·陆游:温飞卿作《南乡子》九阕,高胜不减梦得《竹枝》,迄今无深赏音者。(《渭南文集》卷十四《徐大用乐府序》)

宋·陆游:飞卿《南乡子》八阕,语意工妙,殆可追配刘梦得《竹枝》,信一时杰作也。(《渭南文集》卷二十七《跋金奁集》)

清·陈廷焯:上三句三层,下接"近来"五字甚紧,真一往情深。(《词则·闲情集》卷一)

清·陈廷焯:上三句三层,下接"近来"二字,妙甚。(《云韶集》卷一)

李冰若:"懒""休""罢"三字,皆为思君之故。用"近来"二字,更进一层。于此可悟用字之法。(《花间集评注·栩庄漫记》)

又:飞卿《南歌子》一七首,有《菩萨蛮》之绮艳,而无其堆砌,天机云锦,同其工丽。而人之盛推《菩萨蛮》为集中之冠者,何耶?(《花间集评注·栩庄漫记》)

河渎神

河上望丛祠①,庙前春雨来时。楚山无限鸟飞迟②,兰棹空伤别离③。　　何处杜鹃啼不歇④,艳红开尽如血。蝉鬓美人愁绝,百花芳草佳节。

《河渎神》，唐教坊曲名，始见《教坊记》，后用作词调名。黄昇《唐宋诸贤绝妙词选》卷一："唐词多缘题，所赋《临江仙》则言仙事，《女冠子》则述道情，《河渎神》则咏祠庙，大概不失本题之意。"《河渎神》为双调49字，上片24字，四句四平韵，下片25字，四句四仄韵，亦有通首押平韵者。此调属"夷则商"，宫调的声情"清新绵邈"（周德清《中原音韵》）。《金奁集》入"仙吕宫"。温庭筠《河渎神》三首，不拘于调名本意，借咏河神祠庙之事，展示男女间的爱恋情愫。

这首词抒写离情别绪。上片缘题而咏写祠庙，以"望"作为立足点，着力于写"别"：主人公乘舟而行，放眼望去，春雨濛濛，心中顿时涌起离别的迷茫情绪。旅程中，江天寥阔，楚山含情，鸟儿迟飞，多少离人情怀在其中。一个"空"字，无情有理，更进一层，不言人情而人情自见。下片紧接上片的一个"伤"字，纵笔驰骋，远宕开去。首二句借物寄怨：杜鹃啼鸣，声声悲切，那一句句"不如归去"，诉说着游子的盼归之情，现实却是偏偏离去。愿望与现实的背离，反衬出离情的痛楚，而词作又以"不歇"摹声、"如血"状色，更使得哀情激越，如泣如诉。末二句从对方着手，设想心上人也在为离别忧愁，以彼衬此，把离情推进一层。全词以写景为主，借景抒情，一改《河渎神》迎神的词调本意，确为一大创新。

【注释】

①丛祠：建在丛林中的神庙。《史记·陈涉世家》："又间令吴广之次近所旁丛祠中。"《索引》引《战国策》高诱注："丛祠，神祠也。丛，树也。"《花间集注》卷一云："谓庙宇之多也"，此不取。

②楚山：泛指长江中下游古楚地之山。祖咏《江南旅怀》："楚山不可极，归路但萧条。"

③兰棹：即木兰舟，用为船的美称。棹，划船的桨，借指船。黄滔《送君南浦赋》："玉窗之归步愁举，兰棹之移声忍闻。"

④杜鹃：又名杜宇、子规。传说周时蜀王杜宇号望帝，将王位禅让他人，后欲复位不成，身死后魂魄化为杜鹃鸟，每至春日，昼夜悲啼，啼至泣血，血落地后化为花，名杜鹃花。鲍照《拟行路难》（之六）："中有一鸟名杜鹃，言是古时蜀帝魂。其声哀苦鸣不息，羽毛憔悴似人髡。"

清·王士禛:"蝉鬓美人愁绝",果是妙语。飞卿《更漏子》《河渎神》凡两言之。李空同所谓自家物终久还来耶。(《花草蒙拾》)

清·陈廷焯:《河渎神》三章寄哀怨于迎神曲中,得《九歌》之遗意。(《词则·别调集》卷一)

李冰若:飞卿词中重句重意,屡见《花间集》中,由于意境无多,造句过求妍丽,故有此弊,不仅"蝉鬓美人"一句已也。(《花间集评注·栩庄漫记》)

华钟彦:丛祠,谓庙宇之多也。楚山二句,承上望字分言。(《花间集注》卷一)

河渎神

孤庙对寒潮,西陵风雨萧萧①。谢娘惆怅倚栏桡②,泪流玉箸千条③。　　暮天愁听思归乐④,早梅香满山郭⑤。回首两情萧索,离魂何处飘泊⑥?

【题解】

这首词写离别相思之情。上片起拍二句以一"对"字,领起对伤别时环境的描写:西陵孤庙、风雨潇潇、寒流袭人,无比空旷、寂寥与冷落,暗示出主人公愁苦孤寂的心绪。接着"谢娘"二句,具体刻画女子倚舟怀人,泪流千条,极显其凄怆伤痛。下片换头二句写女子所闻所见:听到的是杜鹃思归的鸣声,愈加增添离人的日暮乡愁,看到的是早梅开放,香满山野,以乐景衬托离愁,倍觉伤感。末二句承上,直接抒写离别之苦。整首词由景入情,通过对特定景物的描写,以景衬情,情景交融,韵味深远。

【注释】

①西陵:西陵峡。长江三峡之一,在湖北宜昌西北,与瞿塘峡、巫峡合

称三峡。《水经注》:"江水又东,径西陵峡,山水纡曲,绝壁或千丈许,林木高茂,猿鸣至清,山谷传响,泠泠不绝。"这里是指孤庙所在地。

②谢娘:见前《更漏子》(柳丝长)注。这里指船娘。栏:陆本《花间集》《花间集校》作"兰"。栏桡:划船的桨。《淮南子·主术》:"夫七尺之桡而制船之左右者,以水为资。"《楚辞·九歌·湘君》:"薜荔柏兮蕙绸,荪桡兮兰旌。"这里是指船边,形容船精美芳香。

③玉箸:或写成"玉筯",玉制的筷子。古代常以"玉箸"喻眼泪。冯贽《记事珠》:"鲛人之泪,圆者成明珠,长者成玉箸。"李白《闺情诗》:"玉箸日夜流,双双落朱颜。"

④思归乐:杜鹃鸟之别称,杜鹃鸟叫声近似"不如归去",所以有"思归乐"之名。白居易《和思归乐》:"山中独栖鸟,夜半声嘤嘤。似道思归乐,行人掩泣听。"一说,《思归乐》为曲调名,又称《思归引》。《文选·石季伦思归引序》:"困于人间烦黩,常思归而永叹,寻览乐篇有《思归引》,倘古人之情,有同于今,故制此曲。"乐:鄂本、毛本《花间集》均作"落"。

⑤山郭:"郭"本为外城,即城外加筑的一道城墙。《管子·度地》:"内为之城,城外为之郭,郭外为之阆。"这里指山的边缘。《汉书·食货志下》:"卒铸大钱,文曰'宝货',肉好皆有周郭。"其中"郭"即边缘的意思。杜牧《江南春绝句》:"千里莺啼绿映红,水村山郭酒旗风。"

⑥离魂:雪本《花间集》作"离痕"。

【汇评】

明·汤显祖:二词颇无深致,亦复千古并传。柏梁、金谷、兰亭,带挈中乘人不少,上驷之冤,亦下驷之幸耶!(汤显祖评本《花间集》卷一)

清·陈廷焯:起笔苍莽中有神韵。音节凑合。(《词则·别调集》卷一)

河渎神

铜鼓赛神来①,满庭幡盖徘徊②。水村江浦过风雷③,楚山如画烟开。　　离别橹声空萧索④,玉容惆怅妆薄⑤。青麦燕飞落落⑥,卷帘愁对珠阁⑦。

【题解】

这首词写民间赛神的习俗与男女别易会难的情感。上片就题而写赛神会的盛况:水村江浦,铜鼓阵阵,幡盖翩翩,车驰风雷,热闹非凡。赛神会一过,烟开云散,楚山历历如画,刹那间,热闹不再,留给人们的是孤寂与清冷。这是缘题而写,以赛神会的两种场景,衬托别情离恨之凄楚。接着承上片末句情绪,抒写离情。先是追忆兰舟送别时,橹声都因惜别而萧索,女子也妆容消瘦,内心惆怅。接着转而写景,离别时,正是暮春三月,麦草青青,紫燕双飞,使得她更加触景伤怀,愁怨倍增。

这首词最大的特色在于,分别营造了两个截然相反的场景,热闹的赛神会场面与冷落空寂的女子闺阁,造成大起大落的对比,更好地渲染离愁别苦,也给读者以强烈的心理冲击。

【注释】

①铜鼓:古代南方少数民族的乐器,据说是由用作炊具的铜釜发展而成,大者直径可达一米多,小者直径仅十余厘米,体形如坐墩,中空,鼓身全部饰有几何图形与人和动物的写生图像,四角有小蟾蜍,两人抬着走,击之声如搏鼓。杜佑《通典》:"铜鼓,铸铜为之,虚其一面,覆而击其上。南夷、扶南、天竺类皆如此。岭南豪家则有之。"今僮、傣、侗、布依、水、苗、瑶等族仍保存有这种乐器。赛神:谓设祭酬神,又称"赛会"。唐代风俗,在神诞生之日,具备仪仗、金鼓、杂戏等,迎神出庙,周游街巷。许浑《送客南归有怀》:"瓦尊迎海客,铜鼓赛江神。"

②幡盖:供神佛所用的幢幡伞盖之类。幢幡,谓旌旗之类。伞盖,指一种长柄圆顶、伞面外缘垂有流苏的仪仗物。温庭筠《题萧山庙》:"杉松一庭雨,幡盖满堂风。"

③风雷:此处指迎神之车,行如风,声如雷。

④橹:一种比桨大的划船工具。刘禹锡《步出武陵东亭临江寓望》:"戍摇旗影动,津晚橹声促。"

⑤玉容:如花似玉之容貌,借指美女。白居易《长恨歌》:"玉容寂寞泪阑干,梨花一枝春带雨。"妆薄:指容妆淡褪。

⑥青麦:麦青时节,约在三月间,已近暮春。钱昭度《春阴》:"语燕初飞

陇麦青,春云将雨滞人行。"

⑦珠阁:华美的楼阁。李白《双燕离》:"玉楼珠阁不独栖,金窗绣户长相见。"珠:吴本《花间集》作"朱"。

【汇评】

李冰若:上半阕有《楚辞·九歌》风味。"楚山"一语最妙。(《花间集评注·栩庄漫记》)

华钟彦:浦:水滨也。雷:车声也。此言神之来也,则迎神之车,行如风,声如雷,驰驱于水村江浦之间。及其往也,烟开云散,但见楚山历历如画耳。以兴神之去来易事也。奈何人之去而不返耶?麦青时节,约在三月,钱昭度《春阴》诗:"语燕初飞陇麦青,春云将雨滞人行。"(《花间集注》卷一)

女冠子

含娇含笑,宿翠残红窈窕①。鬓如蝉②。寒玉簪秋水③,轻纱卷碧烟④。　　雪胸鸾镜里⑤,琪树凤楼前⑥。寄语青娥伴⑦,早求仙⑧。

【题解】

女冠即"女道士"。唐代出家的女道徒头戴黄冠,而古时女子本无冠,因此凡有冠者必是女道士,称"女冠"。《女冠子》,唐教坊曲名,后用作词调,因词作咏写女冠,故名。毛先舒《填词名解》云:"《女冠子》,以词咏女冠,故名。"《钦定词谱》云:"《女冠子》,小令始于温庭筠,长调始于柳永。"《女冠子》有小令,有长调。小令四十一字,长调有一百零七字、一百一十字、一百一十一字、一百一十二字、一百一十三字、一百一十四字等诸体,俱为双调。这里为小令,双调 41 字。上片 23 字五句,二仄韵二平韵(第一、二句押仄韵;第三、五句换押平韵);下片 18 字四句,二平韵(第二、四句押韵)。《金奁集》入"歇指调"。温庭筠《女冠子》二首,均咏女道士,为调名本意。

这首词上片写女道士容貌的娇媚柔美,以及她的妆容与服饰,下片写女道士的情态与心理活动,是那样的闲适与安然。全篇看似咏写女道士,实质上是在言情。如以细腻的笔法刻划女道士的容貌情韵,表现她的娇艳窈窕,暗指她身虽入道而情缘未了,末二句更是见出其怀春之情,之所以说"早求仙",是在以退为进,曲折地表现人间情愫。

此词《古今词统》《词律》作牛峤词。

【注释】

①宿翠:隔夜的眉妆,古代女子用青黛画眉,因以"翠"指称"翠眉"。窈窕:形容女子文静而美丽。《诗经·周南·关雎》:"窈窕淑女,君子好逑。"也有形容少年美貌的,《古诗为焦仲卿妻作》:"云有第三郎,窈窕世无双。年始十八九,便言多令才。"

②蝉:指蝉翼,形容鬓发梳得蓬松薄明,像蝉翼一样。白居易《井底引银瓶》:"婵娟两鬓秋蝉翼,宛转双蛾远山色。"

③寒玉:玉簪,玉质清凉,故有"寒玉"之名。

④轻纱:指"披帛","画帛"。唐宋时流行的一种女子服饰,类似今之围巾。以轻薄纱罗裁成,上面印有花纹图案,一般有两米长。用时将它披绕在肩背上,两端盘绕臂旁自然垂下,行走时,可随手臂摆动而飘舞生姿,十分美观。

⑤雪胸:形容胸的洁白如雪,唐代女妆微露胸,故有此说。韩偓《余作探使以缭绫手帕子寄贺因而有诗》:"帝台春尽还东去,却系裙腰伴雪胸。"又,《词律》《词谱》作"雪肌"。

⑥琪树:仙家的玉树。李绅《诗序》:"琪树垂条如弱柳,一年绿,二年碧,三年红。"《竹林诗评》:"丘迟之作,如琪树玲珑,金枝布护。"凤楼:传说春秋时萧史、弄玉所居为"凤楼",后二人成仙,"随凤凰飞去"。(见刘向《列仙传》卷上)鲍照《代陈思王京洛篇》:"凤楼十二重,四户八绮窗。"

⑦青娥:扬雄《方言》:"秦谓好曰娥",指美丽的少女。江淹《水上神女赋》:"青娥羞艳,素女惭光。"娥:《全唐诗·附词》作"蛾"。

⑧求仙:访求仙人,此处指入观为女冠。

【汇评】

明·汤显祖:"宿翠残红窈窕",新妆初试,当更妩媚撩人,情语不当为

登徒子见也。（汤显祖评本《花间集》卷一）

明·沈际飞：宿翠残妆尚窈窕，新妆又当如何？（沈际飞评《草堂诗余别集》卷一）

又："寒玉"二句，仙乎！幽闲之情即于风流艳词发之。（沈际飞评《草堂诗余别集》卷一）

清·陈廷焯：绮语撩人，丽而秀，秀而清，故佳。清而能炼。（《云韶集》卷二十四）

清·陈廷焯：仙骨珊珊，知非凡绝。（《词则·闲情集》卷一）

华钟彦：寒玉：簪之以玉为者，取其清凉也。今俗犹有"凉簪"之名。此簪字用作动词，与下文卷字对文。秋水状簪之凉也。轻纱：谓窗也。卷：启也。碧烟：妆纱之薄也。雪胸：《词律》引作雪肌。按古女妆微露胸，故言雪胸。唐李绅《诗序》云："琪树垂条如弱柳，一年绿，二年碧，三年红。"《竹林诗评》谓："丘迟之作，如琪树玲珑，金枝布护。"此言女冠妆成，闲立楼前，如琪树也。一曰，凤楼琪树，言仙居之华丽也。鹿虔扆《女冠子》："凤楼琪树，惆怅刘郎一去！"是其例。（《花间集注》卷一）

女冠子

霞帔云发①，钿镜仙容似雪②。画愁眉③。遮语回轻扇，含羞下绣帷④。　　玉楼相望久⑤，花洞恨来迟⑥。早晚乘鸾去⑦，莫相遗⑧。

【题解】

这首词也是借写女道士的容貌、情态与动作来言情的。上片，写女道士容貌的美丽与情态的含羞带怯。其中，一个"愁"字，道出女道士的心情；遮语、含羞、回扇、下帷等描写，则生动地描绘出女道士心事重重，欲说还休的情态。下片，写其对情人的相思怀念。"玉楼"二句中"相望久""恨来迟"，道出其绵绵之情思。末二句，直道心愿，其依恋之情，相思之意，真挚感人。

【注释】

①霞帔:古代妇女的一种服饰,类似披肩,以纱罗制成。其形状如彩虹绕过头颈,披挂在胸前,下垂一颗金玉坠子。因其有云霞样花纹,故名。道家常著此帔,故亦以"霞帔"称道士服。白居易《霓裳羽衣歌》:"案前舞者颜如玉,不著人家俗衣服。虹裳霞帔步摇冠,钿璎累累佩珊珊。"

②钿镜:以金、银、玉、贝等贵重物品镶嵌的妆镜。

③愁眉:古代女子画眉样式的一种,此眉妆细而曲折,色较浓重,眉梢上翘。《后汉书·五行志》:"桓帝元嘉中,京都妇女作愁眉、啼妆、堕马髻、折腰步、龋齿笑。"《注》:"《风俗通》曰:'愁眉者,细而曲折。'"白居易《代书一百韵寄微之》:"风流夸堕髻,时势斗愁眉。"

④羞:王国维辑本《金荃词》作"笑"。

⑤玉楼:传说中天帝或仙人的居所。《十州记·昆仑》:"天墉城,面方千里,城上安金台五所,玉楼十二所。"杜光庭《莫庭乂青城本命醮词》:"洞里之玉楼金阙,尘俗难窥。"

⑥花洞:道教称神仙及道士的居处。贯休《送轩辕先生归罗浮山》:"玉房花洞接三清,谩指罗浮是去程。"此谓女冠所居之道观。

⑦乘鸾:指成仙。《集仙录》:"天使降时,鸾鹤千万,众仙毕集,高者乘鸾,次乘麒麟,次乘龙。"江淹《拟班婕妤咏扇》:"纨扇如圆月,出自机中素。画作秦王女,乘鸾向烟雾。"

⑧遗:彊村本《金奁集》作"违"。

【汇评】

华钟彦:钿镜:谓宝钿如镜之光明,头饰也。言女冠服饰之盛也。画愁三句,叙女冠在凡时女伴,终日含羞倚愁也。玉楼二句,言玉楼中之女伴,思念女冠,望其早归,而花洞中之女冠,怀想女伴,恨其迟来也。早晚二句,女伴之愿词也。(《花间集注》卷一)

玉胡蝶

秋风凄切伤离,行客未归时①。塞外草先衰②,江南雁到迟^③。　　　芙蓉凋嫩脸^④,杨柳堕新眉。摇落使人悲^⑤,肠断谁得知?

【题解】

《玉蝴蝶》词调,有小令和长调两格。应是同名异出、不相干的两个词调。但相沿成习,人们已将其视为同谱异格。《词谱》:"小令始于温庭筠,长调始于柳永。"《玉蝴蝶》小令最早见于《花间集》收录的温庭筠的一首《玉蝴蝶》,《金奁集》入"仙吕调"。双调四十一字,前段四句四平韵,后段四句三平韵。五代时期的孙光宪曾以此调倚声填词,但换头添一字,且将前后段起俱作三字两句,从而形成此牌小令的另一式,双调四十二字,前段五句四平韵,后段五句三平韵,两段句式相同。长调《玉蝴蝶》始于柳永,此系借旧曲名,另倚新声。《乐章集》入"仙吕调"。此调宋人作品句读异出颇多,柳词亦不尽相同。因后代名家照填较多之故,多将"望处雨收云断"视为正体。其一名《玉蝴蝶慢》,明人有无名氏一词亦名《玉蝴蝶令》。

这首词写女子秋日怀远之情。上片主要以秋景来衬托离别的悲伤。首二句先写秋风的萧索凄冷,以此典型环境领起要表达的两件事:一是往日离别,一是今日望归,由"伤离"而"未归",其间蕴含的是多少个不眠之夜的愁思。出语简淡,但情感酸楚悲凄。后二句则以"未归时"铺开,叙写女子的内心活动:"塞外"句先宕开一笔,设想远人所在地的环境荒凉,"江南"句由远及近,由"塞外"到"雁",由"雁"又联想到远人的书信,深入地描摹了思远的意绪,尤其是"草先衰""雁到迟",尽现女子与远人间距的天遥地远。下片则集中笔墨刻画思妇因伤离别而导致的身心之苦。过片二句写女子的愁苦形象:娇嫩如芙蓉的脸,已经憔悴,如荷花的凋落;写满愁思的眉,也懒得画,如柳叶的枯败,这都是行客未归所致。结拍二句,重又回到首句的凄切环境,情景交融,纵笔写情:草木凋落的秋天,本来就使人伤悲,在思念中的人看来则更添悲愁,而这种伤心痛苦又有谁知道呢?真是字字泪,声声痛,蕴含无比的哀思。

温庭筠的词,和晚唐五代的文人诗词一样,特别擅长伤春伤别的主题,并且温词最常用的手法,是以绮丽华美的环境,凸显孤独女子心情。这首词却与他大多数词不同,是以萧索凄楚的秋景来衬托离情,情景交融,形成质朴清峻的风格,在温词中别具一格。

【注释】

①行客:指出行、客居的人。古人常因求学、经商或赴职所而别离故土、客居他乡。杜牧《经阖闾城》:"遗踪委衰草,行客思悠悠。"

②塞外:边塞之外,泛指我国北边地区。唐时的北方边界,大致在今外长城一线,地处内蒙古高原、黄土高原地区。因地势与纬度均高于中原,故无霜期很短,冬季漫长,中原地区尚在粮丰果熟的中秋,塞外已是漫天飘雪的严冬了。此句意谓因塞外秋季早至,故草木先于中原地区枯败。李陵《答苏武书》:"凉秋九月,塞外草衰。"

③雁:大雁。此处语意双关,暗喻行客的书信。

④凋:玄本《花间集》作"雕"。脸:雪本《花间集》作"叶"。

⑤摇落:凋残。《楚辞·九辩》:"悲哉,秋之为气也!萧瑟兮草木摇落而变衰。"

【汇评】

清·陈廷焯:"塞外"十字,抵多少《秋声赋》。"凋嫩脸""堕新眉",微落俗套。结语怨,却有含蓄。(《词则·大雅集》卷一)

清·陈廷焯:飞卿词"此情谁得知""梦长君不知""断肠谁得知",三押"知"字,皆妙。(《云韶集》卷一)

华钟彦:此调属"夹钟宫",俗呼"中吕宫"或属"夷则羽",或属"夷则商"。创始无考,《词律》谓此调"与张泌《蝴蝶儿》相近,决是一调。"窃以为此二调,句格声韵,均各不同,必非一调也。有四十一字,四十二字,九十八字,九十九字诸体,温词一首,四十一字。(《花间集注》卷一)

清平乐

上阳春晚①,宫女愁蛾浅②。新岁清平思同辇③,怎奈长安路远④。 凤帐鸳被徒熏⑤,寂寞花锁千门。竞把黄金买赋⑥,为妾将上明君。

【题解】

《清平乐》，原为唐教坊曲名，取用汉乐府"清乐""平乐"这两个乐调而命名，后用作词牌。又名《清平乐令》《醉东风》《忆萝月》。双调46字，上片22字四仄韵（每句押韵），下片24字四句三平韵（第一、二、四句押韵）。《宋史·乐志》入"大石调"，《金奁集》《乐章集》并入"越调"。《碧鸡漫志》："此曲在越调，唐至今盛行。"

这首词写深宫内宫女的愁怨。上片，前两句写宫女愁容，"上阳"是地点，"春晚"是时节，同时暗喻宫女的青春年华在牢笼般的深宫里几乎消磨殆尽。"愁蛾浅"写宫女的蛾眉逐渐变浅，以夸张的手法体现宫女的愁之深，怨之切。后两句写宫女的心态。一方面是"思同辇"，一方面却是"长安路远"，将宫女希望与失望交织的复杂心理、内心挣扎及痛苦感情，细致地表现出来。下片，前两句写宫女的孤独，"徒"字暗示宫女们多少次为君王亲临作的准备，都以失望而告终，隐含着深深的悲苦，"锁"字更写尽了宫女被封闭在深宫，与外界切断联系的孤寂处境，暗喻着生命中美好的一切都被锁闭，剩下的只是深深的寂寞与无尽的失望。末二句用陈皇后"黄金买赋"的典故，进一步揭示宫女的愁苦以及她们内心的希望与挣扎。

这首词继白居易《上阳白发人》、元稹《宫词》等表现宫女生活与心理的诗歌作品后，将宫怨之思搬进了词体，拓展了词的意境与题旨，扩大了词体的表现功能。

【注释】

①上阳：即上阳宫。唐宫名，高宗时建于洛阳。《旧唐书·地理志》："上阳宫，在宫城之西南隅。南临洛水，西拒谷水，东即宫城，北连禁苑。宫内正门正殿皆东向，正门曰提象，正殿曰观风。其内别殿、亭、观九所。"白居易《上阳白发人》自序："天宝五载已后，杨贵妃专宠，后宫人无复进幸矣。六宫有美色者，辄置别所，上阳是其一也。贞元中尚存焉。"李白《上皇西巡南京歌》："柳色未饶秦地绿，花光不减上阳红。"

②愁蛾：即愁眉，一种细而曲折的眉妆，唐人崇尚愁眉。白居易《代书一百韵寄微之》："风流夸堕髻，时势斗愁眉。"从唐代壁画和出土的唐俑中可发现，当时宫女多将眉画成愁眉状。

③辇：古时用人力拉的车子，后多用来指皇帝坐的车。《通典·礼典》：

78

"夏后氏末代制辇,秦为人君之乘,汉因之。"《一切经音义》:"古者卿大夫亦乘辇,自汉以来,天子乘之。"

④争奈:怎奈。争,犹怎也。张相《诗词曲语辞汇释》:"争,犹怎也。自来谓宋人用怎字,唐人只用争字。"长安:唐之西京(即今陕西西安),皇帝居所。

⑤凤帐:绣有凤凰花纹的帐子。鸳被:织有鸳鸯之被。被,吴本作"帔"。此处以"瓦帐""鸳被",指宫中华美的卧具。徒熏,空熏,枉费徒劳之意。熏:加热香草、香料使之发烟,以其烟熏制衣被,使衣被染有香气。

⑥黄金买赋:《文选》司马相如《长门赋》序:"孝武皇帝陈皇后,时得幸,颇妒。别在长门宫,愁闷悲思。闻蜀郡成都司马相如,天下工为文,奉黄金百斤,为相如文君取酒,因于解悲愁之辞。而相如为文以悟主上,陈皇后复得亲幸。"此化用"买赋"的典故,形容上阳宫女不惜代价,期盼得到皇帝的宠幸。李白《白头吟》:"但愿君恩顾妾深,岂惜黄金将买赋。"

【汇评】

明·汤显祖:《清平乐》亦创自太白,见吕鹏《遏云集》,凡四首。黄玉林以二首无清逸,气韵促促,删去,殊恼人。此二词不知应作何去取。(汤显祖评本《花间集》卷一)

华钟彦:上阳:宫名,在今洛阳县治。《唐书·地理志》:"东都上阳宫,在禁苑之东,东接皇城之西南隅,上元中置。"李白诗:"柳色未饶秦地绿,花光不减上阳红。"罗隐诗:"尘埃金谷路,楼阁上阳钟。"是也。争:怎也。那:犹奈也。长安:君所。长安路远:谓君恩疏远。(《花间集注》卷二)

清平乐

洛阳愁绝①,杨柳花飘雪。终日行人恣攀折②,桥下水流鸣咽。　　上马争劝离觞,南浦莺声断肠③。愁杀平原年少④,回首挥泪千行。

【题解】

这首词写离人的惜别之情。上片主要描绘折柳惜别的情景。首句中"洛阳"交代地点,"愁绝"二字将主人公的心绪揭示;次句说明季节,"杨柳"二字暗示唐人送别时折柳赠别习俗,传达离情别意。"终日"二句并未承接前文意绪写离愁,而是写杨柳被折、流水呜咽,从侧面烘染离别的愁苦气氛。下片具体地描绘离别的场面。换头二句写离别上马之际,亲人争劝临行之酒;行人告别,渐行渐远,柳林中传来的流莺之声,凄绝惨厉,令人断肠。末二句"愁杀"二字与首句的"愁绝"呼应,点出离人情怀,接着以"回首挥泪千行"将主人公无比悲切的依依离情,形象地展示了出来。

温庭筠词多写离愁,展现男女间的缠绵情思,此词则一洗江南儿女相别的柔婉缠绵,偏于表现出行场面的悲壮,透出男儿雄豪的气势,别具一种阳刚之美。

【注释】

①洛阳:最早为东周都城。此后,后汉、西晋、后魏、隋等朝均建都于此;唐时为东都。《元和郡县图志》卷五:"故洛阳城,在(洛阳)县东二十里。"

②恣:鄂本、毛本《花间集》及《全唐诗·附词》、王国维辑本《金荃词》皆作"争"。

③南浦:南面的水边。《楚辞·九歌·河伯》:"子交手兮东行,送美人兮南浦。"王逸注:"愿河伯送己南至江之涯。"后常用称送别之地。江淹《别赋》:"送君南浦,伤如之何。"

④平原:古地名,战国时赵邑,即今山东平原县。燕赵古多慷慨悲歌之士,交友至深,故离愁使人格外伤感。

【汇评】

明·汤显祖:《清平乐》亦创自太白,见吕鹏《遏云集》,凡四首。黄玉林以二首无清逸气,韵促促,删去,殊恼人。此二词不知应作何去取。(汤显祖评本《花间集》卷一)

清·陈廷焯:上半阕最见风骨,下半阕微逊。上三句说杨柳,下忽接"桥下水流呜咽"六字,正以衬出折柳之悲,水亦为此呜咽。如此着墨,有一片神光,自离自合。(《云韶集》卷一)

清·陈廷焯:"桥下"句从离人眼中看得,耳中听得。(《词则·放歌集》卷一)

清·张德瀛:杀,所下切,大也,疾也。白香山诗:"东风莫杀吹。"又通煞,极也。温飞卿词:"愁杀平原年少。"(《词徵》卷三)

丁寿田、丁亦飞:此词悲壮而有风骨,不类儿女惜别之作,其作于被贬之时乎?(《唐五代四大名家词》甲篇)

华钟彦:南浦:别处也。《唐书·地理志》:"万州南浦郡,本南浦州。武德二年析信州置。"《豫章记》云:"南浦亭在广润门外,往来舣舟之所。"《楚辞》:"送美人兮南浦。"江淹《别赋》:"送君南浦,伤如之何!"平原:战国时赵邑,即今山东平原县也。燕赵古多慷慨悲歌之士。故常挥泪惜别也。钱起诗:"燕赵悲歌士,相逢剧孟家。寸心言不尽,前路日将斜。"当即此词为本。(《花间集注》卷二)

遐方怨

凭绣槛①,解罗帏②。未得君书,断肠③,潇湘春雁飞④。不知征马几时归?海棠花谢也,雨霏霏⑤。

【题解】

《遐方怨》,原唐教坊曲名,后用作词调。任半塘《教坊记笺订》云此调为"舞曲,敦煌卷子内有舞谱"。《词谱》称仅《花间集》中有此调,宋人无填之者。此调有两体,单调始于温庭筠,双调始于顾夐、孙光宪。此为单调32字7句,平韵(第二、四、五、七句押韵)。《金奁集》入"越调"。

这首词写女子对远征之人的思念。词的开头两句,按照词意,顺序应为"解罗帏,凭绣槛",这里使用逆挽法,凸显女子凭栏怀念、盼望征人的形象,并且凭栏、解帏两个动作,既揭示出女子内心的不安,也为后面描写她的所见所感张本。接着二句,先写思妇失落,再写潇湘雁飞,以春雁北飞反衬人情。"不知"句一问,把女子的企盼引向无法知晓的茫然,直接抒发其内心的愁苦。末二句又将词意宕开,写暮春时节,海棠花谢,细雨霏霏,构成凄楚迷蒙的境界,以景结情,将女子伤春感怀,念远思人的痛楚情绪表现得更加深沉含蓄。

【注释】

①绣槛:雕绘华美的栏杆。槛,栏杆。

②罗帷:罗帐。卢照邻《长安古意》:"双燕双飞绕画梁,罗帷翠被郁金香。"

③断肠:雪本《花间集》作"肠断"。

④潇湘:潇水与湘水的总称,泛指湖南湘江流域。春雁:北飞的大雁,雁每年秋季从北方飞到南方越冬,位于湖南省南部的衡山有"雁回岭",相传是雁南飞的终极之处,春日雁往北飞。常建《鄂渚招王昌龄张偾》:"春雁又北飞,音信困难闻。"

⑤霏霏:雨纷飞的样子。《诗·小雅·采薇》:"今我来思,雨雪霏霏。"

【汇评】

清·陈廷焯:神致宛然。(《词则·别调集》卷一)

华钟彦:潇湘:水名,湘水合潇水之总称。其会合处,在今湖南零陵县北。此言见潇湘归雁,而不见征人归信也! 海棠花谢:春暮时候。朱淑贞诗:"谢却海棠飞尽絮,困人天气日初长。"是也。(《花间集注》卷二)

谒方怨

花半折①,雨初晴。未卷珠帘②,梦残,惆怅闻晓莺。宿妆眉浅粉山横③。约鬟鸾镜里④,绣罗轻。

【题解】

这首词写女子梦醒后的孤独与惆怅。首二句写景:花蕾初绽,半开半闭,水灵鲜嫩;春雨初霁,阳光明媚。寥寥六字,描画出女子所处环境的清雅优美,也暗寓女子正值豆蔻年华。"未卷"句指女子尚未睡起,"梦残"二句则开始打破沉寂,女子迷蒙中,被梦中的情景牵绕,忽听黄莺鸣叫,清醒过来，美梦不再，内心一片空虚与失落。接着"宿妆"句，写女子在惆怅不快中，懒得梳妆打扮，末二句笔锋突转，描绘女子的梳妆：对着鸾镜，把头发盘成环形，穿上彩绣丝罗衣裙，轻盈地转身，欣赏自己的美貌，推出少女轻盈娇美的形象。至此，"约鬟"二字，与词首"花半折"景色相合，读者自然联想到"花半折"亦在烘托女子豆蔻年华的少女妆容。词的首尾贯串，意脉相连，构思极妙。

【注释】

①折：鄂本《花间集》作"坼"。裂开，这里指花朵半开。

②珠帘：用珠玉所饰的帘子。《初学记·器物部》："戴明宝历朝宠幸，家累千金，大儿骄淫，为五彩珠帘，明宝不能禁。"

③眉：王国维辑本《金荃词》作"梅"。粉山横：指眉妆褪色，变得浅淡。古代女子修饰容颜以粉傅面，以黛画眉。黛眉变浅，露出白色的粉底，因称"粉山"。《西京杂记》"文君姣好，眉色如望远山"，为此句所本。

④约鬟：古人把盘为环形的发髻称作鬟，约鬟即束发为鬟髻，未嫁少女多用此发型。《诗·小雅·斯干》："约之阁阁，椓之橐橐。"毛传："约，束也。"

【汇评】

明·徐士俊："断肠"、"梦残"二语，音节殊妙。（卓人月《古今词统》卷三）

李冰若："梦残"句妙。"宿妆"句又太雕矣。"粉山横"意指额上粉而字句甚生硬。（《花间集评注·栩庄漫记》）

华钟彦：坼：裂也，花之初绽朵也。宿妆眉浅：故云粉山。《西京杂记》："文君姣好，眉色如望远山，脸际常若芙蓉。"约：缠束也。曹植诗："攘袖见素手，皓腕约金环。"是其例。鬟：环发为饰也。（《花间集注》卷二）

诉衷情

莺语，花舞，春昼午①，雨霏微。金带枕②，宫锦③。凤凰帷④。柳弱燕交飞⑤，依依。辽阳音信稀⑥，梦中归。

【题解】

《诉衷情》，唐玄宗时教坊曲名，后用为词调。《白香词谱》题考云："本调为温飞卿所创，取《离骚》中'众不可户说兮，孰云察余之中情。'而曰《诉衷情》。"五代词人多用于写相思之情。又名《一丝风》、《步花间》、《桃花水》、《偶相逢》、《画楼空》、《渔父家风》、《诉衷情令》。有单调、双调不同诸格体。此为单调33字，十一句五仄韵六平韵。句句押韵，平仄两韵间押（一、二、三、五、六句押仄韵；四、七、八、九、十、十一句押平韵）。《金奁集》入"越调"。单调者皆为短句，且句句押韵，仄平相间，显得短促有力，音调和谐。

这首词写女子对征夫的思念。前四句写室外环境，在交代时间、气候的同时，更突出鸟语花飞、细雨霏霏的春日正午景象。表面看来是一派乐景，足以愉心，但也暗含哀思：首先，"花舞"意象，指花摇、花落，蕴含着惜春伤春的情怀，而"雨霏微"，又为此带来迷蒙霏微的意境，给词蒙上一层淡淡的哀愁。这些都为词人抒写征妇之怨作了极好的铺垫。接着，"金带枕"三句转写室内陈设，闺室卧榻上，置放着宫锦制作的枕头，配着金线的绶带，很是富贵华美，反衬出女子的孤单寂寞。"柳弱"二句，又将视线移出闺房，转向庭院，只见嫩绿柔细的柳丝间，燕儿翩翩，含情双飞，反衬出人情之孤单，思妇情思于此逐渐浮现。末二句点题，把女子的情思直接道出，使前面所描写的客观景象均着上感情色彩。

此词多为短句，而且句与句之间的联系词被省略，所以显得松散、堆砌，但仔细分析，其内在意脉是紧紧相连的。词中采取以景衬情、以乐显悲的艺术手法，写美好的春景，华美的陈设，燕儿双舞的乐景，都是用来反衬美梦难成的悲哀，很是感人。

【注释】

①春昼午：正当春日中午时分。午，十二时辰之一，十一时至十三时为午时。午时，日正中，因称日中为午。

②金带枕：饰以金色绶带的枕头。据《文选》曹植《洛神赋》李善注：东汉末年甄逸女貌美，曹丕、曹植均欲得甄氏为妾，曹操将其指配给曹丕。曹植思念甄氏，昼思夜想，废寝忘食。黄初中，曹丕称帝，召曹植入朝，"帝示

植甄氏玉镂金带枕。植见之,不觉泣。时已为郭后谗死。帝意亦寻悟,因令太子留宴饮,仍以枕赉植。"金带枕,因亦借指所爱之人的遗物。

③宫锦:宫廷所用的锦缎。此指枕之质料华美。毛文锡《虞美人》:"宝檀金缕鸳鸯枕,绶带盘宫锦。"

④凤凰帷:织有凤凰图案的帷帐。

⑤燕:玄本、雪本《花间集》作"暗"。

⑥辽阳:在今辽宁境内。秦为辽东郡。唐置辽州,治辽阳,派重兵驻守,为东北边防要地。此处泛指边塞。崔道融《春闺诗》:"辽阳在何处?莫望寄征袍。"沈佺期《古意》:"九月寒砧催木叶,十年征戍忆辽阳。"

【汇评】

清·陈廷焯:节愈促,词愈婉。结三字,凄绝。(《词则·别调集》卷一)

思帝乡

花花,满枝红似霞。罗袖画帘肠断^①,卓香车^②。回面共人闲语^③,战篦金凤斜^④。惟有阮郎春尽^⑤,不归家^⑥。

【题解】

《思帝乡》,又名《万斯年曲》。原唐教坊曲,温庭筠始创为词调。单调,36字,七句五平韵(第一、二、四、六、七句押韵)。《金奁集》入"越调"。

这首词写女子的春日怨情。词的开头两句,首先渲染繁花似锦的春天景象:春光烂漫,百花盛开,为女主人公的出场作铺垫。"罗袖"二句,写女主公出场,由春日美景转到相思之情的描写,其中"肠断"二字把景与情的和谐气氛打破,乐景哀情相映,情更哀。接着,"回面"二句写女子掩饰自己情感的举动,看似平静,实为主人公在排遣自己"肠断"的心情。末二句进一步揭示女子的内心世界,说明女子的"肠断"之由,借用刘晨、阮肇之典故,意指情人久出未归,一个"惟"字,表现出女子对爱的专一与执着。全篇围绕"肠断"写人,时而绘景,时而动作,时而动作与心情俱见,时而将心情隐于动作之中,时而又把心情寄之于话语之内,运笔多变,将人的内在心曲揭示无遗。

【注释】

①罗袖：罗衫之袖。罗是一种既薄又轻的丝织物，唐代常以此面料做成女子衫服。崔预《卢姬篇》："前堂后堂罗袖人，南窗北窗花发春。"此处代指观花的女子。

②香车：古代车乘求其精美，常用优质木材造成，饰以珠玉，涂以香料。《初学记·器物部》："三云辇，七香车。"

③闲：王国维辑本《金荃词》作"言"。

④战篦金凤：一种凤状头饰。参前《归国遥》："小凤战篦金飐艳"注。

⑤阮郎：用刘晨和阮肇事。据《神仙传》和《续齐谐记》载，汉明帝永平时，剡县有刘晨、阮肇二人，入天台山采药，迷失道路，忽见山头有一颗桃树，共取食之，下山，得到洞水，又饮之。行至山后，见有一杯随水流出，上有胡麻饭屑。二人过水行一里左右，又越过一山，出大溪，见二女颜容绝妙，唤刘、阮二人姓名，好像旧时相识，并问："郎等来何晚也！"因邀还家，床帐帷幔，非世间所有。又有数仙客，拿三五个桃来，说："来庆女婿。"各出乐器作乐，二人就于女家住宿，行夫妻之礼，住了半年，天气和暖，常如春之二、三月。常闻百鸟啼鸣，求归心切。女子说："罪根未灭，使君等如此。"于是送刘、阮从山洞口去。到家，乡里怪异，经查寻，世上已是他们第七代子孙。二人于是又想回返女家，寻山路，不获，迷归。至太康八年，还不知二人下落。以后诗词中就常用"刘阮"、"刘郎"、"阮郎"来指久去不归的心爱男子。毛文锡《诉衷情》词："刘郎去，阮郎行，惆怅恨难平。"

⑥归：彊村本《金奁集》作"还"。

【汇评】

明·徐士俊："卓"字，又见薛昭蕴词"延秋门外卓金轮"。（卓人月《古今词统》卷三）

华钟彦：花花二句，言花之繁茂也。卓：立也。言美人驻车而观也。……《神仙记》："汉刘晨、阮肇，入天台山采药，溪边有二女子，忻然如旧相识。乃留刘、阮止焉。居数月，而人间已隔数世。遂复入天台，迷不知其处矣。"此指远人不归者言，不必泥于刘、阮也。（《花间集注》卷二）

梦江南

千万恨，恨极在天涯[①]。山月不知心里事，水风空落眼前花。摇曳碧云斜[②]。

【题解】

此词调原名《望江南》，见于《教坊记》及敦煌曲子词，知此曲来自民间。其后又有《谢秋娘》、《忆江南》、《梦江南》、《江南好》、《春去也》等许多异名，自唐代白居易作《忆江南》三首，本调遂改名为《忆江南》。唐五代皆单调，至宋有双调。王灼《碧鸡漫志》云："此曲自唐至宋，皆南宫，字句亦同。止是今曲两段。盖近世曲子，无单遍者。"单调为27字五句二平韵（第二、四、五句押韵）；中间七言两句与平起七律诗中之颈联无异，故作者多用对偶，格律较为工整；宜于抒发感叹悲伤的声情。《金奁集》入"南吕宫"。双调为59字，上下片各五句，两仄韵两平韵。另一体为54字，上下片各五句三平韵（韩琦《安阳好》同此）。

这首词抒写天涯漂泊的痛苦，以"恨"字直贯全篇。开端"千万恨"三字，便开门见山，直抒其恨，接着"恨极在天涯"五个字，概括全篇主旨，主人公为离愁所苦的形象于此可见。"山月"两句，对仗工稳，用山月、水风、碧云之景衬写远在天涯之人心中的离愁别恨，以无情写有情，以景衬情。"摇曳"句与"山月"两句，紧紧衔接，化用江淹《别怨》："日暮碧云合，佳人殊未来"的诗句，寄情于物，以天边日暮的悠悠碧云，喻指无尽的愁绪哀怨，飘绕不去。

这首小词，首尾一贯，率直而深婉。前二句纯用白描，不假堆砌，并运用民歌的顶真格式，使词句明快流畅。后三句触物生情，借物抒怀，将一腔痴情愁怨托于山月等无情景物，更见流利宛转，余味无穷。

又，《草堂诗余别集》调下有题"闺怨"。

【注释】

①天涯：天边。比喻遥远的地方。李商隐《高松》："高松出众木，伴我

向天涯。"

②碧云:青云。江淹《别怨》:"日暮碧云合,佳人殊未来。"

【汇评】

明·汤显祖:风华情致,六朝人之长短句也。(汤显祖评本《花间集》卷一)

明·徐士俊:("山月"句)幽凉殆似鬼作。(卓人月《古今词统》卷一)

明·沈际飞:"山月"二句,惨境何可言。(沈际飞评《草堂诗余别集》卷一)

清·陈廷焯:低细深婉,情韵无穷。(《云韶集》卷二十四)

清·陈廷焯:低回婉转。(《词则·别调集》卷一)

李冰若:"摇曳"一句,情景交融。(《花间集评注·栩庄漫记》)

梦江南

梳洗罢,独倚望江楼①。过尽千帆皆不是,斜晖脉脉水悠悠②。肠断白蘋洲③。

【题解】

这首词也是怀远之作,描写女子整日独倚江楼、渴望情人归来。开头两句,写女子早起倚楼的动作,表现她盼望离人归来之心切,一个"独"字,心境可见。"过尽"二句,词意逆转:千帆已过尽,江面上只有夕阳空照,江水悠悠,所望非所见,希望终成失望,女子的痴情写得十分形象,而流水悠悠,也是女子愁绪不断的象征。结拍句写女子的视线由江船而白蘋洲,思绪由现在而过去,更令她心伤肠断。词作以一"望"字,通贯全篇,望前"梳洗"、望中"独倚",此时心中充满希望和盼望,然而希望落空,以致望后"肠断"。词很简短明快,感情的层次却是不断递进、跌宕、深入,造成疏淡自然、意境幽深的特色。

又,《草堂诗余别集》调下有题"闺怨"。

【注释】

①望江楼:《西洲曲》:"鸿飞满西洲,望郎上青楼。楼高望不见,尽日栏杆头。"

②斜晖:偏西的阳光。脉脉:相视含情的样子。后多用以寄情思。《古诗十九首》:"盈盈一水间,脉脉不得语。"

③白𬞟洲:洲渚名。𬞟:水草,叶浮水面,夏秋开小白花,所以称"白𬞟"。《诗·召南·采𬞟》:"于以采𬞟,南涧之滨。"朱熹注:"𬞟,水上浮萍也,江东人谓之𬞟。"洲:江中的小陆地,白𬞟洲本有实地。《白香山诗集》补遗卷上《送刘郎中赴任苏州》诗,汪立名注引《太平寰宇记》:"白𬞟洲在湖州霅溪之东南,去洲一里。洲上有鲁公颜真卿芳菲亭,内有梁太守柳恽诗《江南曲》云:'汀洲采白𬞟,日暮江南春。'因以为名。"又白居易《得杨湖州书颇夸抚民接宾纵酒题因以绝句戏之》:"白𬞟洲上春传语,柳使君输杨使君。"其后集卷十五附所作《白𬞟洲五亭记》也有详细记载。这里的"白𬞟洲",不必实指此地,而泛指水中小洲。

【汇评】

明·汤显祖:"朝朝江上望,错认几人船。"同一结想。(汤显祖评本《花间集》卷一)

明·沈际飞:痴迷、摇荡、惊悸、惑溺,尽此二十余字。(沈际飞评《草堂诗余别集》卷一)

清·谭献:犹是盛唐绝句。(《复堂词话》)

清·陈廷焯:绝不着力,而款款深深,低徊不尽,是亦谪仙才也。吾安得不服古人?(《云韶集》卷一)

李冰若:《楚辞》:"望夫君兮未来,吹参差兮谁思?""袅袅兮秋风,洞庭波兮木叶下。"幽情远韵,令人至不可聊。飞卿此词:"过尽千帆皆不是,斜晖脉脉水悠悠。"意境酷似《楚辞》,而声情绵渺,亦使人徒唤奈何也。柳词:"想佳人妆楼颙望,误几回、天际识归舟。"从此化出,却露勾勒痕迹矣。

又:柳子厚"渔翁夜傍西岩宿,晓汲清湘燃楚竹"一诗,论者谓删却末二句尤佳。余谓柳诗全首,正复幽丽。然如飞卿此词末句,真为画蛇添足,大可重改也。"过尽"二语,既极怅之情,"肠断白𬞟洲"一语点实,便无余韵,惜哉,惜哉!(《花间集评注·栩庄漫记》)

河　传

　　江畔，相唤。晓妆鲜①，仙景个女采莲②。请君莫向那岸边。少年，好花新满船。　　红袖摇曳逐风暖③，垂玉腕④，肠向柳丝断⑤。浦南归，浦北归。莫知，晚来人已稀。

【题解】

　　《河传》，又名《水调河传》。调名始于隋代，词体则创自温庭筠。《碧鸡漫志》卷四引《脞说》云："《水调河传》，炀帝将幸江都时所制，声韵悲切。"《碧鸡漫志》又称："《河传》唐词，存者二。其一属'南吕宫'，凡前段平韵，后仄韵。其一乃今《怨王孙》曲，属'无射宫'。以此知炀帝所制《河传》，不传已久。然欧阳永叔(修)所集词内，《河传》附'越调'。亦《怨王孙》曲。今世《河传》乃'仙吕调'，皆令也。"历代词人所作，句读韵协很不一致。但前后两片皆前仄韵，后平韵，平仄互换，则大抵相同。比较常用的有六十一字、五十五字、五十四字等格式。温庭筠《河传》三首，皆双调，55 字。上片七句 27 字二仄韵五平韵(第一、二句用仄韵，其余五句换平韵)，下片七句 28 字三仄韵四平韵(第一、二、三句换仄韵，其余四句换平韵)。此调句句用韵，且多短句，节奏急促，句子跳跃，使声情更为激越。《金奁集》入"南吕宫"，《乐章集》入"仙吕调"。

　　这首词写采莲少女对美好爱情的追求。上片首四句写采莲女的情态：嬉笑相招，轻盈采莲，天真烂漫，再以"仙景"相衬，更见采莲女之美。后三句由舟人之语，笔锋转至少年，为采莲女倾心追慕作铺垫。下片前三句，笔墨又落到采莲女，着重描绘她们在和风吹拂、柳丝荡漾中红袖摇曳、玉腕戏波的动人形象，并且巧妙地点出采莲女对少年的倾慕："肠"指女方，"柳丝"指男方，"肠断"中用"向柳丝"三字隔断，用法很是别致。结尾二句写采莲女对少年可望而不可即的失落与惆怅。温庭筠词一向以秾丽富艳见称，此词却写得清新自然，极具南朝民歌风味。

①鲜:鄂本《花间集》作"仙"。李冰若本作"妍"。

②个女:那个或那些女子。

③红袖:女子的红色衣袖,此处指采莲女子。杜牧《书情》:"摘莲红袖湿,窥渌翠蛾频。"暖:王国维辑本《金荃词》作"软"。

④玉腕:洁白温润的手腕。亦借指美人的手。王勃《采莲曲》:"桂棹兰桡下长浦,罗裙玉腕摇轻橹。"

⑤柳丝:垂柳的细枝。古时河、湖畔多植垂柳,故此处借"柳丝",代指少年所在的岸边。

【汇评】

清·陈廷焯:犹有古意。(《云韶集》卷二十四)

清·陈廷焯:《河传》一调,最难合拍。飞卿振其蒙。五代而后,便成绝响。(《白雨斋词话》卷七)

清·万树:此调体制最多,通篇用一韵而字少者,唯此词。(《词律》卷六)

又:《词谱》列此词为第一首,以此调创自飞卿也。(《词律》卷六)

清·蔡嵩云:《河传》调,创自飞卿。其后变体甚繁,《花间集》所载数家,圆转宛折,均逊温体。此调句法长短参差相间,温体配合最为适宜。又换叶极难自然,温体平仄互叶,凡四转韵,无一毫牵强之病,非深通音律者,未易臻此。又温体韵密多短句,填时须一韵一境,一句一境。换叶必须换意,转一韵,即增一境。勿令闲字闲句占据篇幅,方合。(《柯亭词论》)

刘毓盘:其真能破诗为词者,始于李白之《忆秦娥》词,极于温庭筠的《河传》词。(《词史》第二章)

华钟彦:江畔二句:言采莲女子江畔相呼一也。仙景:谓风景幽秀如仙境也。请君三句:皆舟人之语。柳丝:指少年所在地也。此(浦南归以下数句)言傍晚之时,少年归去,莲女不见少年,乃猜想之:"其自浦南归去乎?抑自浦北归去乎?"莫知其处,而游人已稀,无从询问焉。(《花间集注》卷二)

河　传

　　湖上,闲望。雨萧萧,烟浦花桥路遥。谢娘翠蛾愁不消①,终朝,梦魂迷晚潮②。　　荡子天涯归棹远③,春已晚,莺语空肠断④。若耶溪⑤,溪水西。柳堤,不闻郎马嘶。

【题解】

　　这首词写游春女子盼望远人归来的心情。上片写女子游春消愁愁更愁。首先,闲望、愁不销乃为情愁;烟雨迷蒙,花桥路遥乃为景愁;"梦魂"句则将情愁与景愁融在一起。下片写女子的苦苦怀人情。女子望向溪水,是"荡子天涯归棹远";望向柳堤,又"不闻郎马嘶"。真是情切切,意深深! 全篇以愁怨贯串始终,词之中又饱含执着眷恋之情,情致宛转缠绵。从词的体式来看,句法参差错落,二、三、五、六、七字句交替使用,使词作语气起伏,错落有致,婉转而富于变化,与情感表达相切,也体现了词体的韵律之美。

【注释】

　　①谢娘:参前《归国遥》(其一):"谢娘无限心曲"注。此指思妇。娥:《全唐诗·附词》作"蛾"。

　　②晚:汤本《花间集》作"晓"。

　　③荡子:谓久行在外,流荡忘返者。此指女子所怀之人。

　　④空肠断:汤本《花间集》作"肠空断"。

　　⑤若耶溪:水名,在今浙江省绍兴县东南。相传越国美女西施曾浣纱于此。《水经注·渐离水》:"若耶溪水至清,照众山倒影,窥之如画。"

【汇评】

　　明·徐士俊:或两字断,或三字断,而笔致宽舒,语气联属,斯为妙手。(卓人月《古今词统》卷七)

　　清·陈廷焯:"梦魂迷晚潮"五字警绝。用蝉联法更妙,直是化境。(《云韶集》卷一)

清·陈廷焯:凄怨而深厚,最是高境。(《词则·大雅集》卷一)

华钟彦:若耶:本作若邪,水名,在今浙江绍兴县南。西子浣纱于此。此举若耶者,以西子之美自况也。美而不偶,人最伤。溪水西边之柳堤,郎马行经处也。郎之去后,不复闻马嘶矣。嘶:古音西,马鸣也。(《花间集注》卷二)

河　传

同伴,相唤。杏花稀,梦里每愁依违①。仙客一去燕已飞②。不归,泪痕空满衣。　　天际云鸟引晴远③,春已晚,烟霭渡南苑④。雪梅香,柳带长。小娘⑤,转令人意伤⑥。

【题解】

这首词写女子的相思离愁。上片主要是叙事。前二句以简短的语言写同伴相招,互诉心曲,推出一群活泼可爱的花季少女。接着"杏花稀"二句笔锋陡转,写暮春季节,杏花飘落,兴起少女愁绪。以下"仙客"三句,点明少女忧愁之因:情人远行,如鹤去,如燕飞,音讯全无,女子只有空留泪痕沾衣。下片以景物烘染人物的情思。过片"天际"句承"仙客一去燕已飞"意象,写天际鸟飞,而情亦远去,紧接"春已晚"写春晚烟雾缥缈,过渡到闺阁环境,自然地转到写园中景、闺中人。"雪梅香"二句写梅花飘香,柳丝长拂,表明女子对情人的思念。结拍二句直抒女子心中忧伤,并揭示女子身份为"小娘",这是特定历史时期的一个特定群体,尤其在唐宋时期,歌妓是很多的,她们地位低下,却才华横溢,文人、士大夫多与之交往,往往产生一时之心往神会,但短暂的恋情带给她们的却是长久的忧伤,此词所表现的就是这样,"转令人意伤"。

词作通篇句断而意不断,展转相连,融成一片,既有完美的意象,又有简短活泼的节奏美感。

【注释】

①依违:原意是形容声音忽离忽合。曹植《七启》:"飞声激尘,依违厉

响。"这里是指人的离合,重在离。

②仙客:古指特异的人、动植物,如借称官职清贵或风神超逸之士。鹿、鹤、琼花、桂花等,皆有"仙客"之称。这里是指"鹤",相传仙人多骑鹤,所以称之为"仙客",或称"仙禽"。

③晴:原作"情",据鄂本《花间集》《花间集校》改。"晴"与"情"谐音,是双关语,"引晴远"含有将感情引到远方之意。

④南苑:御苑名。因在皇宫之南,故名。白居易《长恨歌》:"西宫南苑多秋草,落叶满阶红不扫。"此处泛指一般园林。

⑤小娘:旧称歌妓。元稹《筝》诗:"急挥舞破催飞燕,慢逐歌词弄小娘。"

⑥转令:犹更令,更使。

【汇评】

明·汤显祖:三词俱少轻倩,似不宜于十七八女孩儿之红牙拍歌,又无关西大汉执铁板气慨,恐当无也。(汤显祖评本《花间集》卷一)

清·陈廷焯:凄怨而深厚,最是高境。(《词则·大雅集》卷一)

清·陈廷焯:《河传》一调,最难合拍,飞卿振其蒙,五代而后,便成绝响。(《白雨斋词话》卷七)

华钟彦:依违:犹聚散也。仙客:鹤之别名也。《谈苑》:"李昉畜五禽,白鹇曰闲客,鹭曰雪客,鹤曰仙客,孔雀曰南客,鹦鹉曰西客。为五客图,自为诗五章。"此言郎之远行,如鹤之去,燕之飞也。无际句,"引情远",南宋鄂州册子本作"引晴远",今据绍兴十八年(1148年)晁谦之本的影印本改正。(《花间集注》卷二)

番女怨

万枝香雪开已遍①,细雨双燕。钿蝉筝②,金雀扇③,画梁相见。雁门消息不归来④,又飞回⑤。

【题解】

《蕃女怨》，咏蕃女之怨，故名。万树《词律》云："此词起于温八叉，余鲜作者。"单调三十一字，七句四仄韵二平韵（第一、二、四、五句押仄韵，末两句押平韵）。《金奁集》入"南吕宫"。

这是一首本意词，写蕃女的春日怨情。首二句描写春景：春天来临，雪白馨香的梨花，开遍万千枝头，细细的春雨里，一双春燕飞来。以浓郁的春意，反衬出女子的寂寞。接着"钿蝉筝"三句，写扇面上无语的金雀，古筝上默默的金蝉，与梁上双燕相见，以女子使用之物与梁上双燕对比，衬托女子的孤单寂寞。于是女子发出感叹"雁门消息不归来，又飞回"，燕子去了又飞回，而征人一点消息都没有，凸显出女子的悲凄。

温庭筠词作一般都较含蓄婉转，此词却显得比较浅直。但言情还是比较深婉，只是摹写一些物象、情态，如"万枝香雪"、"细雨双燕"、"钿蝉筝"、"金雀扇"、"画梁相见"等，其内在关联，含蕴的情感则由读者去联想、吟味，显得浅而不露，短而味永。

【注释】

①香雪：指春天白色的花朵，杏花、梨花均是。《花间集》中用"香雪"一词颇多，一是指花如白雪，如本词中"万枝香雪开已遍"，《菩萨蛮》"杏花含露团香雪"，毛熙震《菩萨蛮》"梨花满院飘香雪"；一是指女子白肤如雪，如张泌《满宫花》"娇艳轻盈香雪腻"，魏承斑《渔歌子》"蛟绡雾縠笼香雪"。

②钿蝉筝：镶嵌有金蝉饰物的筝。温庭筠《赠弹筝人》："钿蝉金雁皆零落，一曲《伊州》泪万行。"钿，鄂本《花间集》作"细"。

③金雀扇：画有金雀的扇。《南史·何戢传》："上颇好画扇。宋孝武赐戢蝉雀扇。"温庭筠《晚归曲》："弯堤弱柳遥相瞩，雀扇圆圆掩香玉。"

④雁门：山名，在今山西代县西北。绝顶置关，谓雁门关，是长城上的著名关隘，为唐代北部边塞。此处泛指边塞。

⑤回：雪本《花间集》作"来"。

【汇评】

明·徐士俊：字字古艳。（卓人月《古今词统》卷三）

清·万树："已"字、"雨"字，俱必用仄声。观其次篇，用"碛南沙上惊雁起，飞雪千里"可见。乃旧谱中岸然竟注作可平，不知词中此等拗句，乃故为抑扬之声,入于歌喉,自合音律。由今读之,似为拗而实不拗也。若改之,似顺而实拗矣。且此词起于温八叉,余鲜作者。试问作谱之人,从何处订定其为可平乎?(《词律》卷二)

清·陈廷焯:"又飞回"三字,凄婉特绝。(《词则·别调集》卷一)

清·陈廷焯:"又飞回"三字,更进一层,令人叫绝,开两宋先声。(《云韶集》卷一)

番女怨

碛南沙上惊雁起①,飞雪千里。玉连环②,金镞箭③,年年征战。画楼离恨锦屏空④,杏花红。

【题解】

这首词写边塞的寒冷和艰苦,使思妇对征人倍增思念(也有人认为这首词是写征人忆家)。首二句写塞外荒漠环境和气候的恶劣:沙碛荒漠,千里飞雪,漫卷戈壁,塞雁惊飞。下接"玉连环"三句,描写边塞战争的艰苦:连环弩,金簇箭,年年征战,不见止息。结拍二句,又将场景由边塞战地回转到家乡,刻画思妇空对"画楼"、"锦屏"的孤独寂寞,战争使无数的妻子独守空房,画楼冷落,锦屏寂寞,尤其在杏花开放、春满人间的时候,更是令人魂飞肠断,唯有恨不断,思念不断。"离恨"二字,点明题旨。词作语言简约,风格疏朗。

【注释】

①碛:浅水中的沙石,这里指边塞荒漠之地。杜甫《送人从军》:"今君渡沙碛,累月断人烟。"

②玉连环:征人的服饰物。《战国策·齐策》:"秦昭王尝遣使者,遗君王后以玉连环。"这里是指征人的用具,如铁链之类的东西。马戴《陇头水》:"金带连环束战袍,马头冲雪度临洮。"

③金镞箭:饰以金箭头之箭。常用为军中信物。《周书·异域传下·突厥》:"其征发兵马,科税杂畜,辄刻木为数,并一金铁箭,蜡封印之,以为

信契。"

④锦屏:用彩色丝绸或彩色丝线绣品做成的屏风,李益《长干行》:"鸳鸯绿浦上,翡翠锦屏中。"

【汇评】

清·陈廷焯:起二句,有力如虎。(《词则·别调集》卷一)

荷叶杯

一点露珠凝冷①,波影。满池塘②。绿茎红艳两相乱,肠断。水风凉。

【题解】

《荷叶杯》,唐教坊曲名。苏轼《中山松醪》诗自注:"唐人以荷叶为酒杯,谓之碧筒酒。"调名或本此。毛先舒《填词名解》认为,隋殷英童《采莲曲》有"莲叶捧成杯"句,因以名调。分单调、双调两体,单调23字或26字,双调50字,均平韵、仄韵互用。温庭筠《荷叶杯》(三首),为单调,23字,四仄韵二平韵(第一、二、四、五句押仄韵;三、六句押平韵)。《金奁集》入"南吕宫"。此调短而难有深意。

这首词写秋日的离愁。首起三句,采取由小及大法写荷塘景色。先写荷塘朝露:秋天清晨,滴滴露珠,凝聚在荷的花叶上,如同珍珠,含着凉气;晨曦透过荷叶,在水面上留下波动的光影;波光莲影,充满池塘。接着"绿茎"句写荷塘中水光波动,把绿的叶影与红的花影交错在一起,令人眼花缭乱,令人心生迷茫。荷塘美景与人的愁情交织。因此,接下来是"肠断",将情点明。结拍句以景收篇,"凉"字与首句"冷"字照应,情景交融,"水风凉",心亦凉,将离愁进一步引向含蓄。

【注释】

①凝冷:犹冷森森,含着凉气。苏鄂《杜阳杂编》卷中:"遇西域有进美玉者二,一圆一方,径各五寸,光彩凝冷,可鉴毛发。"

②池:鄂本《花间集》作"地"。

明·汤显祖:唐人多缘题起词,如《荷叶杯》,佳题也。此公按题矣,词短而无深味;韦相尽多佳句,而又与题茫然,令人不无遗憾。(汤显祖评本《花间集》卷一)

清·毛先舒:《荷叶杯》取隋殷英童《采莲曲》"莲叶捧成杯",因以名调。(《填词名解》卷一)

李冰若:全词实写处多,而以"肠断"二字融景入情,是以俱化空灵。(《花间集评注·栩庄漫记》)

华钟彦:此破晓时景也,故云"绿茎红艳相乱",若于月下,则不应辨色矣。(《花间集注》卷二)

荷叶杯

镜水夜来秋月①,如雪。采莲时。小娘红粉对寒浪②,惆怅。正思惟③。

【题解】

这首词写采莲少女的秋夜离愁。首起二句,即描摹荷塘月色:秋天的夜晚,天边明月斜挂,皎洁的月光,映在如镜的荷塘水面。接着以"采莲时"写采莲,时已秋日,莲子成熟,采莲开始。这是件引人遐思的事情,因为采莲常常包含着男女表达爱情的活动。下面"小娘"二句,推出了主人公。"小娘",这里指采莲的少女,"红粉"写采莲少女正当年少,明艳美丽。"对寒浪"与"镜水"、"秋月"照应,写采莲女子面对秋月下的荷塘,凝思暗想,感到心境凄凉,因而"惆怅",失意与哀伤袭上心头。结拍"正思惟"是"对寒浪"的延展、继续:女子仍然在思念着心上人,越想越失望,越想越哀伤,正可谓剪不断,理还乱。整个词境,前后连贯,景物怡人中蕴含淡淡的哀愁,韵味悠长。

【注释】

①镜水:镜湖水。镜湖又名鉴湖,以其水清澈可鉴而名,所以又称镜

湖,在今浙江省绍兴市内。因此"镜水"亦可理解为平静、清澈如镜的水。贺知章《采莲曲》:"稽山罢雾郁嵯峨,镜水无风也自波。"

②小娘:旧称歌妓,也是对少女的通称。此指采莲的少女。红粉:女子化妆用的胭脂和铅粉。此处指妆扮得十分美丽的少女脸庞。

③惟:晁本、鄂本《花间集》作"想",正德覆晁本校正为"惟"。思惟:《全唐诗》及彊村本《金奁集》、吴本、刘毓盘辑本《金荃词》作"相思"。

【汇评】

华钟彦:正思惟:鄂州本误作"正思想",《全唐诗》作"正相思",万树《词律》谓"正思谁",均非其旧。兹据明巾箱本改正。(《花间集注》卷二)

荷叶杯

楚女欲归南浦①,朝雨。湿愁红②。小船摇漾入花里③,波起。隔西风。

【题解】

这首词描写雨中行船送别女子的情景。首起二句,点明人物、情事、地点、环境,紧接着"湿愁红"句,以花"愁"写人愁,烘托出感伤的气氛。"小船"二句写船行,"摇漾"二字描摹出小船轻悠地荡在花丛中的样态,"波起"写船行荡起层层涟漪,两句就概括地写出了江南水乡充满诗意的美景。结拍"隔西风"三字,语言简洁,却深入地写出了送别女子的心情:西风吹起,碧波荡漾,人儿远去,无影无踪,心中充满哀愁。之中一"隔"字,以硬笔写感情,给人以刚硬之感,表现出一种被强行拆散的感受;"西风"则是一种萧瑟的意象,与"朝雨"交加,更添凄凉,透露出送者与被送者的苦楚哀伤。

关于此词艺术特色,胡国瑞在《论温庭筠词的艺术风格》一文中说:"曲调节拍短促,而韵律转换频数,这类词调形式与五、七言诗大异其趣,确足令人一新耳目。"斯言诚是。

【注释】

①楚女:楚地之女。参见《酒泉子》(其三):"楚女不归"注。南浦:泛指

99

送别之地。浦:水边,岸边。江淹《别赋》:"春草碧色,春水绿波,送君南浦,伤如之何!"

②红:雪本《花间集》作"云"。

③漾:玄本《花间集》作"样"。

【汇评】

明·汤显祖:唐人多缘题起词,如《荷叶杯》,佳题也。此公按题矣,词短而无深味;韦相尽多佳句,而又与题茫然,令人不无遗恨。(汤显祖评本《花间集》卷一)

清·陈廷焯:飞卿"镜水夜来秋月"一作,押韵嫌苦;此作节奏天然,故录此遗彼。(《云韶集》卷一)

清·陈廷焯:节短韵长。(《词则·别调集》卷一)

李冰若:飞卿所为词,正如《唐书》所谓侧辞艳曲,别无寄托之可言。其淫思古艳在此,词之初体亦如此也。如此词若依皋文之解《菩萨蛮》例,又何尝不可以"波起隔西风"作"玉钗头上风"同意?然此词实极宛转可爱。(《花间集评注·栩庄漫记》)

丁寿田、丁亦飞:此细雨中送别美人之词也。(《唐五代四大名家词》甲篇)

华钟彦:此言雨湿花愁,风吹波起。小船摇荡之间,人已远隔矣。(《花间集注》卷二)

存疑词

菩萨蛮

　　玉纤弹处真珠落,流多暗湿铅华薄①。春露泡朝华②,秋波浸晚霞。　　风流心上物,本为风流出。看取薄情人,罗衣无此痕③。

　　按:此首见彊村本《尊前集》。原注:一作袁国传。

【题解】

　　这是《花间集》未录的温庭筠一首《菩萨蛮》词。又传为袁国传所作。其写作风格确与《花间集》所载十四首《菩萨蛮》不同。十四首《菩萨蛮》,文字优雅艳丽,意味隽永含蓄。而这首词表情达意过于直露,设喻也很浅易,所以疑议较多。

　　词作上片主要描写女子落泪的情态。起句即入题,点明美人落泪:"玉纤"二字比喻女子纤细白嫩的手,引出她挥泪的动作;"真珠"类比女子眼泪,很是形象。次句写女子泪水之多,沾湿了脂粉,冲淡了脸上的妆容,暗中透出女子内心的忧伤。接着,"春露"二句,进一步用比喻摹写女子的泪:泪珠挂在腮边,如春花上的晨露;泪眼润湿了红晕的面庞,如秋水映照着晚霞。下片紧承女子之泪写她心中的哀怨。"风流"两句说明泪是人的心灵的展现,直接展现女子的痴情。可是她的情感没有回应,所以说"看取薄情人,罗衣无此痕。"这就进一步说明了女子落泪的深层原因,她遇上的是个负心人。这种表情,直言快语,与温词惯常的深婉曲折迥异。

【注释】

　　①铅华:铅粉,妇女化妆用品。相传古代商纣王烧铅锡做粉,故称铅粉。曹植《洛神赋》:"芳泽无加,铅华不御。"李善注:"铅华,粉也"。

　　②朝华:王国维辑本《金荃词》作"朝花"。

　　③罗:一种细薄的丝织品。杜甫《黄草》:"万里秋风吹锦水,谁家别泪湿罗衣?"

【汇评】

　　清·吴衡照：飞卿《菩萨蛮》二十首，以《全唐诗》校之，逸其四之一，未审《金荃词》所载何如也。长洲顾氏（嗣立）言所见宋版《金荃集》八卷，末《金荃词》一卷，而其刻飞卿诗，则不及诗余，益集外诗以合今宋本卷数，致使零篇剩句，几与《乾（膜）子》同不传，亦可惜已。（《莲子居词话》卷一）

　　清·张宗橚：《王府纪闻》："宣宗爱唱《菩萨蛮》，令狐绹假温庭筠手，撰二十阕以进。"橚按：飞卿《菩萨蛮》词，《花间集》选十四首，《全唐诗》所载十五首，俱不满二十首之数。今从《全唐诗》本。（张宗橚辑《词林纪事》卷一）

新添声杨柳枝

　　一尺深红蒙曲尘①，天生旧物如此新②。合欢桃核终堪恨③，里许元来别有人④。

　　按：此首见稗海本《云溪友议》卷一。

【题解】

　　温庭筠《新添声杨柳枝》二首，始见《云溪友议》。清代顾嗣立刻《温飞卿诗集》时收作集外诗。又题作《新声杨柳枝》（见明毛晋辑《词苑英华》）。此调形式仍与《杨柳枝》一样，也是七言四句。加上"新添声"、"新声"，可能是由于乐曲增添了和声；所咏内容则超出了咏柳之范围，而歌咏其他事物。

　　词作首二句感物起兴，写原来那块极鲜亮的红丝绸，却蒙上了灰尘，颜色变得像酒曲那样暗黄暗黄了。这"一尺深红"的丝绸，女子这么看重，应是不平常之物，很有可能是新婚时用过的红盖头，自己婚姻的象征。可是红绸蒙上灰尘了，是不是意味着婚姻出问题了呢？女子内心千回百转，感慨万端。因此接着就说"天生旧物如此新"，即物品的天性是旧不如新啊。言外之意是说，人也像物品一样，旧人哪里能比得上新人？这就意味着女子的丈夫有了新欢，所以她才有此感慨。接着"合欢"二句，仍然运用比喻，抒写女子被弃的"恨"：合欢桃核本来是夫妇百年好合的象征物，现在那里面，却已经有了另外一个"人"了。这里借用民歌中常用的谐音双关法表达感情,富有民间的生活气息。

词作在艺术方面,主要采用比兴、谐音双关的手法,使语言表达更为含蓄婉转,更为风趣。

【注释】

①一尺深红:即一块深红色丝绸布。古代妇人之饰,或为女子结婚时盖头的红巾,称"盖头"。曲尘:酒曲上所生菌,因色微黄如尘,亦用以指淡黄色。此处意谓,红绸布蒙上了尘土,呈现出酒曲那样的暗黄色。

②天生旧物如此新:《古今词统》、刘毓盘辑本《金荃集》作"旧物天生如此新"。

③合欢桃核:是夫妇好合恩爱的象征物桃核,桃为心形,核同合音,可以比喻两心永远相合。皇甫松《竹枝》:"筵中蜡烛泪珠红,合欢桃核两人同。"合欢桃核有两个桃仁,借"仁"谐"人",亦可以比喻"心儿里有两个人人"。此处取义于后者,所以说"终堪恨"。

④里许:里面、里头。许,语助词。罗大经《鹤林玉露》卷十五:杨诚斋云:"诗固有以俗为雅,然而须经前辈镕化,乃可因承。……唐人'里许'、'若个'之类是也。"元来:即"原来"。人:取"仁"的谐音。

【汇评】

唐范摅:裴郎中诚,晋国公次子也。足情调,善谈谐。举子温岐为友,好作歌曲,迄今饮席,多是其词焉。……二人又为《新添声杨柳枝》词,饮筵竞唱其词而打令也。……湖州崔郎中刍言,初为越副戎,宴席中有周德华。德华者,乃刘采春女也。虽《罗唝》之歌不及其母,而《杨柳枝》词,采春难及。崔副车宠爱之异,将至京洛。后豪门女弟子从其学者众矣。温、裴所称歌曲,请德华一陈音韵,以为浮艳之美,德华终不取焉。二君深有愧色。(《云溪友议》卷下)

明·胡震亨:《新添声杨柳枝》,温庭筠作。时饮筵竞歌,独女优周德华以声太浮艳不取。(《唐音癸签》卷十三)

清贺裳:温飞卿小诗云:"合欢桃核终堪恨,里许元来别有人。"山谷演之曰:"你有我,我无你分,似合欢桃核,真堪人恨,心儿里有两个人人。"拙矣。(《皱水轩词筌》)

新添声杨柳枝

井底点灯深烛伊①，共郎长行莫围棋②。玲珑骰子安红豆③，入骨相思知不知④。

按：此首见稗海本《云溪友议》卷一。

【题解】

这首词抒写女子对情郎的眷恋。前两句是叮嘱之辞。首句中"井底点灯"意指深处之烛，即"深烛"，隐喻"深嘱"。嘱咐什么呢？即"共郎长行莫围棋"，"共郎"表示女子正与郎相聚，"长行"既指当前进行的博戏的名称，也双关长途旅行，暗示着这是离别的时刻。因此，女子叮嘱郎不要"围棋"，这也是谐音双关，既指中国传统的棋艺，也意指"违误归期"，借此托出女子的内心隐曲。接着，由"长行"引出"骰子"：那制作精巧的骰子上的颗颗红点，就如相思的红豆，深入骨中，你知道吗？它正代表着我对你深入骨髓的相思。如此，就深化了前面深嘱"莫围棋"的意思，"入骨相思知不知"成为全篇的点睛之笔。

女子表情，历来是含蓄幽深，"欲说还羞"的，所以采用谐音双关的方法，极吻合女子的身份与心态，也有助于造成词境的深婉含蓄。

【注释】

①深烛：音谐"深嘱"，此处用的是谐音双关的修辞手法，写女子"深嘱"情郎。

②长行：长行局，古代的一种博戏，盛行于唐。李肇《唐国史补》卷下："今之博戏，有长行最盛。其具有局有子，子有黄黑各十五，掷采之骰有二。"这里用此博戏的名称双关长途旅行。围棋：中国传统棋种。在纵横各十九线的棋盘上，二人分执黑白二色子对弈；变化极复杂，棋理极深奥；高手对弈，一局棋常需数个时辰，甚至数日方可分出胜负。此处用"围棋"与"违期"的谐音，劝"郎"莫要误了归期。长行：刘毓盘辑本《金荃集》作"长对"。

③骰子:博具,相传为三国曹植创制,初为玉制,后演变为骨制,因其点着色,又称色子;为小立方体块状,六个面上分别刻有从一到六不同数目的圆点,其中一、四点数着红色,其余点数皆着黑色。这骰子上的红点,即被喻为相思的红豆。

④入骨句:用骨制的骰子上的红点深入骨内,来隐喻入骨的相思。"入骨"是双关隐语。

【汇评】

宋·王灼:温飞卿号多作侧辞艳曲,其甚者"合欢桃叶(核)终堪恨,里许元来别有人。""玲珑骰子安红豆,入骨相思知不知?"亦止此耳。(《碧鸡漫志》卷二)

宋·程大昌:博之流为摴蒲。……古惟斫木为子,一具凡五子,故名"五木",后世转而用石,用玉,用象,用骨。……唐世则镂骨为窍,朱墨杂涂,数以为采。亦有出意为巧者,取相思红子纳置窍中,使其色明现而易见。故温飞卿艳词曰:"玲珑骰子安红豆,入骨相思知也无?"(《演繁露》卷六)

明·胡震亨:《新添声杨柳枝》,温庭筠作。时饮筵竞歌,独女优周德华以声太浮艳不取。(《唐音癸签》卷十三)

木兰花

家临长信往来道①,浮燕双双拂烟草②。油壁车轻金犊肥③,流苏帐晓春鸡早④。　　笼中娇鸟暖犹睡⑤,帘外落花闲不扫。衰桃一树近前池,似惜容颜镜中老⑥。

按:此首见《全唐诗·附词》,亦见《温飞卿诗集》卷三,题作《春晓曲》。

【题解】

该调名依《全唐诗·附词》,《历代诗余》作"玉楼春"。木兰花,原唐教坊曲名,后用为词牌,《太和正音谱》注"高平调"。又名《玉楼春》《西湖曲》等。《花间集》载《木兰花》、《玉楼春》两调,其七字八句者为《玉楼春》体,《木兰花》则韦词、毛词、魏词共三体,从无与《玉楼春》同者。自《尊前集》误刻以后,宋词相沿,律多混填。柳永《乐章集》入"仙吕调",双调小令。全词共56字,七言八句,上、下片各四句三仄韵。

这首词写女子的闺情生活。上片首二句写春景:家宅临近皇宫,燕儿双双,在如烟的花草间穿梭。这里"长信宫"借用来暗喻班婕妤失宠后自避长信宫的典故,内中隐含有失意的忧伤。接下来二句写用品、陈设的富贵华美:出入都是油壁香车,金犊牵挽,室内陈设着流苏宝帐,隐隐透漏出一种慵倦无奈之感。下片转写暮春景色:娇鸟犹睡,落花飘飘,紧接着结拍"衰桃"二句写女子看到暮春衰桃,临池倒影,慨叹人也如桃花般红颜易衰,无限悲感袭来。

这首词不仅词调的形式与诗较为接近,并且语言的华丽、意象的密集,极为秾丽绮艳,确实很像温庭筠自己的诗。

【注释】

①长信:本指长信宫 。《三辅黄图·汉宫》:"(长乐宫)有长信、长秋、永寿、永宁四殿。高帝居此宫,后太后常居之。"后亦用为太皇太后的代称。《文选·谢朓〈齐敬皇后哀策文〉》:"痛椒涂之先廓,哀长信之莫临。"李善注引汉应劭《汉官仪》:"帝祖母为太皇太后,其所居曰长信宫也。"这里借用来暗喻班婕妤失宠后自避长信宫的典故。

②拂:《历代诗余》作"掠"。

③油壁车:古人乘坐的一种车子。因车壁用油涂饰,故名。《南齐书·鄱阳王锵传》:"制局监谢粲说锵及随王子隆曰:'殿下但乘油壁车入宫,出天子置朝堂。'"李商隐《木兰诗》:"紫丝何日障,油壁几时车。"

④晓:沈雄《古今词话》作"暖"。

⑤暖:沈雄《古今词话》作"晓"。

⑥容:《历代诗余》作"红"。

【汇评】

宋·胡仔:飞卿作此晚春曲,殊有富贵佳致。(《苕溪渔隐丛话》前集卷二十三)

明·周珽："油壁车轻"二语,歌行丽对。"笼中娇鸟"二语,仄绝巧句。然是天成一段词也,着诗不得。(明周敬编、周珽补辑《删补唐诗选脉笺释会通评林》卷五八)

明·陆时雍:声调作娇。(《唐诗镜》)

明·沈际飞:实是唐诗,而柔艳近情,词而非诗矣,晚唐之所以为晚唐也。(《草堂诗余正集》卷一)

又:虽有衰老字面,殊自富贵。(《草堂诗余正集》卷一)

明·贺裳:细观全阕,惟中联浓媚,如"笼中娇鸟暖犹睡",亦不愧前语。至"帘外落花闲不扫",已觉其劲。至"衰桃一树近前池,以惜红颜镜中老",尤不旖旎也。作歌行为当。(《皱水轩词筌》)

明·许学夷:庭筠七言古声调婉媚,尽如诗余(与李商隐上源于李贺,下流到韩诸体)。如"家临长信往来道"一篇,本集作《春晓曲》,而诗余作《玉楼春》,盖其语本相近而调又相合,编者遂采入诗余耳。(《诗源辨体》卷三十)

清·黄昇:前后阕一气浑成。前六句是写家居繁盛之地,见人家富丽之象。末二句始借以自况,黯然情深。(《蓼园词选》)

郑文焯:《古今词话》云:"庭筠玉楼春一曲,'家临长信往来道'起句是也,今多讹为《春晓曲》,而花间亦未选及。"案《玉楼春》旧调上下阕并侧起,花间集中如顾敻、牛峤、魏承班诸作可证与飞卿《春晓曲》异体,词话殆未之深考耳。(郑文焯撰,龙沐勋辑《大鹤山人词话》)

附　录

一、温庭筠词相关研究资料

（一）传记

《旧唐书》卷一九〇下：温庭筠者，太原人，本名岐，字飞卿。大中初，应进士。苦心砚席，尤长于诗赋。初至京师，人士翕然推重。然士行尘杂，不修边幅，能逐弦吹之音，为侧艳之词，公卿家无赖子弟裴诚、令狐缟之徒，相与蒱饮，酣醉终日，由是累年不第。徐商镇襄阳，往依之，署为巡官。咸通中，失意归江东，路由广陵，心怨令狐绚在位时不为成名。既至，与新进少年狂游狭邪，久不刺谒。又乞索于杨子院，醉而犯夜，为虞候所击，败面折齿，方还扬州诉之。令狐绚捕虞候治之，极言庭筠狭邪丑迹，乃两释之。自是污行闻于京师。庭筠自至长安，致书公卿间雪冤。属徐商知政事，颇为言之。无何，商罢相出镇，杨收怒之，贬为方城尉。再迁隋县尉，卒。子宪，以进士擢第。弟庭皓，咸通中为徐州从事，节度使崔彦鲁为庞勋所杀，庭皓亦被害。庭筠著述颇多，而诗赋韵格清拔，文士称之。

《新唐书》卷九十一：彦博裔孙廷筠，少敏悟，工为辞章，与李商隐皆有名，号"温李"。然薄于行，无检幅。又多作侧辞艳曲，与贵胄裴诚、令狐滈等蒱饮狎昵。数举进士不中第。思神速，多为人作文。大中末，试有司，廉视尤谨，廷筠不乐，上书千余言，然私占授者已八人，执政鄙其为，授方山尉。徐商镇襄阳，署巡官，不得志，去归江东。令狐绚方镇淮南，廷筠怨居中时不为助力，过府不肯谒。丐钱扬子院，夜醉，为逻卒击折其齿，诉于绚。绚为劾吏，吏具道其污行，绚两置之。事闻京师，廷筠遍见公卿，言为吏诬染。俄而徐商执政，颇右之，欲白用。会商罢，杨收疾之，遂废卒。本名岐，字飞卿。

辛文房《唐才子传》卷八：庭筠，字飞卿，旧名岐，并州人，宰相彦博之孙也。少敏悟，天才雄赡，能走笔成万言。善鼓琴吹笛，云："有弦即弹有孔即吹，何必爨桐与柯亭也。"侧词艳曲，与李商隐齐名，时号"温李"。才情绮丽，尤工律赋。每试，押官韵，烛下未尝起草，但笼袖凭几，每一韵一吟而已，场中曰"温八吟"。又谓八叉手成八韵，名"温八叉"。多为邻铺假手。然薄行无检幅，与贵胄裴诚、令狐滈等饮博。后夜尝醉诟狭邪间，为逻卒折齿，诉不得理。举进士，数上又不第。出入令狐相国书馆中，待遇甚优。时宣宗喜歌《菩萨蛮》，绹假其新撰进之，戒令勿泄，而遽言于人。绹又尝问玉条脱事，对以出《南华经》，且曰："非僻书，相公燮理之暇，亦宜览古。"又有言曰："中书省内坐将军。"讥绹无学，由是渐疏之。自伤云："因知此恨人多积，悔读《南华》第二篇。"徐商镇襄阳，辟巡官，不得志，游江东。大中末，山北沈侍郎主文，特召庭筠试于帘下，恐其潜救。是日不乐，逼暮先请出，仍献启千余言。询之，已占授八人矣。执政鄙其为，留长安中待除。宣宗微行，遇于传舍，庭筠不识，傲然诘之曰："公非司马、长史流乎？"又曰："得非六参、簿、尉之类？"帝曰："非也。"后谪方城尉，中书舍人裴坦当制，忸怩含毫久之，词曰："孔门以德行居先，文章为末。尔既早随计吏，宿负雄名，徒夸不羁之才，罕有适时之用。放骚人于湘浦，移贾谊于长沙，尚有前席之期，未爽抽毫之思。"庭筠之官，文士诗人争赋诗祖饯，惟纪唐夫擅场，曰："凤凰诏下虽沾命，鹦鹉才高却累身。"唐夫举进士，有词名。庭筠仕终国子助教。竟流落而死。今有《汉南真稿》十卷，《握兰集》三卷，《金荃集》十卷，诗集五卷，及《学海》三十卷。又《采茶录》一卷。及著《乾(腱)子》一卷，《序》云"不爵不觥，非刍非炙,能悦诸心,庶乎乾(脵)之义"等,并传于世。

王定保《唐摭言》卷七:蒋凝,江东人,工于八韵,然其形不称名。随计途次襄阳,谒徐商相公,疑其假手,因试《砚山怀古》一篇。凝于客次赋成,尤得意。时温飞卿居幕下,大加称誉。

王定保《唐摭言》卷十:温宪,先辈庭筠之子,光启中及第,寻为山南从事。辞人李巨川草荐表,盛述宪先人之屈。略曰:"蛾眉先妒,明妃为去国之人;猿臂自伤,李广乃不侯之将。"

又:温庭皓,庭筠之弟,辞藻亚于兄,不第而卒。

又:李涛,长沙人也,篇咏甚著,如"水声长在耳,山色不离门",又"扫地树留影,拂床琴有声",又"落日长安道,秋槐满地花",皆脍炙人口。温飞卿任太学博士,主秋试,涛与卫丹、张郃等诗赋,皆榜于都堂。

又:周繇,池州青阳人也。兄鲧,以诗篇中第。繇工八韵,有飞卿之风。

王定保《唐摭言》卷十一:开成中,温庭筠才名籍甚,然罕拘细行,以文为货,识者鄙之。无何,执政间复有恶奏庭筠搅扰场屋,黜随州县尉。时中书舍人裴坦当制,怊泥含毫久之。时有老吏在侧,因讯之升黜,对曰:"舍人合为责辞,何者?人策进士,与望州长马一齐资。"坦释然,故有"泽畔长沙"之比。庭筠之任,文士诗人争为辞送,惟纪唐夫得其尤。诗曰:"何事明时泣玉频,长安不见杏园春。凤皇诏下虽沾命,鹦鹉才高却累身。且饮绿醽销积恨,莫辞黄绶拂行尘。方城若比长沙远,犹隔千山与万津。"

王定保《唐摭言》卷十三:温庭筠烛下未尝起草,但笼袖凭几,

每赋一韵,一吟而已,故场中号为"温八吟"。(又见《太平广记》卷一八二引)

又:山北沈侍郎主文年,特召温飞卿于帘前试之,为飞卿爱救人故也。适属翌日飞卿不乐,其日晚请开门先出,仍献启千余字。或曰"潜救八人矣"。

孙光宪《北梦琐言》卷四:温庭云,字飞卿,或云作"筠"字,旧名岐,与李商隐齐名,时号曰"温李"。才思艳丽,工于小赋,每入试,押官韵作赋,凡八叉手而八韵成,多为邻铺假手,号"救数人"也。而士行有缺,缙绅薄之。李义山谓曰:"近得一联句云'远比召公,三十六年宰辅',未得偶句。"温曰:"何不云'近同郭令,二十四考中书'。"宣宗尝赋诗,上句有"金步摇",未能对,遣未第进士对之,庭云乃以"玉条脱"续也,宣宗赏焉。又药名有"白头翁",温以"苍耳子"为对,他皆此类也。宣宗爱唱《菩萨蛮》词,令狐相国假其新撰密进之,戒令勿他泄,而遽言于人,由是疏之。温亦有言云:"中书堂内坐将军。"讥相国无学也。宣宗好微行,遇于逆旅,温不识龙颜,傲然而诘之曰:"公非司马、长史之流?"帝曰:"非也。"又谓曰:"得非大参、簿尉之类?"帝曰:"非也。"谪为方城县尉。其制词曰:"孔门以德行为先,文章为末。尔既德行无取,文章何以补焉?徒负不羁之才,罕有适时之用。"云云。竟流落而死也。杜幽公自西川除淮海,温庭云诣韦曲杜氏林亭,留诗云:"卓氏炉前金线柳,隋家堤畔锦帆风。贪为两地行霖雨,不见池莲照水红。"幽公闻之,遗绢一千匹。吴兴沈徽云:"温舅曾于江淮为亲表檟楚,由是改名焉。"庭云又每岁举场多借举人为其假手。沈询侍郎知举,别施铺席授庭云,不与诸公邻比。翌日,帝前谓庭云曰:"向来策名者,皆是文赋托于学士,某今岁场中并无假托学士。勉旃!"因遣之,由是不得意也。(又见《太平广记》卷一九九引)

孙光宪《北梦琐言》卷十：唐裴晋公度，风貌不扬，自撰真赞云："尔身不长，尔貌不扬。胡为而将？胡为而相？"幕下从事，逊以美之，且曰："明公以内相为优。"公笑曰："诸贤好信谦也。"幕僚皆惊而退。李洸者，渤海人，昆仲皆有文章。洸因旅次至江村，宿于民家，见覆斗上安锡佛一躯，洸诡词以赞之。民曰："偶未庆赞，为去僧院地远尔。"洸曰："何必须僧，只我而已。"民信之，明发随分具斋餐炷香虔诚，洸俯仰朗称曰："锡镴佛子，柔软世尊。斗上庄严，为有十升功德。"念《摩诃波若波罗蜜》。又赵磷员外为裴坦相汉南从事。磷甚陋，裴公戏之曰："赵公本不丑，孩抱时，乳母怜惜，往往抚弄云'作丑子，作丑子'，因此一定。"赵公大哈。薛侍郎昭纬气貌昏浊，杜紫微唇厚，温庭筠号"温钟馗"，不称才名也。

孙光宪《北梦琐言》卷二十：吴兴沈徽，乃温庭筠诸甥也。尝言其舅善鼓琴吹笛，亦云有弦即弹，有孔即吹，不独柯亭、爨桐也。"制《曲江吟》十调，善杂画，每理发则思来，辄罢栉而缀文也。有温颜者，乃飞卿之孙，宪之子。仕蜀，官至常侍，无它能，唯以隐僻绘事为克绍也。中间出官，旋游临邛，欲以此献于州牧，为谒者拒之。然温氏之先貌陋，时号"钟馗"。颜之子郧，魁形，克肖其祖，亦以奸秽而流之。

《新唐书》卷二〇三：商隐初为文瑰迈奇古，及在令狐楚府，楚本工章奏，因授其学。商隐俪偶长短，而繁缛过之。时温庭筠、段成式俱用是相夸，号"三十六体"。

《太平广记》卷一七四引《尚书故实》：会昌毁寺时，分遣御史检天下所废寺，及收录金银佛像。有苏监察者不记名，巡检两街诸寺，见银佛一尺已下者，多袖之而归，人谓之"苏扛佛"。或问温庭

117

筠："将何对好？"遽曰："无以过'密陀僧'也。"

《太平广记》卷三五一引《南楚新闻》：太常卿段成式，相国文昌子也，与举子温庭筠亲善，咸通四年六月卒。庭筠居闲辇下，是岁十一月十三日冬至，大雪，凌晨有扣门者。仆夫视之，乃隔扉授一竹筒，云："段少常送书来。"庭筠初谓误，发筒获书，其上无字，开之，乃成式手札也。庭筠大惊，驰出户，其人已灭矣。乃焚香再拜而读，但不谕其理。辞曰："动发幽门，哀归短数。平生已矣，后世何云。况复男紫悲黄，女青惧绿。杜陵分绝，武子成觏。自是井障流鹦，庭钟舞鹄。交昆之故，永断私情。慷慨所深，力占难尽。不具。荆州牧段成式顿首。"自后寂无所闻。书云觏字，字书所无，以意读之，当作"群"字耳。温段二家，皆传其本。子安节，前沂王傅，乃庭筠婿也，自说之。

《太平广记》卷四九八引《玉泉子》：温庭筠有词赋盛名，初将从乡里举，客游江淮间，扬子留后姚勖厚遗之。庭筠少年，其所得钱帛，多为狭邪所费。勖大怒，笞且逐之，以故庭筠卒不中第。其姊赵颛之妻也，每以庭筠下第，辄切齿于勖。一日，厅有客，温氏偶问客姓氏，左右以勖对。温氏遂出厅事，前执勖袖大哭。勖殊惊异，且持袖牢固，不可脱，不知所为。移时，温氏方曰："我弟年少宴游，人之常情，奈何笞之？迄今无有成遂，得不由汝致之？"复大哭，久之方得解。勖归愤讶，竟因此得疾而卒。

钱易《南部新书》庚：令狐相绹，以姓氏少，族人有投者，不吝其力，由是远近皆趋之，至有姓胡冒令狐者。进士温庭筠戏为词曰："自从元老登庸后，天下诸胡悉带令。"

吴处厚《青箱杂记》卷八：(王)安国俊迈而貌陋黑肥。熙宁中，与余同官于洛下。尝谓余曰："子可作诗赠我。"余因援笔戏之曰："飞卿昔号温钟馗，思道通俯还魁肥。江淹善唻笔五色，庾信能文腰十围。只知外貌乏粉泽，谁料满腹填珠玑。相逢把酒洛阳社，不管淋漓身上衣。"安国由此不悦。

计有功《唐诗纪事》卷五十四：彦博裔孙，与李商隐俱有名，号"温李"。与贵胄裴诚、令狐滈等蒲饮押昵。为襄阳巡官。

又：庭筠才思艳丽，工于小赋，每入试，押官韵作赋，凡八叉手而八韵成，时号"温八叉"。多为邻铺假手，号曰"救数人"也。而士行尘缺，缙绅薄之。(以下与《北梦琐言》卷四同，故略而不录)

(二)序跋

陆游《渭南文集》卷二十七《跋金奁集》：飞卿《南乡子》八阕，语意工妙，殆可追配刘梦得《竹枝》，信一时杰作也。淳熙己酉立秋，观于国史院直庐。是日风雨，桐叶满庭。放翁书。

鲍廷博《金奁集跋》：右《金奁集》一卷，计词一百四十七阕，明正统辛酉海虞吴讷所编《四朝名贤词》之一也(鹏按，今传吴讷《唐宋名贤百家词》实无《金奁集》，鲍氏或误记)。编纂各分宫调，此他词集及《词谱》所未有。间取《全唐诗》校勘，中杂韦庄四十七首，张泌一首，欧阳炯十六首，温词只六十三首，疑是前人汇集四人之作，非飞卿专集也。按飞卿有《握兰》、《金荃》二集，《金奁》岂即《金荃》之讹耶？原本为梅禹金先生评点，余从钱塘汪氏借钞得之。(《彊村丛书》本《金奁集》卷末)

朱祖谋《书金奁集鲍跋后》：此鲍渌饮手稿，朱笔别纸附写本后。按宋吉州本《欧阳文忠公集》刻成于庆元二年，《近体乐府》校语引《尊前》、《金奁》诸集。陆放翁跋《金奁集》云："飞卿《南乡子》八阕，语意工妙，殆可追配刘梦得《竹枝》，信一时杰作也。淳熙己酉立秋，观于国史院直庐。"此则更在庆元之前。盖宋人杂取《花间集》中温、韦诸家词，各分宫调，以供歌唱。其意欲为《尊前》之续，故《菩萨蛮》注云："五首已见《尊前集》。"吴伯宛谓"《尊前》就词以注调，《金奁》依调以类词，义例正相比附也"。《南乡子》，本欧阳炯作，放翁目为温词，可见标题飞卿，由来已古。《尊前集》有张志和《渔父》五首，以校此集，无一相同，而亦沿志和名者，吾友曹君直据《书录解题》有"元真子《渔歌》，尝得其一时倡和诸贤之辞各五章，及南卓、柳宗元所赋，通为若干章，集为一编，以备吴兴故事"等语，谓此集所载，当是同时诸贤倡和，或南卓、柳宗元所赋者，疑本题"渔父十五一首和张志和"，传钞本以为衍"和"字而去之。不然，集于韦庄、张泌、欧阳炯之作，犹且属于飞卿，断无于《渔父》明知非志和所作，而强题其名也。今为目录，依《花间集》分别作者名氏，标注调下。其《渔父词》当如曹说，定为"和张志和"云。丙辰三月谷雨日，归安朱孝臧。（《彊村丛书》本《金奁集》卷末）

曹元忠《钞本金奁集跋》：此为明正统辛酉海虞吴讷编《四朝名贤词》本，而鲍渌饮从钱塘汪氏借钞者。卷首题《金奁集》，次行为"温飞卿庭筠"。与《渭南文集》跋《金奁集》语合。唯卷末黄钟宫调列《渔父》十五首，题为张志和，而在飞卿集中，吾友沤尹颇以为疑。元忠按：张志和无集，其《渔父词》附见李德裕集。故《舆地纪胜·荆湖北路·岳州·洞庭湖·青草湖》载："青草湖中月正圆，巴陵渔父掉歌连。钓车子，撅头船，乐在风波不用仙。"注云："李文饶记元真子张志和渔歌。"又《两浙西路·安吉州·仙释门》出张志和云：

"有《渔父词》五首。其一曰:雪溪湾里钓鱼翁,舴艋为家西复东。江上雪,浦边风。笑著荷衣不叹穷。"李文饶称其"隐而有名,显而无事,不穷不达,严子陵之徒欤?"盖记《渔父词》而论及之。《瀛奎律髓》所谓"张志和《渔父词》五首,在李卫公集中"是也。是张志和《渔父词》唐时只见李德裕集,其后《尊前集》本之,顾亦仅五首。而此集多至十五首,且无一首相同者。据《直斋书录解题》,有《元真子渔歌碑传集录》一卷云:"尝得其一时倡和诸贤之词各五章,及南卓、柳宗元所赋,通为若干章,因以颜鲁公碑述,《唐书》本传,以至近世用其词入乐府者,集为一编,以备吴兴故事。"疑此集所载,当是同时诸贤倡和,或南卓、柳宗元所赋者,本题"《渔父》十五首和张志和",传钞本以为衍"和"字而去之。不然,此集于韦庄、张泌、欧阳炯之词犹且以为飞卿,岂有《渔父词》明知非张志和所作,而强题其名之理哉?特传钞本既去"和"字,展转至北宋,无知之者。是以《声画集·观画·题画门》载陈子高《奉题董端明渔父醉乡烧香图》十六首,内《渔父》七首,中有"雷泽田渔翊圣明,射蛟南幸见升平。稍分天汉昭回象,更和江湖欸乃声。"注云:"上驻跸会稽,因见黄庭坚所书张志和《渔父词》十五首,戏同其韵。"可知黄庭坚所见本,其《渔父》十五首下已题张志和,于是从而书之。及至南宋,高宗又从而和之,则此集之题张志和,实出宋本。宋贤不尚考据,词又止尊前酒边嘌唱而已,虽渔父倡和诸贤及南卓、柳宗元等姓名具在,亦不暇订正。明吴讷编《四朝名贤词》即用其本,所以飞卿《金奁集》有张志和渔父词也。沤尹搜罗词集,不遗余力,倘并《元真子渔歌碑传集录》得之,必能证成吾言。丙辰腊月,曹元忠客海上刘氏楚园书。(《彊村丛书》本《金奁集》卷末)

王国维《金荃词辑本跋》:案《御选历代诗余》谓"唐自大中后,诗衰而倚声作。至庭筠始有专集,名《握兰》、《金荃》。"维考《新唐书·艺文志》，温庭筠《握兰集》三卷，《金荃集》十卷，《汉南真稿》十卷。《宋史志》只存《温庭筠集》七卷。又长洲顾嗣立跋《温飞卿诗集》后曰："今所见宋刻只《金荃集》七卷，《别集》一卷，《金荃词》一卷。"知宋时飞卿词止有一卷。《握兰》、《金荃》，当是诗文集，非词集也。兹以《花间集》为本，又从《尊前集》补一阕，《草堂诗余》补一阕，《诗集》补二阕，共七十阕。钱塘丁氏善本书室藏有一百四十七阕本，然中尚有韦庄、张泌、欧阳炯之词混见在内。除四人词外，尚得八十三阕。然此八十三阕尽属飞卿否，尚待校勘。求其可信，则飞卿之词，尽于此矣。光绪戊申季夏，海宁王国维记。(《唐五代二十一家词辑》)

(三)总评

黄昇《唐宋诸贤绝妙词选》卷一：温庭筠词极流丽，宜为《花间集》之冠。

陈振孙《直斋书录解题》卷二十一：《花间集》十卷。蜀欧阳炯作序，称卫尉少卿字宏基者所集，未详何人。其词自温飞卿而下十八人，凡五百首，此近世倚声填词之祖也。

张炎《词源》卷下：词之难于令曲，如诗之难于绝句，不过十数句，一句一字闲不得。末句最当留意，有有余不尽之意始佳。当以唐《花间集》中韦庄、温飞卿为则。

王世贞《艺苑卮言》：《花间》以小语致巧，世说靡也。《草堂》以丽字取妍，六朝喻也。即词号称诗余，然而诗人不为也。何者，其婉娈而近情也，足以移情而夺嗜。其柔靡而近俗也，诗啴缓而就之,而不知其下也。之诗而词,非词也。之词而诗,非诗也。言其业,李氏、晏氏父子,耆卿、子野、美成、少游、易安,至矣,词之正宗也。温、韦艳而促,黄九精而险,长公丽而壮,幼安辨而奇,又其次也,词之变体也。

又:温飞卿所作词曰《金荃集》,唐人词有集曰《兰畹》,盖皆取其香而弱也。然则雄壮者,固次之矣。

胡应麟《诗薮》杂编卷四:盖温、韦虽藻丽,而气颇伤促,意不胜辞。

王士禛《花草蒙拾》:弇州谓苏、黄、稼轩为词之变体,是也。谓温、韦为词之变体,非也。夫温、韦视晏、李、秦、周,譬赋有《高唐》、《神女》,而后有《长门》、《洛神》;诗有古诗录别,而后有建安、黄初、三唐也。谓之正始则可,谓之变体则不可。

孙金砺《十五家词序》:最喜唐温庭筠、韦庄、牛峤、欧阳炯,南唐李后主,宋柳永、晏殊、周邦彦、苏轼、秦观、李清照、辛弃疾、刘过、陆游诸家之词,虽风格不同,机杼各妙,谓作者不可不参互其体。今读六家词,惊艳有若温、韦,蒨丽有若牛、欧,隽逸有若二李,风流蕴藉有若周、柳、秦、晏,奔放雄杰有若苏、辛、刘、陆。(孙默《十五家词》卷首)

彭孙遹《松桂堂全集》卷三十七《旷庵词序》:历观古今诸词,其以景语胜者,必芊绵而温丽者也;其以情语胜者,必淫艳而佻巧者也。情景合则婉约而不失之淫,情景离则儇浅而或流于荡,如温、韦、二李、少游、美成诸家,率皆以秾至之景写哀怨之情,称美一时,流声千载;黄九、柳七,一涉儇薄,犹未免于淳朴变浇风之讥,他尚何论哉！

张惠言《词选序》：自唐之词人李白为首，其后韦应物、王建、韩翃、白居易、刘禹锡、皇甫松、司空图、韩偓并有述造，而温庭筠最高，其言深美闳约。

周济《介存斋论词杂著》：词有高下之别，有轻重之别，飞卿下语镇纸，端己揭响入云，可谓极两者之能事。

又：皋文曰："飞卿之词，深美闳约。"信然。飞卿酝酿最深，故其言不怒不慑，备刚柔之气。针缕之密，南宋人始露痕迹。《花间》极有浑厚气象，如飞卿则神理超越，不复可以迹象求矣。然细绎之，正字字有脉络。

又：毛嫱、西施，天下美妇人也，严妆佳，淡妆亦佳，粗服乱头，不掩国色。飞卿，严妆也。端己，淡妆也。后主，则粗服乱头矣。

周济《宋四家词选目录序论》：晏氏父子，仍步温、韦。
又：北宋含蓄之妙，逼近温、韦，非点水成冰时，安能脱口即是？

刘熙载《艺概》卷四：温飞卿词精妙绝人，然类不出乎绮怨。

陈廷焯《白雨斋词话足本》卷一：飞卿词全祖《离骚》，所以独绝千古。《菩萨蛮》、《更漏子》诸阕，已臻绝诣，后来无能为继。

陈廷焯《白雨斋词话足本》卷七：飞卿短古，深得屈子之妙；词亦从《楚骚》中来，所以独绝千古，难乎为继。

陈廷焯《白雨斋词话足本》卷九：千古得骚之妙者，惟陈王之诗、飞卿之词,为能得其神,而不袭其貌。

又:小山虽工词,而卒不能比肩温、韦,方驾正中者,以情溢词外,未能意蕴言中也。故悦人甚易,而复古则不足。

又:飞卿词,大半托词帷房,极其婉雅,而规模自觉宏远。周、秦、苏、辛、姜、史辈,虽姿态百变,亦不能越其范围。本原所在,不容以形迹胜也。

又:熟读温、韦词,则意境自厚;熟读周、秦词,则韵味自深;熟读苏、辛词,则才气自旺;熟读姜、张词,则格调自高;熟读碧山词,则本原自正、规模自远。

陈廷焯《白雨斋词话足本》卷十:温、韦创古者也。晏、欧继温、韦之后,面目未改,神理全非,异乎温、韦者也。苏、辛、周、秦之于温、韦,貌变而神不变,声色大开,本原则一。南宋诸名家,大旨亦不悖于温、韦,而各立门户,别有千古。

又:词有表里俱佳,文质适中者,温飞卿、秦少游、周美成、黄公度、姜白石、史梅溪、吴梦窗、陈西麓、王碧山、张玉田、庄中白是也,词中之上乘也。

陈廷焯《云韶集》卷一:飞卿词以情胜,以韵胜,最悦人目,然视太白、子同、乐天风格,已隔一层。

又:飞卿词绮语撩人,开五代风气。

又:唐代词人,自以飞卿为冠。太白《菩萨蛮》、《忆秦娥》两阕,自是高调,未臻无上妙谛。

陈廷焯《词坛丛话》:终唐之世,无出飞卿右者,当为《花间集》之冠。

又:飞卿词,风流秀曼,实为五代、两宋导其先路。后人好为艳词,那有飞卿风格。

王拯《龙壁山房文集·忏庵词序》：唐之中叶,李白沿袭乐府遗音,为《菩萨蛮》、《忆秦娥》之阕,王建、韩偓、温庭筠诸人复推衍之,而词之体以立。其文窈深幽约,善达贤人君子恺恻怨悱不能自言之情,论者以庭筠为独至。(龙榆生《唐宋名家词选》引)

王国维《人间词话》：张皋文谓:"飞卿之词,深美闳约。"余谓:此四字惟冯正中足以当之。刘融斋谓:"飞卿精艳绝人。"差近之耳。

又:"画屏金鹧鸪",飞卿语也,其词品似之。"弦上黄莺语",端己语也,其词品亦似之。

又:温飞卿之词,句秀也;韦端己之词,骨秀也;李重光之词,神秀也。

王国维《人间词话》附录：温、韦之精艳,所以不如正中者,意境有深浅也。

陈洵《海绡说词》：飞卿严妆,梦窗亦严妆。惟其国色,所以为美。若不观其倩盼之质,而徒眩其珠翠,则飞卿且讥,何止梦窗。

孙麟趾《词迳》：高淡婉约,艳丽苍莽,各分门户。欲高淡学太白、白石;欲婉约学清真、玉田;欲艳丽学飞卿、梦窗;欲苍莽学蘋洲、花外。

谢章铤《赌棋山庄全集》卷一《叶辰溪我闻室词叙》：词渊源《三百篇》,萌芽古乐府,成体于唐,盛于宋,衰于元明,复昌于国朝。

温、李，正始之音也；晏、秦，当行之技也。稼轩出，始用气；白石出，始立格。

樊增祥《樊山集》卷二十三《东溪草堂词选自叙》：有唐一代，《金荃》最高。张氏之言，是则然矣。

沈祥龙《论词随笔》：唐人词，风气初开，已分二派：太白一派，传为东坡，诸家以气格胜，于诗近西江；飞卿一派，传为屯田，诸家以才华胜，于诗近西昆。后虽迭变，总不越此二者。

张德瀛《词徵》卷五：李太白词，淳泓萧瑟；张子同词，逍遥容与；温飞卿词，丰柔精邃。唐人以词鸣者，惟兹三家，壁立千仞，俯视众山，其犹部娄乎。

蔡嵩云《柯亭词论》：自来治小令者，多崇尚《花间》。《花间》以温、韦二派为主，余各家为从。温派秾艳，韦派清丽。

吴梅《词学通论》第六章：唐至温飞卿，始专力于词。其词全祖《风》、《骚》，不仅在瑰丽见长。陈亦峰曰："所谓沉郁者，意在笔先，神余言外，写怨夫思妇之怀，寓孽子孤臣之感。凡交情之冷淡，身世之飘零，皆可于一草一木发之。而发之又必若隐若现，欲露不露，反复缠绵，终不许一语道破。匪独体格之高，亦见性情之厚。"此数语，惟飞卿足以当之。

又：飞卿之词，极长短错落之致矣。而出辞都雅，尤有怨悱不乱之遗意。论者必以温氏为大宗，而为万世不祧之俎豆也。

又：唐词凡七家，要以温庭筠为山斗。

汪东《唐宋词选评语》：词宗唐五代，犹诗之宗汉魏也。然唐人为词多以余事及之，至温篇什始富，而藻丽精工，尤为独绝。（《词学》第二辑）

李冰若《花间集评注·栩庄漫记》：少日诵温尉词，爱其丽词绮思，正如王、谢子弟，吐属风流。嗣见张、陈评语，推许过当，直以上接灵均，千古独绝，殊不谓然也。飞卿为人，具详旧史，综观其诗词，亦不过一失意文人而已，宁有悲天悯人之怀抱？昔朱子谓《离骚》不都是怨君，尝叹为知言。以无行之飞卿，何足以仰企屈子。其词之艳丽处，正是晚唐诗风，故但觉镂金错彩，炫人眼目，而乏深情远韵。然亦有绝佳而不为词藻所累，近于自然之词，如《梦江南》、《更漏子》诸阕，是也。

又：张氏《词选》，欲推尊词体，故奉飞卿为大师，而谓其接迹《风》、《骚》，悬为极轨。以说经家法，深解温词，实则论人论世，全不相符。温词精丽处自足千古，不赖托庇于《风》、《骚》而始尊。况《风》、《骚》源出民间，与词之源于歌乐，本无高下之分，各擅文艺之美，正不必强相附会，支离其词也。自张氏书行，论词者几视温词为屈赋，穿凿比附如恐不及，是亦不可以已乎。

二、温庭筠词集、研究论著索引

（唐宋—2014 年）

1. 后蜀赵崇祚辑《花间集》（十卷），宋绍兴十八年（1148）晁谦之建康郡斋刻本（北京图书馆藏），1955 年北京文学古籍刊行社影印本；宋淳熙（1174～1189）末年鄂州刻本，中华书局《四部备要》中之《花间集》，即依此本排印；宋开禧（1205～1207）刻本，有开禧元年（1205）陆游二跋，明吴讷编《百家词》，其《花间集》亦似据此本

2. 后蜀赵崇祚辑《花间集》（四卷），题明汤显祖评，明万历刻套印本，谢善治题款（天津图书馆藏）

3. 《尊前集》（一卷），明初吴讷编《百家词》（天津图书馆藏抄）本；清朱祖谋《彊村丛书》本；1984 年江西人民出版社蒋哲伦增校本

4. 《金荃集》（一卷），清朱祖谋《彊村丛书》本，上海古籍出版社 1989 年影印夏敬观批点本（附索引）

5. 清曾益等笺注《温飞卿诗集笺注》（附温庭筠词），上海古籍出版社 1980 年

6. 《全唐诗》（附词）全书九百卷，清康熙四十二年（1703）敕辑，卷八八九至卷九〇〇收唐五代词，1960 年中华书局校点本

7. 《金荃集》（一卷），民国刘毓盘辑《唐五代宋辽金元名家词集六十种辑》本，1925 年北京大学排印本；民国王国维辑《唐五代二十一家词辑》本，1927 年海宁王氏辑印《海宁王忠悫公遗书》本

8. 《金奁集》，江苏广陵古籍刻印社，1986 年

9. 成肇麔选辑《唐五代词选》，商务印书馆，1919 年

10. 刘毓盘辑《唐五代宋辽金元名家词集六十种辑》，北京大学排印

本，1925 年

11. 王国维《唐五代二十一家词辑》，《海宁王忠悫公遗书》本，1927 年

12. 卢冀野《温飞卿及其词》，附有《温飞卿词辑本》，民国十九年（1930）上海会文堂书局本

13. 冒广生撰《金荃集校注》，据清鲍氏知不足斋抄本校朱祖谋辑《彊村丛书》本（见《同声月刊》1 卷 12 号）

14. 林大椿辑《唐五代词》，商务印书馆民国二十二年（1933）排印本，北京文学古籍刊行社 1956 年郑琦校订本

15. 姜方锬《唐五代两宋词概》，四川泸县文源印刷厂，1934 年

16. 华连圃（钟彦）注《花间集注》，上海商务印书馆，1935 年；中州书画社，1983 年修订重印

17. 李冰若评注《花间集评注》，上海开明书店，1935 年；香港乐知出版社，1983 年

18. 伊礴《花间词人研究》，上海元新书局，1936 年

19. 龙榆生《唐五代宋词选》，（上海）商务印书馆，1937 年

20. 谢秋萍《唐五代词选》，（上海）中国文化服务社，1937 年；上海教育书店，1947 年；（上海）文力书局，1946 年

21. 丁寿田、丁亦飞选注《唐五代四大名家词》，《学生国学丛书》本，商务印书馆，1940 年

22. 胡士莹《唐宋词选》，（北平）辅仁大学铅印本，1946 年

23. 李一氓校《花间集校》，人民文学出版社本，1958 年（1981 年再版）；1960 年香港商务印书馆（1978 年再版）

24. 曾昭眠校《温韦冯词新校》，上海古籍出版社，1958 年

25. 段新中《唐五代暨清代名家词选》，（台北）平平出版社，1966 年

26. 方乃斌《唐五代宋金元明千家词》，（九龙）葵庐出版社，1968 年

27. 俞陛云《唐宋词选释》，（台北）广文书局，1970 年

28. 姜尚贤《温韦词研究》，（台北）自印本，1971 年

29. 金迄影《唐宋词选释》，（台北）学海出版社，1974 年

30. 李一泯《花间集校》，（台北）鼎文书局，1974 年

31. 萧继宗《花间集注》，（台北）学生书局，1977 年

32. 俞平伯《唐宋词选释》，人民文学出版社，1978 年；（台北）木铎出版社，1983 年

33. 廖雪堂《评述花间集及其十八家》，台湾文化大学，1978 年

34. 邱燮友《唐宋词吟唱》，（台北）东大图书公司，1979 年

35. 汪志勇《唐五代词评析》，（台北）华正书局，1979 年

36. 夏承焘《唐宋词欣赏》，百花文艺出版社，1980 年

37. 陈弘治《唐五代词研究》，（台北）文津出版社，1980 年

38. 张敬文《唐宋诗词研究》，（台北）商务印书馆，1980 年

39. 林大椿《全唐五代词汇编》，（台北）世界书局，1980 年

40. 静悠《唐宋名家诗词欣赏》，（台北）文源出版社，1980 年

41. 刘永济《唐五代两宋词简析》，上海古籍出版社，1981 年。

41. 郑孟彤《唐宋诗词赏析》，广东人民出版社，1981 年

43. 胡志刚、吴忠颖《唐宋词选详解》，（台北）文智出版社，1981 年

44. 张梦机、张子良《唐宋词选注》，（台北）华正书局，1981 年

45. 周益津《唐宋词选》，（台南）大夏出版社，1981 年

46. 陈弘治《唐宋词名作析评》，（台北）文津出版社 1981 年

47. 靳极苍《唐宋词百首详解》，山西人民出版社，1982 年

48. 姜超《唐宋词解析》，内蒙古教育出版社，1982 年

49. 唐圭璋《唐宋词简释》，（台北）木铎出版社，1982 年

50. 金迄影《唐宋名家词欣赏》，（台北）庄严出版社，1982 年

51. 万云骏《温庭筠》，山东教育出版社，1983 年

52. 周笃文《唐宋词鉴赏集》，人民文学出版社，1983 年

53. 刘瑞潞《唐五代词钞小笺》，岳麓书社 1983 年

54. 姜方锬《唐五代两宋词概》,成都古籍书店,1984年

55. 黄坤尧《温庭筠》,(台北)国家出版社,1984年

56. 俞陛云《唐五代两宋词选释》,上海古籍出版社,1985年

57. 张燕瑾、杨钟贤《唐宋词选析》,天津人民出版社,1985年

58. 朱傅誉主编《温庭筠传记资料》,(台北)天一出版社,1985年

59. 陈弘治《唐五代词研究》,(台北)文津出版社,1985年

60. 张璋、黄畲编《全唐五代词》,上海古籍出版社,1986年

61. 杨海明《唐宋词风格论》,上海社会科学院出版社,1986年

62. 李谊《花间集注释》,四川文艺出版社,1986年

63. 杨海明《唐宋词史》,江苏古籍出版社,1987年;天津古籍出版社,1998年

64. 刘斯翰《温庭筠诗词选》,广东人民出版社,1986年;香港三联书店,1986年

65. 黄进德《唐五代词》,上海古籍出版社,1987年;1993年;(台北)国文天地杂志社,1990年

66. 胡忆肖《唐宋诗词名篇辨析》,武汉大学出版社,1987年

67. 沈祥源、傅生文《花间集新注》,江西人民出版社,1987年

68. 杨光治《唐宋词今译》,广西人民出版社,1987年

69. 陈庆煌《花间集》,金枫出版公司,1987年

70. 阮文捷校点《温韦词》(词林集珍),上海古籍出版社,1988年

71. 吕新民、关闲柱《唐宋名家词译析》,贵州人民出版社,1988年

72. 曾昭岷校《温韦冯词新校》,上海古籍出版社,1988年

73. 俞陛云《唐五代两宋词选释》,(台北)文史哲出版社,1988年

74. 叶嘉莹《唐宋名家词析赏》,(台北)大安出版社,1988年

75. 叶嘉莹《唐宋词十七讲》,岳麓书社,1989年

76. 吴积才《唐宋词名篇解析》,云南人民出版社,1989年

77. 黄拔荆《词史》,福建人民出版社,1989年;2003年

78. 陈满铭《唐宋诗词评注》,(台北)文津出版社,1989 年

79. 黄墨谷《唐宋词选析》,高等教育出版社,1990 年

80. 倪木兴《唐宋词精华》,人民文学出版社,1991 年

81. [美]孙康宜《中国词的发展:从晚唐到北宋》,(台北)联经出版事业公司,1991 年

82. 万文武《温庭筠辨析》,山西人民出版社,1992 年

83. 施蛰存选《花间新集》,浙江古籍出版社,1992 年

84. 廖仲安主编,王新霞选注《花间词派选集》,北京师范学院出版社,1993 年

85. 邓乔彬《唐宋词美学》,齐鲁书社,1993 年

86. 殷光熹《唐宋名家词风格流派新探》,云南教育出版社,1993 年

87. 弓保安《唐五代词三百首今译》,陕西人民出版社,1993 年

88. 房开江《唐宋婉约词赏译》,华夏出版社,1993 年

89. 王新霞《花间词派选集》,北京师范大学出版社,1993 年

90. 陈邦炎主编《词林观止》,上海古籍出版社,1994 年

91. 杨海明《唐宋词纵横谈》,苏州大学出版社,1994 年

92. 艾治平《婉约词派的流变》,辽宁大学出版社,1994 年

93. 谷闻编注《婉约词》,西北大学出版社,1994 年

94. 刘尊明《唐五代词的文化观照》,(台北)文津出版社,1994 年

95. [美]孙康宜著,李奭学译《晚唐迄北宋词体演进与词人风格》,(台北)联经出版事业有限公司,1994 年;2001 年

96. 马清福主编,毕宝魁、王素梅注《花间集》,春风文艺出版社,1995 年

97. [日]青山宏著,程郁缀译《唐宋词研究》,北京大学出版社,1995 年

98. 史双元编著《唐五代词纪事会评》,黄山书社,1995 年

99. 朱鉴珉《温庭筠韦庄冯延巳李煜诗词精选 180 首》,山西古籍出

版社,1995 年

100. 马承五《唐宋名家诗词笺评》,华中师范大学出版社,1995 年

101. 马承五、戴建业《唐宋诗词史》,湖北科技出版社,1995 年

102. 毕宝魁、王素梅《花间集》,春风文艺出版社,1995 年

103. 杨海明《唐宋词主题探索》,(高雄)丽文文化事业公司,1995 年

104. 乔力《唐宋词要义》,光明日报出版社,1996 年

105. 木斋《唐宋词评译》,广西师范大学出版社,1996 年

106. 刘维治《唐宋词研究》,辽宁师范大学出版社,1996 年

107. 李君《唐宋全词》,海天出版社,1996 年

108. 张以仁《花间词论集》,(台北)中央研究院文哲研究所,1996 年

109. 李若莺《唐宋词鉴赏通论》,(高雄)复文图书出版公司,1996 年

110. 沈样源、傅生文注《花间集新注》,江西人民出版社,1997 年

111. 房开江注、崔黎民译《花间集全译》,贵州人民出版社,1997 年

112. 郑福田《唐宋词研究》,内蒙古大学出版社,1997 年

113. 赵仁珪《唐五代词三百首译析》,吉林文史出版社,1997 年

114. 赵仁珪、杨敏如《唐诗宋词选讲》,教育科学出版社,1997 年

115. 叶嘉莹《唐宋词名家论稿》,河北教育出版社,1997 年

116. 叶嘉莹《唐宋词十七讲》,河北教育出版社,1997 年

117. 李建英《唐五代词三百首译析》,吉林文史出版社,1997 年

118. 李星、朱南《唐宋词三百首译析》,北方妇女儿童出版社,1997 年

119. 牛艺平《唐宋诗词欣赏》,教育科学出版社,1997 年

120. 于翠玲《花间集·尊前集注》,华夏出版社,1998 年

121. 徐培均《婉约词三百首》,浙江古籍出版社,1998 年

122. 苗菁《唐宋词体通论》,中州古籍出版社,1998 年

123. 杨海明《唐宋词美学》,江苏教育出版社,1998 年

124. 程自信《唐五代词》,黄山书社,1998 年

125. 孔范今主编《全唐五代词释注》,陕西人民出版社,1998 年

126. 王淑玲、庄惠宜注释《唐宋词欣赏》,(台南)文国出版社, 1998 年

127. 刘扬忠《唐宋词流派史》,福建人民出版社,1999 年

128. 吴惠娟《唐宋词审美观照》,学林出版社,1999 年

129. 李剑亮《唐宋词与歌妓制度》,浙江大学出版社,1999 年

130. 彭玉平《唐宋名家词导读》,广东人民出版社,1999 年

131. 闵定庆《花间集论稿》,南方出版社,1999 年

132. 张志烈《唐五代词三百首》,巴蜀书社,1999 年

133. 叶嘉莹《温庭筠·韦庄·冯延巳·李煜》,(台北)大安出版社, 1999 年

134. 曾昭岷等编著《全唐五代词》,中华书局,1999 年

135. 洪华穗《花间集的主题与感觉》,(台北)文津出版社,1999 年

136. 周益津编著《唐宋词赏析》,(台南)大夏出版社,1999 年

137. 沈松勤《唐宋词社会文化学研究》,浙江大学出版社,2000 年; 2003 年;2004 年;2007 年

138. 王兆鹏《唐宋词史论》,人民文学出版社,2000 年

139. 郑孟彤《唐宋诗词赏析》,广东人民出版社,2000 年

140. 刘尊明《唐五代词史论稿》,文化艺术出版社,2000 年

141. 李晔《唐宋婉约词》,光明日报出版社,2000 年

142. 杨鸿儒《唐宋词评译》,华文出版社,2000 年

143. 周羽发《唐五代词三百首》,延边人民出版社,2000 年

144. 成松柳《晚唐五代词研究》,湖南人民出版社,2000 年

145. 陈满铭《词林散步:唐宋词结构分析》,(台北)万卷楼图书公司,2000 年

146. 高锋《花间词研究》,江苏古籍出版社,2001 年

147. 艾治平《花间词艺术》,学林出版社,2001 年

148. 高建中选注《唐宋词》,广东人民出版社,2001 年

149. 胡遂《婉约词三百首新注新评》巴蜀书社,2001 年

150. 兰世雄编注《婉约词》,安徽人民出版社,2001 年

151. 张以仁《花间词论集》,(台北)中研院文哲研究所筹备处,
2001 年

152. 杨海明《唐宋词与人生》,河北人民出版社,2002 年

153. 钱国莲等选注《花间词全集》,当代世界出版社,2002 年

154. 周奇文《花间词详注》,吉林文史出版社,2002 年

155. 刘尊明注评《温庭筠韦庄词选》,上海古籍出版社,2002 年

156. 张红. 张华编注《温庭筠词新释辑评》,中国书店,2003 年

157. 胡益民等《婉约词精华评析》,解放军出版社,2003 年

158. 王强《唐宋词讲录》,昆仑出版社,2003 年

159. 王晓骊《唐宋词与商业文化关系研究》,中国社会科学出版社,
2004 年

160. 王兆鹏主编《唐宋词汇评・唐五代卷》,浙江教育出版社,
2004 年

161. 余传棚《唐宋词流派研究》,武汉大学出版社,2004 年

162. 蔡镇楚、龙宿莽《唐宋诗词文化解读》,北京图书馆出版社,
2004 年

163. 邓乔彬《唐宋词美学》,齐鲁书社,2004 年。

164. 刘尊明《唐宋词综论》,中国社会科学出版社,2004 年。

165. 孙燕文主编《温庭筠诗词欣赏》,(台南)文国出版社,2004 年

166. 王兆鹏、谭新红《唐宋词名篇导读》,长江文艺出版社,2005 年

167. 成松柳《温庭筠研究》,湖南人民出版社,2005 年

168. 许兴宝、刘卫宁《唐宋词人物意象研究》,(香港)华夏文化艺术
出版社,2005 年

169. 高峰《唐五代词研究史稿》,齐鲁书社,2006 年

170. 李冬红《〈花间集〉接受史论稿》,齐鲁书社,2006年

171. 黄昭寅、张士献《唐宋词史论稿》,山东大学出版社,2006年

172. 王兆鹏《唐宋词名篇演讲录》,广西师范大学出版社,2006年

173. 王辉斌《唐宋词史论稿》,吉林文史出版社,2006年

174. 彭玉平《唐宋名家词导读新编》,中山大学出版社,2006年

175. 张以仁《花间词论续集》,(台北)中央研究院中国文哲研究所,2006年

176. 辛衍君《意象空间——唐宋词意象的符号学阐释》,辽宁大学出版社,2007年

177. 许兴宝《人物意象研究:唐宋词的另一种关注》,中国社会科学出版社,2007年

178. 许兴宝《唐宋词别论》,巴蜀书社,2007年

179. 杨柏岭《唐宋词审美文化阐释》,黄山书社,2007年

180. 刘学锴《温庭筠全集校注》,中华书局,2007年

181. 陈如江编著《花间词》,浙江教育出版社,2007年

182. 周奇文注释《花间词》,吉林文史出版社,2007年

183. 李玉珍《唐宋词人名家名作赏读》,线装书局,2007年

184. 龙榆生编选,卓清芬注说《唐宋名家词选》,(台北)里仁书局,2007年

185. 叶嘉莹《照花前后镜:词之美感特质的形成与演进》,(新竹)清华大学出版社,2007年

186. 张福庆《唐宋词审美谈》,世界知识出版社,2008年

187. 彭国忠《唐宋词学阐微——文本还原与文化观照》,安徽大学出版社,2008年

188. 刘学锴《温庭筠传论》,安徽大学出版社,2008年

189. 田恩铭、陈雪婧《唐宋词人审美心理研究》,陕西人民出版社,2008年

190. 赵逸之《花间词品论》,齐鲁书社,2008 年

191. 陈如江编著《忆昔花间初识面——花间词》,人民文学出版社,
2009 年

192. 钱锡生《唐宋词传播方式研究》,复旦大学出版社,2009 年

193. 蒋晓城《流变与审美视阈中的唐宋艳情词研究》,江西人民出
版社,2009 年

194. 邓乔彬《唐宋词艺术发展史》,河北人民出版社,2010 年;安徽
师范大学出版社,2013 年

195. 刘尊明、甘松《唐宋词与唐宋文化》,凤凰出版社,2009 年

196. 萧鹏《群体的选择——唐宋人词选与词人群通论》,凤凰出版
社,2009 年

197. 赵辉《风流唐宋:唐宋诗词小史》,湖北教育出版社,2009 年

198. 聂安福《温庭筠词集・韦庄词集》,上海古籍出版社,2010 年

199. 陈水云《唐宋词在明末清初的传播与接受》,中国社会科学出
版社,2010 年

200. 曹艳春《词体审美特征论》,巴蜀书社,2010 年

201. 李海霞《婉约词派》,吉林文史出版社,2010 年

202. 罗立刚《玉楼明月长相忆:婉约词》,人民文学出版社,2010 年

203. 孟斜阳《最是缠绵花间词》,福建人民出版社,2011 年

204. 王欢《李煜与花间词》,吉林出版集团有限责任公司,2011 年

205. 邓红梅《婉约词》,中华书局,2011 年

206. 曹辛华《唐宋诗词的文体观照》,中华书局,2011 年

207. 谢珊珊《休闲文化与唐宋词》,暨南大学出版社,2011 年

208. 陈清华《春花秋月何时了——唐宋词里的风花雪月》,电子工
业出版社,2011 年

209. 刘尊明、王兆鹏《唐宋词的定量分析》,北京大学出版社,
2012 年

210. 曾大兴《唐宋词十八讲》,中山大学出版社,2012 年

211. 龙建国《唐宋音乐管理与唐宋词发展研究》,南开大学出版社,
2012 年

212. 丁凤来《唐宋词深度导读》,苏州大学出版社,2012 年

213. 黄怀宁《五代西蜀词人群体研究》,(新北)花木兰文化出版社,
2012 年

214. 郑福田《唐宋词说》,北京大学出版社,2013 年

215. 叶嘉莹《唐宋名家词赏析》,南开大学出版社,2013 年

216. 张毅《唐宋诗词审美》,南开大学出版社,2013 年

217. 黄海《人生自是有情痴——唐宋词类说》,贵州大学出版社,
2013 年

三、温庭筠词研究论文索引

（1919—2014 年）

1. 王志刚《温飞卿〈菩萨蛮〉词之研究》,《孤兴》第 9 期,1926 年 7 月

2. 唐圭璋《温韦词之比较》,《东南论衡》第 1 卷第 26 期,1926 年 1 月

3. 沈曾植《温飞卿词集兰畹之意》,《国学专刊》第 1 卷第 4 期,1926 年

4. 陈鳣《温庭筠》,《国立北平图书馆月刊》第 2 卷第 1 期,1929 年 1 月

5. 朱肇洛《温庭筠评传》,《细流》创刊号,1934 年 4 月

6. 邹啸《温飞卿与柔卿》,《青年界》第 5 卷第 4 期,1934 年 4 月

7. 邹啸《温飞卿与鱼玄机》,《青年界》第 5 卷第 4 期,1934 年 4 月

8. 邹啸《温飞卿的用字》,《青年界》第 6 卷第 1 期,1934 年 6 月

9. 张尔田《与龙榆生论温飞卿贬尉事》,《词学季刊》第 2 卷第 1 号,1934 年 10 月

10. 彦修《谈谈温飞卿》,《中央日报》1935 年 4 月 18～21 日

11. 郑骞《温庭筠韦庄与词的创始》,《读书青年》1944 年 11 月

12. 浦江清《温庭筠〈菩萨蛮〉笺释》,《国文月刊》第 35、38 期,1945 年 5 月

13. 金鹏《温庭筠〈菩萨蛮〉十四阕之表现法》,《中国文化》1945 年 9 月

14. 徐沁君《温词蠡测》,《国文月刊》第 51 期,1947 年 1 月

15. 顾学颉《新旧唐书温庭筠传订补》,《国文月刊》第 62 期,1947 年 1 月

16. 顾学颉《温飞卿论》,《史地丛刊》1947 年 1 月 2 日

17. 顾学颉《读温庭筠〈菩萨蛮〉小记》,《顾学颉文学论集》,中国社会科学出版社 1987 年

18. 陈鳣《温庭筠》,《经世日报》1947 年 11 月 13 日

19. 阮鲁人《与夏承焘先生谈"斜晖脉脉水悠悠"》,《语文教学》1957 年 3 月

20. 夏承焘《关于"悠悠"二字的解释》,《语文教学》1957 年 4 月

21. 郑骞《论温韦冯三家词》,《教育与文化》1957 年 8 月

22. 胡国瑞《论温庭筠词的艺术风格》,《文学遗产增刊》第六辑,1958 年

23. 盛成《温庭筠》,《中国文学史论集》(台北:中华文化出版事业委员会)1958 年 4 月

24. 叶嘉莹《温庭筠词概说》,《淡江学报》1958 年 8 月

25. 萧涤非《一个老问题(关于温庭筠的词)》,《解放集》(山东人民出版社)1959 年

26. 易君左《词的始创者——温庭筠》,《文学世界》1959 年 12 月

27. 江华清《论温庭筠词的艺术风格》,《中国古典作家论》(香港东亚书局)1960 年

28. 夏承焘、怀霜《西谿词话——温庭筠的小令》,《浙江日报》1961 年 12 月 10、13 日

29. 刘逸生《幽心曲折写离情(说温庭筠《菩萨蛮》)》,《羊城晚报》1961 年 5 月 20 日

30. 唐圭璋等《论温韦词》,《南京师范学院学报》1962 年第 1 期

31. 夏承焘等《不同风格的温韦词》,《文汇报》1962 年 3 月 11 日

32. 夏承焘等《续谈温韦词》,《文汇报》1962 年 3 月 15 日

33. 黎淦林《温庭筠及其词》,《文坛》1962 年 3 月

34. 慕芬《温庭筠词的风格》,《青年战士报》1967 年 8 月 6 日

35. 平甬《温庭筠——花间鼻祖》,《青年战士报》1967 年 11 月 3 日

36. 费海玑《温庭筠的行谊和人生观》,《幼狮月刊》1967 年 1 月

37. 吴恕《词的开山大师温庭筠》,《台湾文艺》1967 年 4 月

38. 刘兆熊《花间派鼻祖温庭筠》,《台湾省立博物馆科学年刊》1968
年 12 月

39. 冯伊湄《温庭筠其人其词》,《幼狮月刊》1970 年 8 月

40. 蒋凤《温庭筠词的艺术风格》,《新亚书院中国文学系年刊》1970
年 9 月

41. 达仁《温飞卿才高命乖》,《大华晚报》1970 年 7 月 28 日

42. 费海玑《温飞卿研究》,《文学研究续集》(台湾商务印书馆)1971
年 1 月

43. 林宗霖《词的开宗大师温庭筠》,《励进》1973 年 5 月

44. 刘中酥《唐末文坛巨柱温庭筠》,《文艺》1975 年 1 月

45. 林柏燕《温庭筠的悲剧》,《中华文艺》1976 年 1 月

46. 李东乡《温庭筠词试论》,《中国文学》第 4 辑,1977 年

47. 陈弘治《温庭筠及其词》,《中华文化复兴月刊》1977 年第 3 期

48. 施蛰存《读温飞卿词札记》,《中华文史论丛》第八辑,1978 年

49. 廉锷《温庭筠与"画屏金鹧鸪"》,《学术研究》1978 年 3 月

50. 吴小如《诗词臆札二则——温庭筠〈梦江南〉二首》,《兰州大学
学报》1979 年第 2 期

51. 陈弘治《唐五代词的发展趋势——兼谈温韦冯李词的内容与风
格》,《中华文化复兴月刊》1979 年 4 月

52. 夏承焘《温飞卿系年》,《唐宋词人年谱》(上海古籍出版社)
1979 年

53. 黄坤尧《温庭筠及其词研究》,香港中文大学研究院,1979 年
5 月

54. 赖桥本《温庭筠与词调的成立》,《国文学报》1979 年 6 月

55. 叶嘉莹《温庭筠词概说》,《迦陵论词丛稿》(上海古籍出版社) 1980 年

56. 林祖亮《温庭筠与晚唐词坛》,《自由谈》1980 年 3 月

57. 刘华中《晚唐填词大家温庭筠》,《山西日报》1980 年 7 月 17 日

58. 王玉龄《温庭筠词研究及校注》,中国文化大学中文研究所, 1980 年 6 月

59. 袁行霈《读温庭筠〈菩萨蛮〉》,《西北大学学报丛刊》1981 年 1 月

60. 叶嘉莹《论温韦冯李四家词》,《四川大学学报丛刊》1982 年 1 月

61. 薛崧云《花·月·水——浅谈温庭筠韦庄李煜的风格异同》, 《淮阴师专学报》1982 年 2 月

62. 陈弘治《唐五代几位关键性的词家》,《庆祝阳新成楚望先生七 秩诞辰论文集》,(台北:文史哲出版社)1981 年

63. 黄震云《温庭筠籍贯及生卒年》,《徐州师范学院学报》1982 年 3 月

64. 杜若《温庭筠的诗和词》,《自由谈》1981 年 6 月

65. 申美子《温庭筠词之特色》,《中国语文学》1981 年 5 月

66. 陈尚君《温庭筠早年事迹考辨》,《中华文史知识》1981 年第 2 期

67. 潘琦君《玉炉香,红蜡泪——温庭筠》,《书和人》1981 年 5 月 2 日

68. 黄震云《温庭筠籍贯及生卒年》,《徐州师范学院学报》1982 年第 3 期

69. 王达津《温庭筠生平之若干问题》,《南开大学学报》1982 年第 2 期

70. 王达津《读温庭筠〈菩萨蛮〉二首》,《唐代文学论丛》1982 年第 2 期

71. 顾学颉《温庭筠交游考》,《北京师范大学学报》1982 年第 5 期

72. 陈尚君《也谈温庭筠生平之若干问题——答王达津先生》,《南

开大学学报》1982 年第 6 期

73. 吴肃森《谈李商隐爱情诗与温庭筠恋情词艺术风格的亲缘关系》,《贵州社会科学》1982 年第 5 期

74. 刘逸生《温庭筠〈更漏子〉(柳丝长)的艺术技巧》,《花城》1982 年第 5 期

75. 吴小如《试析〈更漏子〉第五首兼探温庭筠词的特色》,《名作欣赏》1982 年第 6 期

76. 吴小如《释温庭筠〈更漏子〉第一、六首兼论典型温词特色》,《名作欣赏》1983 年第 2 期

77. 吴小如《释温庭筠〈更漏子〉第二、三、四首兼论词中抒情主人公问题》,《名作欣赏》1983 年第 4 期

78. 黄震云《温庭筠杂考三题》,《江海学刊》1983 年第 5 期

79. 黄震云《温庭筠和淮阴》,《淮阴日报》1983 年 7 月 30 日

80. 徐匋《"画屏金鹧鸪"与"和泪试严妆"——从温庭筠冯延巳两首小词谈起》,《文史知识》1983 年 7 月

81. 顾学颉《温庭筠行实考略》,《唐代文学论丛》1983 年 1 月

82. 牟怀川《温庭筠生平新证》,《上海师范学院学报》1984 年第 1 期

83. 徐匋《温庭筠词色彩美论析》,《晋阳学刊》1984 年第 4 期

84. 邓乔彬《飞卿词艺术平议》,《社会科学战线》1984 年第 4 期

85. 梁克隆《温词浅析》,《国际政治学院学报》1984 年第 3 期

86. 孙安邦《试论愤世刺时的温庭筠》,《山西师院学报》1984 年 4 月

87. 水天生、孙安邦《花间词派鼻祖温庭筠》,《山西古代文学家》(山西人民出版社),1984 年

88. 黄坤尧《温庭筠与我》,《书的世界》(台北:国家出版社)1984 年

89. 张以仁《一代词宗温庭筠》,《台湾新闻报》1984 年 11 月 13 日

90. 牟怀川等《关于温庭筠生平的若干考证和说明》,《上海师范大学学报》1985 年第 1、2 期

91. 刘扬忠《蔑视权贵的文学家温庭筠》,《文史知识》1985 年第 9 期

92. 艾岩《吟成意态在虚描——温庭筠词法一例》,《名作欣赏》1985 年第 4 期

93. 杨宪益《温庭筠词》,《中国文学》1985 年 4 月

94. 申正《淡妆浓抹总相宜——浅谈温庭筠词的特色》,《怀化师专学报》1985 年 2 月

95. 黄德伟《温庭筠词中的巴洛克式因素》,《世界文学交流会议录》(美国:盖兰出版社)1985 月

96. 黄震云《对温庭筠生年新证一文的意见》,《上海师范大学学报》1985 年第 2 期

97. 罗宗涛《温庭筠诗词比较研究》,《古典文学》(台湾学生书局)1985 年 8 月

98. 潘裕民《温庭筠生平及其作品述略》,《教研报》(安庆师院)1985 年第 2 期

99. 潘裕民《读温庭筠〈菩萨蛮〉〈梦江南〉》,《大学语文》1985 年第 1～2 期

100. 袁行霈《温词艺术研究——兼论温韦词风之差异》,《学术月刊》1986 年第 2 期

101. 马宝丰《鸾镜与花枝,此情谁得知——试析温庭筠《菩萨蛮》其十》,《山西师大学报》1986 年第 2 期

102. 王昌猷《温庭筠韦庄词风的比较》,《意境风格流派》(广东人民出版社)1986 年

103. 张以仁《温庭筠菩萨蛮词的联章性》,《词学研讨会论文集》,台北市中研院文哲所,1986 年

104. 潘君昭《温庭筠〈更漏子〉》,《大公报》1986 年 1 月 25 日

105. 舒威霖《温庭筠》,《中国传统文学的印第安那参照》(台北:南部资料中心)1986 年

106. 黄震云《词家鼻祖重酿神韵花彩——香港学者黄坤尧著〈温庭筠〉读后》,《文科通讯》1986 年第 3~4 期

107. 杨海明《"心曲"的外物化与优美化:论温庭筠词》,《文学评论》1986 年第 4 期

108. 叶嘉莹《温庭筠〈菩萨蛮〉词所传达的多种信息及其判断之准则》,《光明日报》1987 年第 6 月 1 日

109. 蔡中民《温庭筠"肠断白蘋洲"寻释》,《成都大学学报》1987 年第 3 期

110. 叶嘉莹《论温庭筠词》,《灵谿词说》(上海古籍出版社)1987 年

111. 陶文鹏《温庭筠在开创词境上的关键作用》,《文学遗产》1987 年第 1 期

112. 汪万澄《温庭筠诗词选读后》,《大公报》1987 年 3 月 10 日

113. 刘尊明《温庭筠与柳永比较》,《湖北大学学报》1988 年增刊

114. 蔡厚示《淡妆浓抹总相宜——介绍温庭筠〈菩萨蛮〉和韦庄〈女冠子〉》,《阅读和欣赏——古典文学部分》(十二)(中国广播电视出版社)1988 年

115. 曹克明《怨情沉沉思绪绵绵——温庭筠〈菩萨蛮〉简析》,《文史知识》1988 年第 9 期

116. 唐玲玲《空灵疏荡别具丰神——温庭筠〈梦江南〉赏析》,《文史知识》1988 年第 11 期

117. 魏运佳《绮词丽句写闺情——读温庭筠〈菩萨蛮〉之一》,《辽宁广播电视大学学报》1988 年第 1 期

118. 黄进德《缕金错彩,精妙绝伦——温庭筠《菩萨蛮》艺术鉴赏》,《古代文学作品鉴赏》(上海古籍出版社)1988 年

119. 黄坤尧《温词与寄托》,《中国书目季刊》1988 年 3 月

120. 周圣伟《从温庭筠到柳永——诗乐矛盾在唐宋词历史进程中的第一次折变》,《词学》第七辑,1989 年 2 月

121. 詹亚园《论飞卿词对人工美的追求》,《淮北煤炭师院学报》1989 年第 1 期

122. 刘尊明《禅与诗:温庭筠艺术风格成因新探》,《人文杂志》1989 年第 6 期

123. 刘尊明《温庭筠笔下的女性形象及其审美意义》,《湖北大学学报》1989 年第 5 期

124. 王希斌《杰出的诗人坎坷的命运——温庭筠研究之一》,《佳木斯师专学报》1989 年第 1 期

125. 徐匋《温庭筠开成年间事迹考》,《文学遗产增刊》(十八辑), 1989 年

126. 陈如江《香而软,绮而靡——谈温庭筠词》,《大公报》1989 年 11 月 5 日

127. 张以仁《试释温飞卿〈梦江南〉词一首》,《国立台湾大学文史哲学报》1989 年 12 月

128. 黄坤尧《温庭筠研究论著目录》,《中国书目季刊》1989 年 12 月

129. 黄震云《温庭筠累年不第偃蹇终生及其原因考》,《文学评论丛刊》(文化艺术出版社)1989 年

130. 齐昌人《斜晖脉脉水悠悠——温庭筠〈梦江南〉赏析》,《中国建设》1989 年第 6 期

131. 张以仁《温飞卿词旧说商榷》,《台大中文学报》1989 年 12 月

132. 赵晓兰《抒情角度与温庭筠和柳永的词境》,《四川师范大学学报》1990 年第 1 期

133. 刘范弟《温庭筠贬谪时地辨》,《长沙水电师院学报》1990 年第 2 期

134. 孙康宜著,李奭学译《朝向词艺传统的建立——论温庭筠与韦庄的词》,《中外文学》第 12 期,1990 年 5 月

135. 艾思《温庭筠〈菩萨蛮〉"小山重叠金明灭"考辨》,《语文学刊》

1991 年第 1 期

136.乔力《温韦词的意象交迭与分流：两种审美模式比较》,《社会科学战线》1991 年第 2 期

137.王穆之《温词〈梦江南〉二首的两个问题》,《山西师大学报》1991 年第 1 期

138.程遥《红香翠软寓真情：温庭筠〈菩萨蛮〉新析》,《松辽学刊》1991 年第 4 期

139.吴小如《说温庭筠〈菩萨蛮〉(小山重叠金明灭)》,《文史知识》1991 年第 9 期

140.成松柳《"诗词有别"与"诗词一体"：温庭筠诗歌与词的联系初探》,《长沙水电师院学报》1991 年第 4 期

141.陈如江《花间词兴盛的社会背景》,《大公报》1991 年 11 月 22 日

142.黄进德《唐五代词论略》,《中国首届唐宋诗词国际学术讨论会论文纪》1991 年 5 月

143.唐文德《温庭筠〈梦江南〉词的刻画艺术》,《中央日报》1991 年 6 月 25 日

144.李世英《论温庭筠对词境的开掘》,《兰州大学学报》1992 年第 4 期

145.施议对《不如从嫁与,作鸳鸯——说温庭筠的〈南歌子〉》,《澳门日报》1992 年 2 月 14～15 日

146.张以仁《温飞卿〈菩萨蛮〉词张惠言说试疏》,《中国文哲研究集刊》1992 年 3 月

147.张以仁《温庭筠两首〈女冠子〉的训解与题旨的问题——附寿三首》,《王叔岷先生八十寿庆论文集》,1993 年

148.宋心昌《温韦词平议》,《上海教育学院学报》1993 年第 1 期

149.彭志宪《温庭筠未曾再贬及有关问题》,《文学遗产》1993 年

5 月

150. 张慧美《温庭筠词之风格》,《建国学报》1993 年 6 月

151. 高国藩《论温韦词叙写感情的艺术性:温庭筠、韦庄》,《盐城师专学报》1993 年 3 月

152. 贾百卿《中国第一位词人温庭筠》,《沧桑》1993 年 2 月

153. 梁超然《温庭筠考略》,《漳州师院学报》1994 年第 3 期

154. 黎烈南《谈谈温庭筠词中的女性形象》《文史知识》1994 年第 2 期

155. 高国藩《论温韦词的写人写事与写景:温庭筠、韦庄》,《盐城师专学报》1994 年第 3 期

156. 牟怀川《温庭筠改名案详审——兼辨两《唐书·温庭筠传》之误》,《文史》1994 年

157. 张以仁《试论温庭筠的一首〈荷叶杯〉》,《第一届词学国际研讨会论文集》,1994 年

158. 苏涵《温庭筠散论》,《山西师大学报》1995 年第 3 期

159. 吕正惠《论李商隐诗.温庭筠词中的"闺怨"作品的意义及其与"香草美人"传统的关系》,《中国文学理论与批评论文集》1995 年

160. 唐文德《温庭筠词中的多情》,《国语文教育通讯》1995 年

161. 王宝金《温庭筠《菩萨蛮》词新解》,《名作欣赏》1995 年第 5 期

162. 杨海明《观念的演进与手法的变更——温庭筠、柳永恋情词比较》,《第一届宋代文学研讨会论文集》1995 年

163. 郑福田《画屏金鹧鸪:温庭筠词风说略》,《内蒙古师大学报》1995 年第 3 期

164. 田芳《从温庭筠的创作看词"别是一家"》,《中国韵文学刊》1996 年第 1 期

165. 杨文柱《温庭筠及其词的思想内容》,《辽宁大学学报》1996 年

第 4 期

166. 王淑梅《七十年来温庭筠研究概述》,《文教资料》1996 年第
    3 期

167. 王淑梅、黄坤尧《温庭筠研究论著目录》,《文教资料》1996 年第
    3 期

168. 徐安琪《试论温庭筠其人》,《华中理工大学学报》1996 年第
    2 期

169. [日]山本敏雄著,许总译《温庭筠文学一侧面(上)(下):时间
    流逝中的不稳定的存在》,《古典文学知识》1996 年第 2、3 期

170. 陈尚君《温庭筠早年事迹考辨》,《唐代文学丛考》,中国社会科
    学出版社 1997 年

171. 王于飞《简论温庭筠的爱情词》,《杭州大学学报》1997 年第
    2 期

172. 黎烈南《温、韦的创作实践与词的审美特质》,《首都师范大学
    学报》1997 年第 3 期

173. 李静《"落红"亦是有情物:略析温庭筠词的情感定位》,《牡丹
    江师范学院学报》1997 年第 2 期

174. 黎烈南《对温庭筠词的再思考》,《兰州大学学报》1998 年第
    3 期

175. 迟宝东《词"别是一家":古典诗词美学特质异趋论——以温庭
    筠的词与绮艳诗为中心》,《天津社会科学》1999 年第 5 期

176. 曹章庆《论韦庄词对温庭筠词的沿袭和创新》,《广东教育学院
    学报》1999 年第 5 期

177. 王力坚《秋思离情的形象描写:温庭筠〈更漏子〉词赏析》,《古
    典文学知识》1999 年第 3 期

178. 王丽娜《"浪子文人"温庭筠的士人风范》,《陕西师范大学学
    报》1999 年第 4 期

179. 王于飞《温庭筠行实小考》,《重庆师院学报》1999 年第 1 期

180. 叶华《印象式的描绘与跳跃性的意象组接:读温庭筠《菩萨蛮》词十四首》,《安徽大学学报》1999 年第 4 期

181. 杨艺《温庭筠词中的女性形象》,《康定民族师范高等专科学校学报》1999 年 2 月

182. 陈陶然《温庭筠送渤海王子归国时间考》,《北华大学学报》2000 年第 4 期

183. 冯京丽《温庭筠再认识:谈〈唐五代词史论稿〉》,《中华读书报》2000 年 10 月 18 日

184. 霍然《温庭筠与晚唐文人词境的嬗变》,《巢湖师专学报》2000 年第 1 期

185. 梁克隆《美好的歌唱与哀怨的呻吟——简谈温庭筠妇女题材的诗创作》,《中华女子学院山东分院学报》2000 年 2 月

186. 梁文娟《千古佳人寂寞心——温庭筠词浅论》,《濮阳教育学院学报》2000 年 6 月

187. 张淑香《男性情色幻想的美典——温庭筠词的女性再现》,《中国文哲研究集刊》第 17 期,2000 年 9 月

188. 刘尊明《试论温庭筠词的艺术成就与审美特色》,《湖北大学学报》2001 年 11 月

189. 王晓骊《温庭筠的词和传奇》,《东南大学学报》2001 年 6 月

190. 陈志斌、苏玲《异曲同题不同工——冯延巳与温庭筠两首小词之比较论析》,《南华大学学报》2001 年 9 月

191. 余意《论温庭筠词意象的虚实》,《五邑大学学报》2001 年 3 月

192. 陈利娟《貌离神合 殊途同归——论周济、王国维对温庭筠、韦庄、李煜词的评价》,《新乡师范高等专科学校学报》2001 年 12 月

193. 李文钰《从女性形态情意的书写论温韦词风之形成》,《中国文

学研究》第 15 期,2001 年 6 月

194. 李慧玲《严妆佳 淡妆亦佳——温庭筠韦庄词风的比较》,《广西民族学院学报》2002 年 5 月

195. 梁克隆《永远的清泉——简论温庭筠的词创作》,《中华女子学院学报》2002 年 6 月

196. 张煜、吴相洲《温庭筠〈菩萨蛮(小山重叠)〉的不同文化解读》,《漳州师范学院学报》2002 年 3 月

197. 张幼良《论温庭筠词的"丽"》,《甘肃社会科学》2002 年 10 月

198. 刘尊明、张春媚《传播与温庭筠的词史地位》,《文学评论》2002 年 11 月

199. 柏秀娟《〈人间词话〉中一条注释的质疑——兼及李煜、温庭筠、韦庄词语言风格评析》,《江淮论坛》2002 年 8 月

200. 邓红梅、侯方元《温庭筠词与唯美主义——解读温词的一把新钥匙》,《南阳师范学院学报》2002 年 10 月

201. 丁恩全《温庭筠与李清照词中女性形象比较研究》,《社科纵横》2002 年 10 月

202. 张再林《温庭筠与柳永——孤寒才士"白衣卿相"迷梦幻灭的悲、喜剧》,《广西师院学报》2002 年 2 月

203. 杨雨《温庭筠词与"词为艳科"之传统的关系》,《云梦学刊》2002 年 9 月

204. 张春媚、刘尊明《温庭筠词在晚唐五代的传播与接受》,《齐鲁学刊》2003 年 1 月

205. 王宇可《开山导源 鞠育维周——试论温庭筠及其词作在中国诗歌发展史上的地位》,《西南民族大学学报》2003 年 8 月

206. 蒋永平《温庭筠、韦庄艺术风格比较》,《渝西学院学报》2003 年 6 月

207. 于浩淼《温庭筠词的用韵》,《南阳师范学院学报》2003 年 5 月

208. 张幼良《论温庭筠词的"隐"》,《苏州大学学报》2003 年 7 月

209. 潘丽《温庭筠、韦庄花间词风格异同谈》,《辽宁师专学报》2003 年 4 月

210. 于辉《千古结情话闺思——温庭筠的闺情词及其影响》,《牡丹江师范学院学报》2004 年 4 月

211. 白雪、高慎涛《从温庭筠看晚唐诗的词化现象》,《西安教育学院学报》2004 年 6 月

212. 潘碧华《男词人的女性观照——论温庭筠词的女性书写》,《邢台职业技术学院学报》2004 年 4 月

213. 毛燕敏《论温庭筠词象征手法的运用》,《浙江工商职业技术学院学报》2004 年 6 月

214. 成松柳《传统诗学的解构与颠覆——对温庭筠词的一种描述》,《长沙理工大学学报》2004 年 8 月

215. 李然《温庭筠诗词意境比较研究》,《石河子大学学报》2004 年 6 月

216. 王卫波《温庭筠诗词中的女性形象描写之比较》,《社科纵横》2004 年 6 月

217. 李然《温庭筠诗的意象与词的意象比较》,《太原理工大学学报》2004 年 3 月

218. 王丽娜《温庭筠生平事迹考辨》,《山西师大学报》2004 年 4 月

219. 张红《略论温庭筠词景色意象》,《南开学报》2004 年 11 月

220. 成松柳《中晚唐诗风与温庭筠词的内在特质》,《中国韵文学刊》2004 年 12 月

221. 梁克隆《"累年不第"的才子——简谈晚唐诗人温庭筠的悲剧人生》,《中华女子学院学报》2004 年 12 月

222. 刘雪平《"镂玉雕琼"下的寂寞心——从温庭筠〈菩萨蛮〉十五首词看其真本色》,《晋中学院学报》2005 年 2 月

223. 王笑梅《试论温庭筠词的文化学特征》,《洛阳大学学报》2005年3月

224. 沈文凡、闫雪莹《温庭筠、李商隐对女性的观照及其审美心理初探》,《长春师范学院学报》2005年3月

225. 王子今《温庭筠词"小山重叠金明灭"图解》,《四川文物》2005年4月

226. 黄震云、张英《温庭筠诗词声韵艺术比较》,《黄冈师范学院学报》2005年4月

227. 霍仙梅《闺阁女子的美容师——解读温庭筠词的审美意象》,《内蒙古电大学刊》2005年5月

228. 吴清伙《论柳永羁旅词的抒情主体、抒情方式以及词境的开拓——以温庭筠的闺情令词作参照》,《长春工业大学学报》2005年12月

229. 吕相康《绵密浓丽,清疏淡远——论温庭筠词的艺术风格》,《黄石教育学院学报》2005年11月

230. 朱伊文《一以贯之,由俗而雅——温庭筠艳情诗对其词的影响》,《吕梁高等专科学校学报》2005年12月

231. 赵立芳《梦窗词对温庭筠的继承与发展》,《河北理工学院学报》2005年9月

232. 杨彭荔《背离与超越——论温庭筠词的意义》,《理论导刊》2005年10月

233. 万薇薇《试论敦煌曲子词与温庭筠词抒情方式的比较》,《兰州学刊》2005年10月

234. 朱巧云《客观、纯美论温词——叶嘉莹对温庭筠词的跨文化解读》,《湘潭大学学报》2005年7月

235. 昌庆志《温庭筠与商业》,《山西师大学报》2005年8月

236. 魏一媚《论温庭筠词的艺术特色》,《宁波职业技术学院学报》

2006 年 2 月

237. 林春香《温庭筠恋情诗词比较》,《贵州民族学院学报》2006 年 4 月

238. 胡琳《论温庭筠词对女性主体美感的艺术表现》,《湖北教育学院学报》2006 年 5 月

239. 刘学锴《温庭筠文笺证暨庭筠晚年事迹考辨》,《文学遗产》2006 年 5 月

240. 宦书亮《沉郁凄婉,浓淡相间——温庭筠〈更漏子〉之六文本解读》,《华中师范大学研究生学报》2006 年 6 月

241. 张巍《温庭筠的诗法与词法》,《中国韵文学刊》2006 年 6 月

242. 杨遇青《温庭筠禅思想论析》,《暨南学报》2006 年 9 月

243. 成松柳《士行尘杂与侧艳之词——晚唐社会结构的演变与温庭筠的艺术追求》,《中国文学研究》2006 年 12 月

244. 陆传丰《试论温庭筠词的艺术特征》,《天津职业院校联合学报》2007 年 1 月

245. 邵晓岚《温庭筠和韦庄词中的女性形象比较》,《文学教育》(上)2007 年 2 月

246. 沈文凡、李博昊《温庭筠卒年及籍贯世系问题研究综述》,《长春大学学报》2007 年 3 月

247. 宦书亮《温庭筠〈更漏子〉之六文本解读与辨析》,《电影评介》2007 年 3 月

248. 沈文凡、李博昊《20 世纪温庭筠生年研究综述》,《沈阳师范大学学报》2007 年 3 月

249. 周建华《千古佳人寂寞心——温庭筠词风格说略》,《赤峰学院学报》2007 年 4 月

250. 郭红欣《千年望归——温庭筠〈梦江南〉词赏析》,《名作欣赏》2007 年 5 月

251. 王正威《温庭筠〈菩萨蛮·小山重叠〉词女主人公身份辨析》，《社科纵横》2007 年 4 月

252. 陈浩巨《温庭筠《梦江南》的凄婉美》，《文学教育》（下）2007 年 4 月

253. 陈毓文《浅析温庭筠在晚唐五代的转型意义》，《漳州师范学院学报》2007 年 6 月

254. 王之涵《温庭筠词的形成及其与晚唐五代词发展的关系》，《合肥学院学报》2007 年 7 月

255. 赵春蓉《论温庭筠词作意象的蒙太奇组合方式》，《钦州学院学报》2007 年 8 月

256. 李林霞《论温庭筠词的双性之美——兼论〈花间词〉的美学特质》，《山西师大学报》2007 年 6 月

257. 陈云辉《温庭筠词境界构成诸要素分析——兼与韦庄、李煜诸人比较》，《西华大学学报》2007 年 6 月

258. 成迅《温庭筠词说》，《泰州职业技术学院学报》2007 年 10 月

259. 李娜《白居易与温庭筠的屏风情结》，《名作欣赏》2007 年 10 月

260. 朱崇才《"文化—心理"选择机制的双重双向选择——温庭筠为什么能够成为第一位大词人》，《南京师范大学学报》2007 年 11 月

261. 邹华《温庭筠词在晚唐五代的传播及其流变》，《云南民族大学学报》2008 年 1 月

262. 陈云辉《温庭筠词浮艳风格形成的原因》，《武汉科技大学学报》2008 年 2 月

263. 许晓芳《浅析温庭筠诗词意象》，《才智》2008 年 2 月

264. 李群《温庭筠的江南》，《江南论坛》2008 年 3 月

265. 高慎涛《论温庭筠词的背离与意义》，《殷都学刊》2008 年 3 月

266. 尚英丽《花间词艺术特点及温庭筠词风格浅议》，《艺术评论》

2008 年 3 月
267. 莫军昌《温庭筠词之梦意象》,《运城学院学报》2008 年 6 月
268. 高慎涛《论温庭筠词中的阻隔感》,《宝鸡文理学院学报》2008 年 6 月
269. 莫忻尘、潘卫民《古词文本中人称空白之翻译与意境再现——以温庭筠的两个词文本为例》,《湖南医科大学学报》,2008 年 7 月
270. 许晓芳《浅析温庭筠诗词意象》,《才智》2008 年 2 月
271. 李群《温庭筠的江南》,《江南论坛》2008 年 3 月
272. 胡耀震《温庭筠〈锦鞵赋〉的本事、作年和词境、词法入赋》,《江西师范大学学报》2008 年 8 月
273. 宋娟、木斋《论温庭筠乐府诗与其词之间的关系》,《学术交流》2008 年 8 月
274. 万文武《对温庭筠词的理解与误解——读叶嘉莹教授的〈论温庭筠词〉》,《长沙理工大学学报》2008 年 9 月
275. 尹楚兵、张旺《另类“枪手”——晚唐才子温庭筠》,《兰台世界》2008 年 10 月
276. 李冬梅《温庭筠与韦庄词的风格差异》,《宿州教育学院学报》2008 年 8 月
277 宁薇《论道学上清派与温庭筠词境之形成》,《求索》2008 年 10 月
278. 尹楚兵、张旺《另类“枪手”——晚唐才子温庭筠》,《兰台世界》2008 年 10 月
279. 李明《穿越千年的相思 无语东流的哀愁——温庭筠〈梦江南〉赏析》,《前沿》2008 年 11 月
280. 关丽伟《温庭筠的审美情趣及其在词中的表现》,《辽宁教育行政学院学报》2008 年 11 月

281. 何玲霞《温庭筠与韦庄词的比较研究》,《时代文学》2009 年 2 月

282. 高瑞芹、胡鹏《一个古典母题的现代变奏——温庭筠〈望江南〉、席慕容〈悲喜剧〉对读》,《时代文学》2009 年 9 月

283. 孟桂红《对温庭筠词有无寄托之辩的思考》,《北京宣武红旗业余大学学报》2009 年 7 月

284. 关丽伟《温庭筠词的色彩及艳而不俗的原因分析》,《辽宁师专学报》2009 年 6 月

285. 周建华《画屏金鹧鸪——论温庭筠词的意蕴美》,《赤峰学院学报》2009 年 6 月

286. 和真《论温庭筠、韦庄、冯延巳在词史上的贡献》,《天府新论》2009 年 6 月

287. 万文武《千古沉冤须昭雪——为温庭筠的人品翻案》,《长沙理工大学学报》2009 年 9 月

288. 高宪帅《温庭筠姓名考》,《安徽文学》2009 年 7 月

289. 高宪帅《论温庭筠〈菩萨蛮〉词之纯美特质》,《沧桑》2009 年 6 月

290. 水银河《第一作弊高手温庭筠》,《国学》2009 年 3 月

291. 李晓霞《温庭筠词中女性的形象特征及其成因》,《渭南师范学院学报》2009 年 1 月

292. 李牧遥《菩萨蛮》词牌探微——以温庭筠《菩萨蛮》为例》,《西安社会科学》2009 年 3 月

293. 黄文珂、刘东昇《爱情意识的觉醒和执着追求——浅析温庭筠词中的女性情感世界》,《大众文艺》2009 年 10 月

294. 谷青《论唐宋词中"狂"的精神内涵及其演变——从温庭筠到辛弃疾》,《时代文学》2009 年 11 月

295. 赵春蓉《温庭筠情景交融词境形成的意象解读》,《四川师范大

学学报》2010 年 1 月

296. 文小灯《比较温庭筠、韦庄词的不同》,《时代文学》2010 年 4 月

297. 王慧刚《温庭筠诗词中的"金"色情结》,《内江师范学院学报》2010 年 9 月

298. 周建华《秾艳香软 深隐细密——温庭筠词特点论略》,《赤峰学院学报》2010 年 9 月

299. 李宋燕《照花前后镜——温庭筠、韦庄的女性描摹方式之比较》,《湖北广播电视大学学报》2010 年 11 月

300. 刘燕《温庭筠词中的场景建构》,《学习月刊》2010 年 11 月

301. 李津《浅析温庭筠词作中意象组合的程式及创作视角》,《沧州师范专科学校学报》2010 年 12 月

302. 盖晓明《一个无"世"、没"事"的艺术世界——温庭筠词评析》,《长江学术》2011 年 7 月

303. 周勇《论温庭筠词的动静和虚实关系》,《长江学术》2011 年 7 月

304. 李博昊《进士科考与晚唐词体文学发展关系考索——以温庭筠为个案》,《社会科学家》2011 年 11 月

305. 李萌《温庭筠诗词创作风格的一体化》,《沧桑》2011 年 12 月

306. 陈际斌、李秋菊《温庭筠词的情感寄托》,《求索》2012 年 3 月

307. 张会《唐代文人心态变化历程探析——以温庭筠为例》,《学术论坛》2012 年 3 月

308. 李博昊《〈金荃集〉、〈花间集〉所录温庭筠词作研考》,《兰台世界》2012 年 4 月

309. 成松柳、郑舒诚《名物意象与性别角色——温庭筠与韦庄词中女性形象比较》,《武陵学刊》2012 年 3 月

310. 董灵超、蓝秋燕、莫莉荣《论温庭筠"梧桐·夜雨"意象入词的开创之功》,《渭南师范学院学报》2012 年 5 月

311. 袁九生《浅析历代对温庭筠〈菩萨蛮〉词的诠释》,《名作欣赏》2012 年 4 月

312. 宫则瑾《温庭筠词"寄托说"再认识》,《天津职业院校联合学报》2012 年 7 月

313. 王丽娜《温庭筠"旅游淮上"受辱事件考辨》,《西安文理学院学报》2012 年 8 月

314. 陈际斌《温庭筠非"士行尘杂"论》,《芒种》2012 年 8 月

315. 陈际斌《论温庭筠怀才不遇的深层原因》,《芒种》2012 年 9 月

316. 陈际斌《论温庭筠怀才不遇的原因之恃才放旷》,《短篇小说》2012 年 9 月

317. 陈际斌《从发生学的角度看温庭筠词之寄托功能》,《短篇小说》2012 年 10 月

318. 郝金红《"枪手"温庭筠的另类发泄》,《文苑》2012 年 10 月

319. 张巍《温庭筠词与齐梁诗》,《聊城大学学报》2012 年 10 月

320. 张传传《温庭筠词中的鸟意象探析》,《长春理工大学学报》2012 年 10 月

321. 刘泽、子沐《花间派鼻祖:温庭筠》,《中学生》2012 年 12 月

322. 杨岚《温庭筠与韦庄词之女性形象研究述评》,《甘肃广播电视大学学报》2012 年 12 月

323. 管升攀《温庭筠词风成因追溯》,《文学界》2013 年 1 月

324. 谢德周《温庭筠词中的女性情感世界》,《文教资料》2013 年 1 月

325. 顾农《古代诗词里的电影镜头——从温庭筠的两首〈菩萨蛮〉说起》,《古典文学知识》2013 年 1 月

326. 赵洁《浅析温庭筠〈菩萨蛮〉"小山"一词蕴意》,《现代语文》2013 年 1 月

327. 杨利群《温庭筠词的艺术特征及教学策略初探》,《考试周刊》

2013 年 2 月

328. 许丽娜《温庭筠闺情令词与柳永羁旅词的差异》,《河西学院学报》2013 年 2 月

329. 高文《简析温庭筠词中的女性形象》,《青年文学家》2013 年 5 月

330. 杭芸芸、韩卫红《唐宋词语篇多模态语用分析——以柳永、温庭筠的词为例》,《语文学刊》2013 年 5 月

331. 王娜娜《艳而有骨,只是艳骨——论温庭筠词的"艳骨"》,《青岛农业大学学报》2013 年 5 月

332. 熊林军《论温庭筠词服饰意象的表现形态与文化意蕴》,《青春岁月》2013 年 4 月

333. 半夏《花间鼻祖的翘楚之作——温庭筠〈菩萨蛮〉》,《文史知识》2013 年 4 月

334. 刘燕歌《"手里金鹦鹉"新解——读温庭筠〈南歌子〉札记》,《古典文学知识》2013 年 9 月

335. 陈安梅、陈磊亮《温庭筠词情感寄托说探究》,《菏泽学院学报》2013 年 8 月

336. 王娜娜《温庭筠〈菩萨蛮〉词十四首研究述评》,《湖北文理学院学报》2013 年 6 月

337. 祁坤《温庭筠与李煜词中女性形象比较》,《华章》2013 年 9 月

338. 祁坤《温庭筠词中的女性形象》,《青年文学家》2013 年 10 月

339. 徐玮《温庭筠词中女子形象的象征意味》,《今日中国论坛》2013 年 10 月

340. 李晶《论晚唐诗词抒情方式的创新——以李商隐和温庭筠为中心》,《云梦学刊》2013 年 11 月

341. 孙艳红《论温庭筠词的女性化词体特征》,《山西大学学报》2013 年 11 月

342. 刘青海《论温庭筠乐府体的艺术渊源及其对词体的影响》,《文艺理论研究》2013 年 11 月

343. 田贞《论温庭筠在中国古代词的发展史上的贡献》,《语文学刊》2013 年 12 月

344. 肖景仁、倩鹏《暖香惹梦鸳鸯锦——温庭筠〈菩萨蛮〉欣赏》,《山西青年》2013 年 12 月

345. 周建华《温庭筠词多义性解读》,《赤峰学院学报》2013 年 12 月

346. 胡煦《论温庭筠词的艳化》,《齐齐哈尔大学学报》2014 年 1 月

347. 李赛男《温庭筠的"筠"读音探究》,《青春岁月》2014 年 3 月

348. 张晓阁《温庭筠词的"禽鸟"情结探究》,《包头职业技术学院学报》2014 年 3 月

349. 张金杰《温庭筠"小山重叠金明灭"探微》,《怀化学院学报》2014 年 3 月

350. 牟懷川《温庭筠"江淮受辱"本末考》,《中华文史论丛》2014 年 3 月

351. 王云鹏《李清照和温庭筠欢情词艺术特征比较》,《安徽文学》2014 年 4 月

352. 李然《温庭筠诗词美学风格浅论》,《文教资料》2014 年 4 月

353. 吴惜言《简析〈花间集〉中温庭筠词的花意象》,《华中人文论丛》2014 年 6 月

354. 陈甲取《"枪手"温庭筠的悲剧》,《晚报文萃》2014 年 6 月

355. 崔文恒《也谈温庭筠的〈菩萨蛮〉》,《阴山学刊》2014 年 8 月

356. 王小荣、孙素梅《温庭筠"花间"词的性别审美》,《河北工业大学学报》2014 年 9 月

357. 吴其作《唐代词坛的鸟瞰》,《师大国学丛刊》一卷一号,1930 年 11 月

358. 叶鼎彝《唐五代词略述》,《师大月刊》二十二、二十六期,1935

年 10 月、1936 年 4 月

359.叶梦雨《唐五代歌词四论》,《风雨谈》第三期,1943 年 6 月

360.宛敏灏《从敦煌曲子词和〈花间集〉谈词的发展》,《语文教学》
1957 年第 9 期

361.夏承焘等《花间词体》,《文汇报》1962 年 3 月 21 日

362.邝利安《略谈花间集》,《文学世界》1962 年 6 月

363.谷怀《花间派的口语情趣》,《联合报》1963 年 1 月 13 日

364.廖雪兰《评述花间集及其十八作家》,中国文化学院中文研究
所,1978 年 6 月

365.廖雪兰《评述花间集及其十八作家提要》,《华学月刊》1979 年
2 月

366.吴世昌《花间词简论》,《文史知识》1982 年第 10~11 期

367.张式铭《论"花间词"的创作倾向》,《文学遗产》1984 年第 1 期

368.高大鹏《触觉文学的典范——花间集》,《中央日报》1984 年 11
月 22、29 日

369.黄景荫《试述唐五代文人词的产生和发展》,《广州师院学报》
1985 年第 1 期

370.万云骏《伤春伤别是唐宋词的主旋律》,《中国古典文学论丛》
第三辑,1985 年

371.曹文安、沈祥源《花间集韵谱》,《南昌师专学报》1985 年第 1 期

372.丁惠英《花间集所录词调之分析》,《文藻学报》1986 年 12 月

373.刘义钦等《试谈晚唐五代词的"艳"与"狭"》,《殷都学刊》1987
年 4 月

374.杨海明《试论唐宋词中的"南国情味"》,《文学遗产》1987 年第
1 期

375.金启华《唐五代词论》,《盐城师专学报》1987 年第 4 期

376.孙民等《试论唐代文人词的创作》,《广东教育学院学报》1987

年第 4 期

377. 杨海明《论唐宋词所积淀的民族审美心理》,《天津社会科学》1987 年第 3 期

378. 王增鑫《伤春伤别的唐宋词的美学特点》,《龙岩师专学报》1987 年第 3 期

379. 杨海明《爱情意识与忧患意识"交互"和"交替"——论晚唐五代和两宋词的"主思潮"》,《江海学刊》1988 年第 1 期

380. 吴雄《晚唐文人词成熟因由断想》,《福建师范大学学报》1988 年第 2 期

381. 苏涵《花间词与宫体诗比较》,《山西师院学报》1988 年第 2 期

382. 葛兆光《论道教与晚唐五代文人词》,《江海学刊》1988 年第 4 期

383. 刘学锴《李义山诗与唐宋婉约词》,《安徽师大学报》1988 年第 3 期

384. 张富华《〈花间词〉评价质疑》,《新疆大学学报》1988 年第 4 期

385. 陈庆煌《花间十八家词研析——兼论其受晚唐诗风的影响》,《第三届中国社会与文化学术研究会论文》,1990 年 4 月

386. 枕求《唐宋爱情词的情感内涵》,《赣南师院学报》1991 年第 2 期

387. 王世达等《花间词意象运用特点的社会文化学分析》,《成都大学学报》1991 年第 2 期

388. 张晶《论花间派在词史上的地位》,《辽宁师大学报》1991 年第 3 期

389. 孙立《近十年唐宋词宏观研究述评》,《学术界》1991 年第 5 期

390. 陈如江《花间词兴盛的社会背景》,《大公报》1991 年 11 月 22 日

391. 陈如江《花间词艺术风格析论》,《华东师范大学学报》1992 年

第 2 期

392. 欧明俊《花间词风格新论》,《绍兴师专学报》1992 年第 1 期

393. 陈尚君《花间词人事辑》,《俞平伯先生从事文学活动 65 周年纪念论文集》(巴蜀书社)1992 年 3 月

394. 陈如江《花间词艺术风格析论》,《华东师范大学学报》1992 年第 2 期

395. 叶嘉莹《从女性主义文论看〈花间词〉之特质》,《社会科学战线》1992 年第 4 期

396. 孙立《词"媚"的审美分析与历史评价》,《海南师院学报》1993 年第 2 期

397. 周发祥《西方的唐宋词研究》,《文学遗产》1993 年第 1 期

398. 叶嘉莹《从〈花间词〉之特质看后世的词与词学》,《文学遗产》1993 年第 4 期

399. 陈咏红《重新认识花间词》,《学术研究》1993 年第 4 期

400. 陈惊昌《千秋功过话"花间"》,《肇庆教育学院学刊》1993 年第 1 期

401. 陶亚舒《略论花间词的宗教文化倾向》,《贵州社会科学》1994 年第 1 期

402. 孙立《花间词审美感知的表现特征》,《青海社会科学》1994 年第 1 期

403. 何新国《唐宋词凭栏现象浅析》,《文史知识》1994 年第 5 期

404. 贺中复《〈花间集序〉的词学观点及〈花间词〉》,《文学遗产》1994 年第 5 期

405. 黎烈南《漫论晚唐五代词中的"雨"》,《文史知识》1994 年第 8 期

406. 刘义钦《晚唐五代词的历史价值》,《河南师大学报》19955 年第 5 期

407. 何尊沛《论"花间词"的题材类型》,《四川师院学报》1995 年第 5 期

408. 萧廷恕《深婉隐曲含蓄蕴藉:唐宋词语言特色之一》,《中国文学研究》1996 年第 1 期

409. 朱恒夫《论花间词的艺术》,《江苏教育学院学报》1996 年第 1 期

410. 李剑亮《论唐宋词的实用功能及其与歌妓的关系》,《杭州大学学报》1996 年第 1 期

411. 杨海明《试论唐宋词的"以艳为美"及其香艳味》,《齐鲁学刊》1996 年第 5 期

412. 周建国《论花间词中的鸟类意象》,《杭州师院学报》1996 年第 5 期

413. 岳继东《小议〈花间集〉的"诗客曲子词"特性》,《四川师院学报》1996 年第 4 期

414. 赵梅《"真珠帘卷玉楼空":唐宋词中的"楼"意象及其忧患色彩》,《古典文学知识》19966 年第 4 期

415. 乔力《肇发传统:论花间词的审美理想与功能取向》,《辽宁大学学报》1996 年第 4 期

416. 欧明俊《花间词与晚唐五代社会风气及文人心态》,《福建师范大学学报》1996 年第 3 期

417. 成松柳《情爱的张扬与变态:从几首晚唐五代词说开去》,《长沙水电师院社会科学学报》1996 年第 3 期

418. 刘尊明《唐五代词与道教文化》,《社会科学战线》1997 年第 3 期

419. 赵山林《晚唐诗境与词境》,《华东师范大学学报》1997 年第 5 期

420. 刘尊明《论唐五代词与儒家文化的冲突》,《湖北大学学报》

1997 年第 5 期

421. 刘果《抒花间哀乐，启婉约风范：论花间词、〈花间集〉》，《求索》1997 年第 4 期

422. 赵梅《重帘复幕下的唐宋词：唐宋词中的"帘"意象及其道具功能》，《文学遗产》1997 年第 4 期

423. 古光亮《唐宋词中的楼栏意象和词人的艺术感觉》，《云南师范大学学报》1997 年第 4 期

424. 岳继东《花间词对"词为艳科"观念的影响及其意义》，《河南师范大学学报》1997 年第 6 期

425. 高锋《花间词：诗与乐的再度结合》，《镇江师专学报》1998 年第 1 期

426. 潘兰香等《唐宋词中"男子作闺音"现象的现代阐释》，《北方论丛》1998 年第 2 期

427. 王新霞《论〈花间集〉的特征及意义》，《北京图书馆馆刊》1998 年第 2 期

428. 蔡义江《从花间尊前到慷慨悲歌：词的特点及发展》，《文史知识》1998 年第 3 期

429. 刘古卓《五代花间词题材另说》，《邵阳师范高等专科学校学报》1999 年 2 月

430. 关宁《五代世风与花间词》，《桂林市教育学院学报》1999 年第 4 期

431. 罗争鸣《〈花间集〉编纂背景及编纂原则探析》，《天津大学学报》1999 年 6 月

432. 张雁《从〈花间集〉到〈花外集〉——从词集名称看宋人词学观念的演进》，《文学遗产》1999 年 7 月

433. 关宁《五代世风与花间词》，《桂林市教育学院学报》1999 年 12 月

434. 曹治邦、魏洁瑛《简论花间词派的艺术成就》,《甘肃社会科学》2000 年第 1 期

435. 曹治邦《〈花间集〉内容新探》,《兰州大学学报》2000 年第 1 期

436. 成松柳《主体的自由和现实的困惑：晚唐五代词与禅道之关系》,《学术交流》2000 年第 2 期

437. 陈咏红《〈花间集〉接受史分析》,《广州师专学报》2000 年第 3 期

438. 王开桃《从〈花间集〉看晚唐五代妇女的首服》,《湛江师范学院学报》2000 年 2 月

439. 杨子江《论花间词的道教文化意蕴》,《上海大学学报》2000 年 6 月

440. 闵定庆《论花间词人的咏史怀古词》,《中国韵文学刊》2000 年 6 月

441. 房开江《试论花间词中男女相思情有别》,《唐代文学研究》2000 年 10 月

442. 刘尊明《论五代西蜀的"花间词风"与"花间别调"》,《社会科学研究》2000 年 11 月

443. 王晓骊《女性形象的本色化和主体化——论花间词对"美人"意象的重塑及其意义》,《贵州社会科学》2000 年 12 月

444. 王晓骊《自南朝之宫体 扇北里之倡风——论花间词对宫体诗的扬弃及其文化基础》,《海南师范学院学报》2001 年 2 月

445. 余传棚《花间词派评辨》,《武汉大学学报》2001 年 3 月

446. 高锋《花间词简论》,《文学评论》2001 年 5 月

447. 罗争鸣毛本〈花间集〉来源续证》,《文献》2001 年 7 月

448. 傅蓉蓉《女性：宫体与花间》,《临沂师范学院学报》2001 年 7 月

449. 艾春明《由"远观"到"亵玩"——〈玉台新咏〉与〈花间集〉的两性距离》,《锦州师范学院学报》2001 年 11 月

450. 王鹏《温柔的叛逆——〈花间集〉艳风新论》,《苏州大学学报》2002 年 1 月

451. 房开江《论花间词的语言特色》,《唐代文学研究》2002 年 4 月

452. 赵楠《泪滴黄金缕——论花间词的意旨模式》,《南阳师范学院学报》2002 年 6 月

453. 闵定庆《花间词创作的情景模式》,《学术研究》2002 年 7 月

454. 杨雨《论〈花间集〉对宋词女性意识的奠定》,《吉首大学学报》2002 年 9 月

455. 谭广旭《试论"花间词"女性化特征之成因》,《湖南社会科学》2002 年 12 月

456. 鞠泓《词之为体如美人——从〈花间集〉看词的女性化特质》,《连云港师范高等专科学校学报》2002 年 12 月

457. 闵定庆《论花间意象的图案化特征》,《南阳师范学院学报》2003 年 1 月

458. 赵晓兰《论花间词的传播及南唐词对花间词的接受》,《四川师范大学学报》2003 年 2 月

459. 曹明升、吴小洪《"花间鼻祖"成因补谈》,《上饶师范学院学报》2003 年 4 月

460. 李冬红《〈花间集〉的雅俗之辨》,《新疆大学学报》2003 年 6 月

461. 高文利《〈花间集〉与宋词女性意识之论说》,《齐齐哈尔大学学报》2003 年 6 月

462. 朱巧云《论叶嘉莹对花间词美学特质成因之探讨》,《江苏社会科学》2003 年 9 月

463. 李冬红《〈花间集〉的文化阐释》,《齐鲁学刊》2003 年 11 月

464. 徐秀燕《试论花间词对晏殊的影响》,《济南教育学院学报》2003 年 12 月

465. 张巍《论花间词的文化生成》,《中国韵文学刊》2003 年 12 月

466. 陈云芊《花间词文化浅析》,《沈阳农业大学学报》2003 年 12 月

467. 孙广华《〈花间集〉与〈玉台新咏〉》,《文教资料》2004 年 1 月

468. 曹渝扬《花间咏史亦自雄——论〈花间集〉咏史词》,《重庆工商大学学报》2004 年 4 月

469. 邓建《"花间词评"研究》,《湛江海洋大学学报》2004 年 4 月

470. 王旭民、张雅云、王强《浓艳婉约与清淡疏朗——花间派两位代表作家的不同风格》,《吉林广播电视大学学报》2004 年 5 月

471. 薛青涛《夜深风竹敲秋韵 万叶千声皆是恨——试论花间词的悲剧意识》,《周口师范学院学报》2004 年 5 月

472. 黄全彦《浅笑含双靥 低声唱小词——〈花间集〉与五代四川唱词之风》,《文史杂志》2004 年 5 月

473. 范松义、刘扬忠《明代〈花间集〉接受史论》,《中国社会科学院研究生院学报》2004 年 7 月

474. 李亚峰《〈花间集〉评议》,《沈阳师范大学学报》2004 年 9 月

475. 杨柳《论花间词对身体和欲望的书写》,《青海社会科学》2004 年 9 月

476. 邹祖尧《〈花间集〉琐议》,《合肥学院学报》2004 年 9 月

477. 房开江《花间丛里怀古声——简论〈花间集〉中咏史词》,《唐代文学研究》(第十一辑),2004 年 11 月

478. 王小兰《从〈香奁〉到〈花间〉——晚唐五代词体文学发展演变的艺术轨迹》,《甘肃社会科学》2005 年 2 月

479. 李冬红《祖述〈花间〉的〈淮海词〉》,《赣南师范学院学报》2005 年 2 月

480. 白静《〈花间集〉在明代的传播与接受》,《陕西师范大学学报》2005 年 5 月

481. 戴文梅《论〈花间集〉中的花、月、鸟意象》,《四川戏剧》2005 年 5 月

482. 张燕玲《对花间词审美特性的再认识》,《郑州大学学报》2005年6月

483. 刘佳宏、吴侃民《从〈花间集〉中女性形象的塑造看男性本位意识》,《长春工程学院学报》2005年6月

484. 厚实、郭彤《宫体诗与花间词文本生成背景比较解析》,《阿坝师范高等专科学校学报》2005年12月

485. 刘翠霞《论〈花间集〉中的忧患意识》,《语文学刊》2006年1月

486. 徐玲《论花间词的色彩艺术》,《语文学刊》2006年4月

487. 李冬红《〈花间集〉的内部模仿》,《上饶师范学院学报》2006年4月

488. 陈如静《末路奇葩,香飘后世——论花间词的风貌特征及在词史上的意义》,《牡丹江师范学院学报》2006年5月

489. 汪红艳《论花间词中的词语传情特色》,《词学》2006年6月

490. 郑顺婷《论〈花间集〉中"花"意象的成因》,《南京林业大学学报》2006年6月

491. 苗菁《论〈花间集〉的结构、视点与创作意旨》,《聊城大学学报》2006年7月

492. 陈湘琳《闺思词的两种类型:以〈花间集〉和〈阳春集〉为例》,《2006词学国际学术研讨会论文集》2006年8月

493. 叶帮义《花间词与唐诗》,《2006词学国际学术研讨会论文集》2006年8月

494. 房开江《〈花间集〉中咏物词刍议》,《唐代文学研究》(第十二辑),2006年8月

495. 刘真真《花做情 情如花——论王衍、孟昶对花间词人的影响》,《宿州教育学院学报》2006年10月

496. 张福洲《论〈花间集〉独特的艺术特征》,《济南职业学院学报》2006年10月

497. 王世达、陶亚舒《为娱乐的艺术——花间词意象审美特点及其文化社会学解析》,《西南民族大学学报》2006 年 11 月

498. 陈如静《论花间词的娱乐功能》,《齐齐哈尔大学学报》2006 年 11 月

499. 张福洲《〈花间集〉的独特艺术特征》,《淄博师专学报》2006 年 12 月

500. 王辉斌《西蜀花间词派论略》,《伊犁师范学院学报》2006 年 12 月

501. 李冬红《〈花间集〉批评与词体的比兴寄托》,《中国文学研究》2006 年 12 月

502. 余意《〈花间集〉与词学之"寄托"理论》,《文艺理论研究》2007 年 3 月

503. 张福洲《论〈花间集〉的独特艺术特征》,《扬州工业职业技术学院学报》2007 年 5 月

504. 马里扬《〈花间〉词中的屏风与屏内世界——唐宋词境原生态解读之一》,《南昌大学学报》2007 年 5 月

505. 赵丽《〈花间集〉中的玉意象及其文化意蕴》,《齐齐哈尔大学学报》2007 年 7 月

506. 陈未鹏《〈花间集〉与地域文化》,《沈阳大学学报》2007 年 8 月

507. 喻芳《"淡妆浓抹总相宜"——论花间词的色彩美》,《成都理工大学学报》2007 年 9 月

508. 朱逸宁《花间词人与晚唐五代江南的城市文化》,《河南大学学报》2007 年 9 月

509. 郭庆、程敬业《浅议〈花间集〉的女性化写作》,《文学教育》(上),2007 年 11 月

510. 彭国忠《试论〈花间集〉中女冠子词》,《词学》2007 年 12 月

511. 郭仕超《花间词对儒家文化的突破与悖离》,《湖南医科大学学

报》2008 年 1 月

512. 温吉弟《浅论花间词风的形成》,《和田师范专科学校学报》2008 年 3 月

513. 石英《论宋人对〈花间集〉的认识》,《聊城大学学报》2008 年 4 月

514. 赵丽《〈花间集〉的题材取向及其道教文化意蕴》,《黑龙江社会科学》2008 年 4 月

515. 何秋瑛《理想的期盼——〈花间集〉男性视野中的女性形象分析》,《贵州工 516、业大学学报》2008 年 5 月

516. 徐安琪《花间词学本色论新探》,《文艺研究》2008 年 6 月

517. 谢宏雯《花间屏风的文化阐释》,《长江论坛》2008 年 6 月

518. 赵丽《论道教音乐对花间词风格的影响》,《北方论丛》2008 年 7 月

519. 余意《"六朝"风调与"花间"词统——论〈花间集〉与词体文学特征的历史形成》,《文艺理论研究》2008 年 7 月

520. 徐安琪《花间词学本色论新探》,《2008 年词学国际学术研讨会论文集》2008 年 8 月

521. 刘桂华、刘茜茜《"〈花间〉范式"及其批评》,《黄石理工学院学报》2008 年 8 月

522. 王建疆、魏学宏《唐、西蜀景物地位的提升与花间词境的生成》,《甘肃社会科学》2008 年 11 月

523. 苏中《略论花间词之审美趣味》,《青海师范大学学报》2009 年 1 月

524. 赵洪义《论花间词的人性凸显》,《文学教育》(下)2009 年 1 月

525. 顾银乔《花间词缘何偏爱"唱美女"与"美女唱"?》,《语文新圃》2009 年 2 月

526. 欧明俊、庄伟华《从花间词看晚唐五代女性闺中生活》,《文史

知识》2009 年 3 月

527. 邸宏香、马丽《〈花间集〉体貌词浅析》，《长春师范学院学报》2009 年 3 月

528. 张春华《女性主义观照下花间词的美学特质》，《求索》2009 年 4 月

529. 杨海立《论花间词的美感特质》，《青年文学家》2009 年 6 月

530. 左其福、谈宝丽《论花间词的色彩与情感》，《中国韵文学刊》2009 年 6 月

531. 黄莉莉《一计相思为谁愁——论花间词中思妇形象的心理描写》，《作家》2009 年 6 月

532. 邸宏香、马丽《〈花间集〉体貌短语浅析》，《长春师范学院学报》2009 年 7 月

533. 肖伟《绮怨柔媚更哪般——重识"花间鼻祖"温飞卿及花间词》，《文教资料》2009 年 7 月

534. 张福洲《花间词艺术特质研究》，《学理论》2009 年 8 月

535. 王颖《〈花间〉词的特征》，《郑州航空工业管理学院学报》2009 年 8 月

536. 赵兴葆、王艳《花间词人群落说》，《山东省青年管理干部学院学报》2009 年 9 月

537. 余群《论〈花间集〉中"背"的文化蕴含》，《襄樊职业技术学院学报》2009 年 9 月

538. 顾玉兰《〈花间集〉中的仙道词》，《新西部》（下半月）2009 年 9 月

539. 赖筱倩《飘金堕翠堪惆怅——小议〈花间集〉中的花钿意象》，《语文学刊》2009 年 11 月

540. 董灵超《论〈花间集〉女性意绪抒写的精细化》，《长城》2009 年 12 月

541. 高芸《从〈花间集〉看词人的江南情结》,《贵阳学院学报》2009年12月

542. 曾文俊《浅析宫体诗与花间词的人性关照》,《文学教育》(上)2010年1月

543. 郑晓明《细腻与雅致并重———花间词意象选择的趣味探析》,《新乡学院学报》2010年2月

544. 孙克强、刘少坤《〈花间集〉现代意义读本的奠基之作——试论华锺彦《花间集注》编撰特点及学术价值》,《湛江师范学院学报》2010年2月

545. 郑晓明《花间词对宫体诗语言风格的继承》,《湖南科技学院学报》2010年3月

546. 郑晓明《审美旨趣的嬗变——从宫体诗到花间词》,《鸡西大学学报》2010年4月

547. 郑晓明《宫体诗与花间词中女性形象比较研究》,《重庆科技学院学报》2010年5月

548. 高林清《花间词叙事性特征探微》,《安徽工业大学学报》2010年5月

549. 段炼《略论〈花间集〉之咏史怀古词》,《贵阳学院学报》2010年6月

550. 郑晓明《宫体诗与花间词意象陈列比较》,《牡丹江师范学院学报》2010年8月

551. 林洁《花间词的道教题材及其文化意蕴》,《遵义师范学院学报》2010年10月

552. 苏中《试论"词为艳科"及其"女性化心情的表达"——〈花间集〉创作心理浅析》,《青海师范大学学报》2010年11月

553. 郑虹霓《论花间词与宫体诗审美趣味的趋同性》,《江西社会科学》2010年11月

554. 尚艳《试论〈花间集〉之男女情爱题材》,《安徽文学》(下半月) 2010 年 12 月

555. 范松义《宋代〈花间集〉接受史论》,《东岳论丛》2010 年 12 月

556. 李华《从宫体诗到花间词——论艳情题材在诗词发展中的嬗变》,《西安社会科学》2011 年 2 月

557. 袁天芬《一重帘的世界——浅析〈花间集〉中的"帘"意象》,《西昌学院学报》2011 年 3 月

558. 李庆霞《论"花间"词风对纳兰词的影响》,《阜阳师范学院学报》2011 年 3 月

559. 苏中《略论〈花间词〉的审美心理特质及其成因》,《青海社会科学》2011 年 5 月

560. 荣小措《论〈花间集〉中的风意象》,《语文学刊》2011 年 6 月

561. 赵春蓉《试论〈花间集〉的娱乐性》,《四川民族学院学报》2011 年 6 月

562. 谭带珍《浅谈〈花间集〉中闺怨词的情感表达方式》,《佳木斯教育学院学报》2011 年 6 月

563. 郑晓明《吟咏情性与世俗娱乐——论花间词对宫体诗文学功用的承袭》,《安徽商贸职业技术学院学报》2011 年 6 月

564. 叶帮义《花间词与唐诗》,《文学评论丛刊》2011 年 6 月

565. 邵利娜、康丽《谈花间词的爱情意识》,《华章》2011 年 9 月

566. 陈毓文《花间词:传统的碰撞与交融》,《九江学院学报》2011 年 9 月

567. 李儒俊、李菁《〈花间词〉传播的社会环境透析》东南传播 2011 年 11 月

568. 田韵《浅论花间词的艺术特色及成就》,《华章》2012 年 2 月

569. 魏玮、刘锋焘《花间词意象特色论》,《齐鲁学刊》2012 年 3 月

570. 李儒俊、陈凌《基于互动仪式链理论的"花间词"的流行研究》,

《东华理工大学学报》2012 年 3 月

571. 田文青《析〈花间集〉中"花"意象》,《语文学刊》2012 年 4 月

572. 陈詠红、李诗茵《花间、南唐词叙事视角选择的差异与地域审美心理》,《广州大学学报》2012 年 4 月

573. 司真真《论〈花间集〉中的线条美》,《海南师范大学学报》2012 年 5 月

574. 赵丽玲、蔡梦姣《偎红倚翠、浅吟低唱中的愤世抗争——试论花间词人与歌妓酒女的观照》,《湖北工业大学学报》2012 年 6 月

575. 王娜娜《李煜词与花间词及冯延巳词意象比较》,《重庆科技学院学报》2012 年 8 月

576. 黄学敏《略论花间词的情绪记忆》,《湖州师范学院学报》2012 年 11 月

577. 林洁《论〈花间集〉中的道教巫山意象》,《贵州大学学报》2012 年 12 月

578. 吴银红《〈花间集〉中的屏风》,《青年文学家》2013 年 1 月

579. 张明强《唐五代词中的南方描写及其词史意义——以〈花间集〉和〈尊前集〉为中心》,《江南大学学报》2013 年 3 月

580. 陶嶒玲《论花间词的色彩对比艺术及其蕴含的情感内涵》,《湖南科技学院学报》2013 年 7 月

581. 吴可《花熏存香 笔耕留痕——花间传统对王国维词论、词作的影响关系探析》,《文化与诗学》2013 年 9 月

582. 张春燕《晚唐五代时期士人的生活审美——以〈花间集〉为中心》,《理论界》2013 年 10 月

583. 李珺平《论赵崇祚编选动机及〈花间集〉宗教思想》,《中国文学研究》2013 年 10 月

584. 李博昊《花间词人与词体文学的演进》,《湖北社会科学》2013

年 11 月

585. 赵春蓉《略论历代对花间词的评价》,《乐山师范学院学报》2014 年 2 月

586. 闫一飞《依声填词之祖——〈花间集〉文学价值的再审视》,《边疆经济与文化》2014 年 4 月

587. 王磊《柳词与花间词的"救赎"》,《安庆师范学院学报》2014 年 4 月

588. 田文进《"花间"之后别有"花"——李清照对花间传统的接受与修正》,《华章》2014 年 5 月

589. 闫一飞《〈花间集〉传播的社会意义》,《沈阳师范大学学报》2014 年 5 月

590. 程婵、毛莎莎《"花外"离"花间"到底有多远?——从〈花间集〉到〈花外集〉》,《濮阳职业技术学院学报》2014 年 6 月

591. 宋先梅《〈花间集〉:性别视角下的女性审美》,《成都工业学院学报》2014 年 9 月

592. 宋莹婷《〈花间集〉风格论》,《名作欣赏》2014 年 10 月

四、温庭筠词研究部分博士、硕士学位论文索引

（一）博士学位论文

1. 洪若兰《温庭筠与晚唐五代文人词之定型》，台湾清华大学中国文学研究所博士论文，1992年

2. 刘尊明《唐五代词的文化观照》，南京师范大学博士学位论文，1993年

3. ［韩］郑宪哲《唐五代词研究——以〈花间〉、〈尊前〉、〈云谣〉三集为范围》，台湾大学博士学位论文，1993年

4. 赵梅《唐宋词意象论》，苏州大学博士学位论文，1995年

5. 李若莺《唐宋词欣赏架构研究》，高雄师范大学博士学位论文，1995年

6. 李剑亮《唐宋词与歌妓关系研究》，杭州大学博士学位论文，1996年

7. 闵定庆《〈花间集〉研究》，苏州大学博士学位论文，1997年

8. 洪若兰《温庭筠与晚唐五代文人词之定型》，（台湾）清华大学博士学位论文，2002年

9. 李冬红《〈花间集〉接受史论稿》，华东师范大学博士学位论文，2004年

10. 辛衍君《唐宋词意象的符号学阐释》，苏州大学博士学位论文，2005年

11. 李晶《晚唐五代文人词研究》，北京大学博士学位论文，2006年

12. 李青《唐宋词与楚辞》，苏州大学博士学位论文，2006年

13. 韩梅《唐宋词与唐宋文人日常生活》，浙江大学博士学位论文，2007年

14. 郭娟玉《温庭筠辨疑》,台湾大学博士学位论文,2007 年

15. 洪涛《论唐五代北宋的"诗人之词"》,暨南大学博士学位论文, 2010 年

16. 郑虹霓《唐宋词对六朝文学的接受》,南京师范大学博士学位论 文,2010 年

17. 白帅敏《唐宋词声音意象研究》,苏州大学博士学位论文, 2012 年

18. 李飞跃《唐宋词体论要》,北京大学博士学位论文,2012 年

19. 孙振涛《唐末五代西蜀文人群体及文学思想研究》,南开大学博 士学位论文,2012 年

（二）硕士学位论文

1. 李恩禧《温庭筠诗词中感觉之表现》,台湾政治大学中国文学研 究所硕士论文,1992 年

2. 王笑梅《温庭筠文学特征论》,河南大学硕士学位论文,1997 年

3. 赵楠《带镣而舞的诗客曲子词——论花间词》,陕西师范大学硕 士学位论文,1997 年

4. 谭新红《唐宋词名篇的定量分析》,湖北大学硕士学位论文, 1999 年

5. 李淑芬《温庭筠及其诗歌研究》,台湾大学中国文学研究所硕士 论文,1999 年

6. 方玲玲《中晚唐燕乐和温庭筠艳科词的关系》,首都师范大学硕 士学位论文,2000 年

7. 宁薇《都云楚士狂,谁解其中味——论温庭筠的文化心态及其诗 词的艺术个性》,华中师范大学硕士学位论文,2000 年

8. 颜震《论唐宋词的雅化》,福建师范大学硕士学位论文,2001 年

9. 陆超群《论温李诗风与唐宋婉约词》,江西师范大学硕士学位论

文,2001 年

10. 张春媚《温庭筠词传播接受研究》,湖北大学硕士学位论文, 2002 年

11. 李然《温庭筠的诗词比较》,东北师范大学硕士学位论文, 2002 年

12. 张巍《花间词的社会文化阐释》,西北师范大学硕士学位论文, 2002 年

13. 范松义《〈花间集〉接受论》,河南大学硕士学位论文,2003 年

14. 白静《〈花间集〉传播接受研究》,湖北大学硕士学位论文, 2003 年

15. 孟校丹《从西方象征主义看温庭筠的词》,东北师范大学硕士学位论文,2003 年

16. 高慎涛《论温庭筠词》,陕西师范大学硕士学位论文,2004 年

17. 徐秀燕《温庭筠女性题材诗歌研究》,山东师范大学硕士学位论文,2005 年

18. 张筠《温庭筠〈菩萨蛮〉十四首新探》,西北大学硕士学位论文, 2005 年

19. 万国花《试论温庭筠的仕途追求与文学创作》,复旦大学硕士学位论文,2005 年

20. 王娟《唐五代宫词及其与唐五代宋初词之关系》,陕西师范大学硕士学位论文,2006 年

21. 石萍《温庭筠诗词比较研究》,陕西师范大学硕士学位论文, 2006 年

22. 刘祥英《飞卿词浅议》,北京大学硕士学位论文,2006 年

23. 程玮《唐宋词语体风格研究》,安徽大学硕士学位论文,2007 年

24. 李博昊《温庭筠研究情况回顾及几个问题初探》,东北师范大学硕士学位论文,2007 年

25. 韩国彩《论唐宋词娱乐功用的历史呈现与原因》,东北师范大学硕士学位论文,2007年

26. 张福洲《"花间"对宋词的影响研究》,南京师范大学硕士学位论文,2008年

27. 赵建华《论唐宋艳情词兴盛的佛因禅缘》,苏州大学硕士学位论文,2008年

28. 谭伟良《唐宋词帘意象研究》,华中师范大学硕士学位论文,2008年

29. 蔡明《唐五代两宋〈南乡子〉词调及创作研究》,湖北大学硕士学位论文,2008年

30. 黄立芹《温庭筠品行及其诗词若干问题考述》,东北师范大学硕士学位论文,2008年

31. 周建华《温庭筠词的特点及其成因》,南开大学硕士学位论文,2008年

32. 陈朝霞《胡乐对唐宋词的隐性影响》,首都师范大学硕士学位论文,2008年

33. 李莉《唐宋词体溯源武汉音乐学院》,硕士学位论文,2008年

34. 林丽雅《南唐、西蜀文士生活心态与诗词创作比较研究》,厦门大学硕士学位论文,2009年

35. 庄伟华《花间词研究三题》,福建师范大学硕士学位论文,2009年

36. 张文敏《近五十年来英语世界中的唐宋词研究》,河北大学硕士学位论文,2009年

37. 汪珠文《唐宋词中的审美回忆》,南京师范大学硕士学位论文,2010年

38. 唐晨《花间词意象研究》,湖南大学硕士学位论文,2010年

39. 刘小燕《清末三大词学家论花间词》,福建师范大学硕士学位论

文，2010 年

40. 汪珠文《唐宋词中的审美回忆》，南京师范大学硕士学位论文，2010 年

41. 侯夏娜《唐宋词梦意象的情境模式研究》，华南理工大学硕士学位论文，2010 年

42. 张慧《汤显祖评〈花间集〉研究》，淮北师范大学硕士学位论文，2010 年

43. 孙云《温庭筠与柳永词比较研究》，信阳师范学院硕士学位论文，2010 年

44. 张潇潇《〈花间集〉研究》，山东大学 硕士学位论文，2011 年

45. 李影辉《花间词与易安词比较研究》，黑龙江大学硕士学位论文，2011 年

46. 秦琰《男性视角下的〈花间集〉与〈醇酒·妇人·诗歌〉情爱主题比较研究》，上海师范大学硕士学位论文，2011 年

47. 杜庆英《唐宋词中的场景研究》，云南民族大学硕士学位论文，2011 年

48. 张雅丽《唐宋词与琵琶关系研究》，河北大学硕士学位论文，2012 年

49. 吴新星《〈花间集〉汤显祖评点之研究》，宁波大学硕士学位论文，2012 年

50. 管明捷《〈花间集〉闺怨作品研究》，辽宁大学硕士学位论文，2012 年

51. 刘军《花间词"男子作闺音"的审美文化研究》，四川外语学院硕士学位论文，2012 年

52. 郑舒诚《温庭筠与韦庄词中女性形象比较》，长沙理工大学硕士学位论文，2012 年

53. 刘振乾《唐宋〈菩萨蛮〉研究》广西师范大学硕士学位论文，

2012 年

54. 金思思《巴蜀文化视域中的〈花间集〉研究》,浙江工业大学硕士学位论文,2013 年

55. 孙岩《〈花间集〉女性形象及"双性之美"》,中南民族大学硕士学位论文,2013 年

56. 黄学敏《花间词情绪记忆的美学研究》,华南理工大学硕士学位论文,2013 年

57. 李玉洁《〈河传〉词调研究》,河北大学硕士学位论文,2014 年

58. 贾亮亮《〈南歌子〉词调研究》,安徽大学硕士学位论文,2014 年

图书在版编目（CIP）数据

温庭筠词全集 / 邱美琼，胡建次编著 . -- 武汉 ：
崇文书局，2015.8（2024.5 重印）
（中国古典诗词校注评丛书）
ISBN 978-7-5403-3988-3

Ⅰ . ①温… Ⅱ . ①邱… ②胡… Ⅲ . ①词（文学）－
作品集－中国－唐代 Ⅳ . ① I222.842

中国版本图书馆 CIP 数据核字（2015）第 158554 号

选题策划　王重阳
项目统筹　程可嘉
责任编辑　程可嘉
封面设计　甘淑媛

温庭筠词全集

出版发行　　长江出版传媒　崇 文 书 局
地　　址　武汉市雄楚大街 268 号 C 座 11 层
电　　话　（027）87679712　邮政编码　430070
印　　刷　中印南方印刷有限公司
开　　本　880mm×1230mm　　1/32
印　　张　6.5
字　　数　180 千字
版　　次　2015 年 8 月第 1 版
印　　次　2024 年 5 月第 5 次印刷
定　　价　36.00 元

CHONGWENGUAN

中国古典诗词校注评丛书

（已出书目）